A CONVOCAÇÃO

PEADAR O'GUILIN

A CONVOCAÇÃO

TERRA GRIS
LIVRO 1

Tradução
JANA BIANCHI

≡ Editora **Melhoramentos**

Dados Internacionais de Catalogação na Publicação (CIP)
(Câmara Brasileira do Livro, SP, Brasil)

O'Guilin, Peadar
    A Convocação / Peadar O'Guilin; tradução Jana Bianchi.
– 1. ed. – São Paulo: Editora Melhoramentos, 2022. (Série Terra Gris; 1)

    Título original: The Call
    ISBN: 978-65-5539-367-5

    1. Ficção de suspense 2. Ficção irlandesa I. Título. II. Série.

21-92881   CDD-Ir823

Índice para catálogo sistemático:
1. Ficção: Literatura irlandesa Ir823

Cibele Maria Dias – Bibliotecária – CRB-8/9427

Text © Peadar O'Guilin
Título original: *The Call – The Grey Land – Book 1*

Tradução: Jana Bianchi
Preparação: Augusto Iriarte
Revisão: Laila Guilherme e Tulio Kawata
Projeto gráfico, diagramação e adaptação de capa: Bruna Parra
Capa: Christopher Stengel
Arte de capa: © 2017 by Jeffrey Alan Love

Direitos de publicação:
© 2022 Editora Melhoramentos Ltda.

1ª edição, fevereiro de 2022
ISBN: 978-65-5539-367-5

Atendimento ao consumidor:
Caixa Postal 729 – CEP 01031-970
São Paulo – SP – Brasil
Tel.: (11) 3874-0880
www.editoramelhoramentos.com.br
sac@melhoramentos.com.br

Impresso no Brasil

Para minha irmã, Klara.

Oh, caríssimo amigo!
Nem cogitava tua morte,
Até teu cavalo estar de volta
Com as rédeas roçando o chão,
E o flanco sujo com teu sangue.

Do poema irlandês "Caoineadh Airt Uí Laoghaire".
De Eibhlín Dubh Ní Chonaill (1773)

Quatro anos antes: os Três Minutos

NO DIA DE SEU DÉCIMO ANIVERSÁRIO, NESSA ENTREOUVE UMA DISCUSsão vinda do quarto dos pais. Ela ainda não sabe nada sobre os Três Minutos. E como saberia? Toda a sociedade se esforça para preservar a inocência das crianças. Ela brinca de boneca. Acredita nas mentiras sobre o irmão. E, quando os pais a colocam para dormir à noite – o pai sorridente, a mãe agitada –, tudo o que demonstram é amor.

Mas as dez velinhas no bolo que ficou na cozinha são a prova de que tudo está prestes a mudar.

Embora não saiba que a filha está logo atrás da porta, o pai fala aos sussurros:

– A gente não precisa contar pra ela. Ela… não vai conseguir escapar. Ela é um caso especial. A gente pode deixá-la ser nossa princesinha por mais alguns anos.

Princesinha! Nossa princesinha! Nessa expele o ar com força. Ela precisa fazer um grande esforço para se manter imóvel – por causa da deficiência nas pernas, faz uma barulheira quando anda. Mas quando a mãe, Agnes, começa a soluçar, Nessa decide que já basta.

– Gente, por Crom! – diz. – Eu tô aqui no corredor. Vou entrar, e é melhor vocês não estarem se beijando! – Sua intenção era que a última parte soasse como uma piada, mas não funciona.

– Pode entrar – diz o pai.

Ele tem cabelos grisalhos o bastante para cobrir a cabeça. Boa parte dela. É ainda mais velho do que a mãe de Nessa, e nos dias mais ingratos a garota se pergunta se foi a idade dos pais que a fez nascer tão fraca a ponto de pegar poliomielite. O primo comentou isso numa ocasião, e de vez em quando Nessa pensa sobre o assunto.

– Eu sei que Papai Noel não existe – diz ela, entrando. – Se é isso que tão planejando me contar. Já faz uns anos, mas…

Agnes começa a ofegar, como se tivesse levado um soco no estômago. Ela treme tanto que chacoalha a cama. Com os braços magros e longos, o pai de Nessa enlaça a esposa, o que parece ser a única coisa a impedir a mulher de sair correndo.

Nessa sente um calafrio. Ela não tem como saber, mas é a primeira manifestação de um medo que nunca mais vai deixar de sentir; é algo que vai arruinar sua vida assim como vem arruinando a vida de todas as outras pessoas do país.

O pai também começa a chorar; é quase impossível perceber as lágrimas: não passam de uma leve umidade nos olhos. Seus soluços são pesados, como se estivessem abafados por um pano grosso.

Nessa arfa.

– O que quer que seja… – começa ela, e algo lá no fundo implora que cale a boca, pare, mude de ideia! – O que quer que seja, eu quero saber.

E eles contam. Sobre os Três Minutos e sobre o que aconteceu com o irmão mais velho de Nessa. E ela ri, porque é o jeito dela e porque aquela situação é um completo absurdo. É mais uma das pegadinhas bestas do pai! Só pode ser.

Mas eles continuam a terrível história, e o medo aumenta cada vez mais até que ela começa a gritar com eles, histérica e horrorizada:

– Vocês estão mentindo! Vocês estão mentindo!

Sua perna cede, e ela cai.

Nos dois dias seguintes, Nessa se recusa a brincar ou falar. Mas é inteligente demais para não reconhecer a verdade. Os indícios estiveram ali sua vida inteira – foi a própria monstruosidade do fato, aliada ao ambiente protegido de sua infância, a infância que acabara de perder, que a impediu de enxergá-los. Ela nunca se perguntou onde estavam os adolescentes. Ou por que quase nunca conversou com alguém de dezessete, dezoito ou vinte anos.

O fato é que, se ela se recusar a ser colocada para dormir pelos médicos, o futuro será o seguinte: em algum momento durante sua adolescência os sídhes virão atrás dela, assim como fazem com todo mundo. Eles vão caçá-la, e, se ela não conseguir escapar, vai morrer, ponto-final.

No terceiro dia, ela sai do quarto. Seus olhos estão secos.

– Eu vou sobreviver – diz ela. – Quero ver quem vai me impedir.

E ela acredita em cada palavra.

ÔNIBUS

QUATRO ANOS SE PASSARAM, E NESSA ESTÁ PARADA SOB O SOL NA rodoviária de Letterkenny. Tudo é velho, todas as pessoas são velhas. Exceto ela e Megan, a ruiva com bochechas vermelhas que, com a expressão petulante, fuma seu tabaco "orgânico".

Nessa gostaria de alertar a amiga, dizer algo do tipo: "A gente precisa manter a forma se quiser sobreviver". Só uma em cada dez crianças passa pela adolescência. Mas o semblante cálido de Megan é tão bonitinho que Nessa se vê incapaz de estragar o clima.

Elas compram as passagens com a senhorinha no guichê e se apressam para pegar bons assentos.

— Saca só o estado do busão! — diz Megan. Tudo cheira a fritura velha devido ao motor cansado que bafora a fumaça do combustível vegetal reciclado. — Se ele aguentar o peso dessa sua mochila, já vai ser uma vitória. Ele vai deixar a gente na mão no meio do nada.

Ao lado do ônibus, um guarda corpulento de meia-idade brande uma agulha de ferro com mais ou menos dez centímetros de comprimento. Suando sob o quepe, ele limpa o objeto com álcool e dá uma espetada no braço de cada pessoa que embarca.

— Por acaso eu pareço uma sídhe pro senhor? — grunhe uma idosa.

— Dizem que eles podem assumir a aparência que quiserem, dona.

— Nesse caso, eles não iam querer se parecer comigo!

— Nisso a senhora tem razão.

Ela xinga enquanto ele a espeta.

O homem dá um sorrisinho.

– Desculpa, dona! Supostamente eles são vulneráveis a ferro.

Quando chega a vez de Nessa, o guarda encara suas pernas e não consegue esconder a expressão de dó. *Seus pais não te amavam o suficiente pra acabar com a sua vida?*

A expressão de Nessa permanece neutra.

– Perdeu alguma coisa na minha perna?

Megan se intromete.

– Sinto muito, seu guarda. – O tom de voz é educado e respeitoso. Ela tem o rosto mais bonito da face da Terra: bochechas rosadas e olhos verdes e brilhantes. – O que minha amiga tá tentando dizer é "Cuida da tua vida, seu cara de bosta".

Quando Megan se aproxima para passar pelo teste da agulha, o guarda faz questão de ter *muita* certeza de que ela não é uma espiã. Ela aguenta firme a espetada – mas, assim que ele remove a agulha, a garota passa uma rasteira no homem – embora ele tenha o dobro do seu tamanho – e torce seu braço para trás até que ele fique de joelhos.

– Megan, já deu! – exclama Nessa.

– Eles treinam a gente muito bem – diz Megan, dando uma pisca-dinha. Depois solta o homem e entra no veículo.

O ônibus sacoleja com destino a Monaghan, e Megan tagarela sem parar, quase sempre em inglês. Nessa tenta responder só em sídhe – não porque ame o idioma, mas porque acha que a habilidade de falar a língua do inimigo vai salvar sua vida um dia.

Ela sabe que deveria encontrar uma amiga melhor: alguém que não fume nem tenha o cabelo perigosamente comprido. Mas Nessa não está pronta para sacrificar toda e qualquer alegria por causa dos inimigos ancestrais de sua raça. Ainda não.

Logo depois de passar por Lifford, o ônibus segue por uma ponte que leva ao que costumava ser a Irlanda do Norte. Ninguém mais se importa com isso. A única fronteira reconhecida pelos sídhes é o mar que cerca a ilha da qual foram expulsos milhares de anos antes. Nenhum humano pode entrar ou sair. Assim como nenhum remédio, nenhuma vacina e nenhuma peça de reposição para as fábricas que os produziam; nenhuma mensagem de esperança ou amizade. Nada.

Um véu brumoso paira sobre a costa, e seus habitantes, independentemente do que diziam seus antigos passaportes, agora pertencem à mesma espécie em extinção.

O garoto embarca em Omagh. Está em forma, é claro, com o físico de um corredor. Quase todos os adolescentes são assim, mas, no caso dele, não parece estranho, muito embora ele ainda tenha o que crescer. Ele sorri quando vê as garotas.

— Indo pra Dublin, meninas? — As palavras em sídhe fluem naturalmente de seus lábios.

Nessa gosta de sua aparência, assim como de sua autoconfiança vívida e amigável. Ela tem a impressão de que ele também gosta dela, mas ainda não viu suas pernas.

Como sempre, é Megan quem responde:

— Nossa escola de sobrevivência fica em Roscommon.

— Em Boyle? Já ouvi falar. Não foi um dos garotos de lá que conseguiu se salvar umas noites atrás?

As meninas prendem a respiração.

— Quem? — pergunta Nessa.

Vinte e cinco anos antes, quando os sídhes começaram a caçá-los, menos de um em cada cem adolescentes sobrevivia. Mas hoje, com o treinamento constante, o preparo físico e os estudos, com cada centavo sobressalente de um país empobrecido sendo investido na sobrevivência dos jovens, as chances de se manter vivo são dez vezes maiores. Entretanto, continuam sendo tão baixas que a ideia de um conhecido ter se salvado enche Nessa de empolgação.

— Ponzy, acho. Que nome é esse, aliás?

— Tá de zoeira! — guincha Megan. — O Ponzy? Aquele cabeçudo? — Ela solta uma risada, mas de felicidade, porque gosta de Ponzy. Todos gostam.

Nessa sorri a ponto de as bochechas doerem. O garoto desconhecido parece ficar mais animado, mas não tanto quanto se esperaria.

– Só que… – começa ele. – Só que dizem que ele voltou um pou-co… *diferente*.

– Diferente como? – pergunta Nessa.

Pela janela atrás do rapaz, ela vê uma choupana com cercas vivas bem aparadas e uma horta cheia de pés de alface. Nessa se lembrará para sempre dessa cena porque, em vez de lhe responder, o garoto desaparece e suas roupas vazias caem no chão.

Todas as outras pessoas abafam um grito, mas Nessa não hesita: se levanta de imediato e berra:

– Pare, motorista! – Percebendo que falou em sídhe, repete o coman-do em inglês: – Aconteceu uma Convocação! Motorista! Você precisa dar ré! Volte!

Megan, proprietária orgulhosa de um relógio de corda, já começou a contagem regressiva.

– Vinte segundos. Talvez… eu tenha começado alguns segundos atrasada.

Meio minuto já se passou quando o veículo começa a retroceder, obrigando Nessa a se segurar para não cair. Há um carro do governo atrás, e os passageiros do fundo agitam as mãos em um frenesi pedindo que recue. Sessenta preciosos segundos são desperdiçados com isso, porém o ônibus logo alcança a casa com a horta cheia de pés de alface. Nessa manda o motorista parar.

Será que foi aqui?, ela se pergunta. *Ou será que foi um pouco mais pra trás?*

– Quanto tempo passou? – pergunta.

– Dois minutos e quarenta e cinco segundos – diz Megan, observan-do o agourento ponteiro mais longo. – Deu três minutos agora!

É quando o menino volta. Precisamente falando, os famosos "Três Minutos" são três minutos e quatro segundos. Todo mundo sabe disso, porque, durante o primeiro e terrível ano, várias Convocações acaba-ram sendo filmadas por câmeras de segurança.

O corpo do menino reaparece, despencando no chão. Nessa fica aliviada ao perceber que não é um dos piores casos. Não há nada que embrulhe o estômago, só um pouco de sangue e um par de chifres brotando da cabeça dele. Os sídhes podem ser bem mais inventivos do que isso, e têm até o que especialistas chamam de "senso de humor". Nessa sente um calafrio.

– Não ficaram com ele por muito tempo – sussurra Megan. – Não tiveram a chance de trabalhar *pra valer* nele.

Alguns dos passageiros idosos começam a chorar e a pedir para descer do ônibus, mas as coisas não funcionam mais como antigamente. Eles podem esbarrar sem querer no corpo ao tentar passar por cima dele, e isso não é permitido. O menino com chifres vai permanecer ali até que membros da Agência de Recuperação o tenham examinado de maneira adequada, em Monaghan.

– Essas garotas precisam chegar à escola – diz o motorista, e é tudo.

Megan observa em silêncio as pessoas aos prantos, depois se senta bem reta e olha para a frente. Nessa também se esforça para parecer calma, para apreciar a paisagem rural pelas janelas, tentando não pensar nos muitos assassinatos cometidos por um lado e por outro na guerra pelo direito de cultivar aquelas mesmas terras.

Ela se sobressalta quando Megan aperta seu ombro.

– Para com isso! – chia a amiga de Nessa.

– O quê? Parar com o quê?

– Você tá batendo a cabeça de novo. Na janela.

– Ah, tá.

Nessa sente um hematoma nascendo. Percebe que está ofegando como um peixe fora da água e que nunca esteve tão consciente a respeito de algo quanto está do cadáver daquele rapaz bonito.

Os sídhes o roubaram por pouco mais de três minutos, porém, no mundo deles, na Terra Gris, um dia inteiro se passou, e cada segundo foi feito de pânico e de dor.

– É porque ele parece com o Anto? – pergunta Megan.

Nessa reprime um calafrio.

– Ele não tem nada a ver com o Anto.

A garota ruiva dá de ombros. Ela não liga. Nessa também não deveria ligar. Não se quiser viver.

Escola

J Á DESCALÇAS — PARA ENDURECER A SOLA DOS PÉS — E CARREGANDO as próprias malas, elas entram pelo portão. Nessa sabe que a amiga está andando mais devagar de propósito para poupá-la do constrangimento. Nenhuma das duas abre a boca. É uma tarde bonita, comecinho do outono. Os corvos, crocitando a plenos pulmões, lotam as árvores com suas penas cinzentas e pretas. Aqui e ali, um grupo de pássaros paira sobre os dormitórios revestidos de hera e as construções monásticas que se apequenam em meio aos edifícios maiores. Sim, a Escola de Sobrevivência de Boyle é uma mistureba estranha do novo com o antigo, mas Nessa sempre sente um alívio ao chegar ali. Por mais que ame os pais, a escola é seu verdadeiro lar, onde todos encaram os mesmos perigos e o mesmo medo e compartilham esperanças também.

Estão a uns cem metros da entrada principal quando Anto se junta a elas. Ele sorri — meio acanhado, pensa Nessa, que precisa reprimir o sorriso que ameaça se escancarar em seu rosto. Eles *não podem* ficar juntos, ponto-final. Não podem.

— Tudo beleza? — cumprimenta ele, o sotaque carregado de Dublin. — Muitas poças legais em Donegal?

Por mais que o garoto seja bonito e tenha um brilho travesso no olhar, Megan revira os olhos quando ele fala.

— Eu tenho uma maldita redação pra entregar pra Dona Gluglu — diz ela. — Não vou desperdiçar meu tempo com uma gentalha que nem você, Anto, seu dublinensezinho safado. – E se afasta, deixando os outros dois mergulhados em um silêncio constrangedor.

Nessa gosta do fato de Anto não se oferecer para carregar sua mala, de ele jamais a olhar com pena. Na maior parte do tempo ele apenas ri, sempre cheio de uma felicidade que contagia o ambiente.

Mas ele não está rindo agora. Eles caminham exageradamente próximos um do outro, as respirações sincronizadas, olhando compenetradamente para a frente enquanto lembram da mesma coisa: a vez que ela acidentalmente o beijou por dez longos minutos.

Foi no dia em que Tommy foi levado – a primeira vez que ela testemunhou o que os sídhes eram capazes de fazer com alguém, de fazer com ela. E todos os desejos inutilmente reprimidos irromperam, estilhaçando o dique que ela tinha construído para contê-los. Depois do acontecido, Nessa reconstruiu a barragem. Mais reforçada do que nunca.

Estão quase chegando à entrada principal quando ele se pronuncia:

– Por que não?

Nessa não precisa perguntar do que ele está falando. Ela para, o que faz o garoto parar também.

– Você falou que gostava do meu cabelo – diz ela.

– Falei. – Com a mão esquerda, ele mexe no crucifixo que ganhou de presente da mãe, já ciente de que não vai gostar do rumo da conversa.

– Eu raspei.

– Sim, Nessa. O Nabil recomendou que todos nós raspássemos. Eu cortei minha trança também.

– Pois é, Anto. Eu gostava do meu cabelo. Quando volto pra casa, minha mãe chora por me ver careca. Mas agora nada… *nada* pode me agarrar pelo cabelo, entendeu? É uma coisa a menos para me preocupar quando eu receber a Convocação dos sídhes.

– Saquei.

O rosto dele está pálido. Ele odeia isso. Odeia falar sobre o inevitável dia da Convocação. Mas evitar o tema é algo que todo mundo na escola faz, e é um problema. As pessoas se iludem. Criam laços, se perdem em distrações. Comem demasiadamente. Treinam pouco. Falam inglês em vez de sídhe.

Nessa diz a ele o mesmo que disse para os pais:

– Eu vou sobreviver. – E afirma com a voz mais gélida que é capaz de emitir, o que é bem gélido: – Aquilo que aconteceu depois do Tommy foi um negócio de momento. Eu não tô mais interessada em você.

Anto não pode entrar no dormitório das garotas. Com o rosto sem nenhuma expressão, como uma folha em branco, Nessa o deixa aos pés da escadaria. Ela não olha para trás; suas mãos não tremem. Está cada vez melhor nisso. Nessa conhece Anto. Sabe que ele vai deixá-la em paz.

Milagrosamente, ela ainda está controlada quando chega ao alto da escadaria. Sente um nó na garganta, mas isso ninguém pode enxergar, e a respiração acelerada pode ser justificada pela mala pesada.

O fato é que, apesar do que disse sobre distrações, Nessa representa um risco muito maior a Anto do que ele a ela. De todas as pessoas que ela conhece, ele é o espírito mais gentil. A ponto de ser ingênuo. Despropositado. Por Crom, como isso a deixa furiosa! Uma pessoa assim não se garante no outro mundo. Ele vai morrer, e não vai ser rápido.

Para com isso! Para! Ela não pode se dar ao luxo de pensar essas coisas. Em mais de uma ocasião, esse tipo de pensamento a tornou… *imprudente*, como no dia em que deu uma de Romeu.

Ela passa pela porta de vaivém e entra no quarto bem iluminado, onde há trinta camas. Vinte e seis delas ainda estão ocupadas – é o Quinto Ano, o ano crucial em que a maioria das ocupantes do dormitório receberá a Convocação. A prova disso pode ser conferida no andar logo acima, onde o quarto das meninas do Sexto Ano contém apenas dez camas, cinco delas em uso. O Sétimo Ano só tem um garoto e uma garota, e nenhum dos dois vai chegar até o Natal.

Mas ninguém ali age como se admitisse essa verdade. Antoinette está fumando na janela, o sorriso estampado no rechonchudo rosto negro. Pelo menos quinze pessoas já chegaram. Garotas atléticas de todas as partes da Irlanda cujo aniversário calha de ser em setembro ou no começo de outubro.

Nicole bate papo com Marya; dá para ouvir a voz de Emma Guinchinho ao fundo enquanto Liz Sweeney, em um dos cantos, fita as demais com cara de desprezo.

Todas passaram duas semanas em casa e têm muito assunto para botar em dia. Aoife segura um saquinho de doces que a avó polonesa preparou; foi da matrona que ela herdou os cabelos loiros e a atitude absurdamente generosa, mas o sotaque dublinense é encardido como o de Anto.

– Você ficou sabendo que o Ponzy se safou? – pergunta ela para Nessa.

– Fiquei! – Nessa finalmente sente os ombros relaxarem um pouco. – Grande Ponzy! Será que ele vai voltar como veterano?

– Sei lá eu… Ele tá em casa por enquanto. Quero muito ouvir o relato dele. Ei, você tem um biscoito aí?

Nessa, é claro, nunca tem biscoitos. Ela nega com a cabeça.

Como dissera, Megan foi entregar a redação para a Sra. Breen, a diretora – também conhecida como Dona Gluglu, e Nessa deixa suas tralhas na cama da amiga enquanto se organiza.

A primeira coisa que tira da bolsa é o *História dos sídhes*, um livro de meras cem páginas que contém todo o conhecimento que os humanos possuem da espécie que jurou extinguir os irlandeses. Há livros maiores sobre eles, é claro – alguns com milhares de páginas. Mas quem os escreveu não tem nada além de medo e especulação a oferecer. Nessa prefere os fatos, e não há um único parágrafo do *História* que não saiba de cor.

O próximo livro é um tijolão. Consiste nos Testemunhos do último ano: relatos dos adolescentes que voltaram com vida da terra dos sídhes e também com boa parte da sanidade intacta, a ponto de conseguirem contar o que viram e ouviram.

O último, presente de sua mãe quando Nessa saiu de casa pela primeira vez, é o *Dánta Drádha* – uma coletânea de poemas românticos. Exatamente o tipo de coisa que ela disse a Anto não ser sua praia. Mas ela sabe de cor boa parte desse livro também.

A porta vaivém se abre de novo. Sarah Taaft surge, uma montanha de músculos. Castigada pelo vento e pelo sol, a fuzileira naval dos Estados Unidos deve ter quase cinquenta anos, mas nada indica que a idade a tenha abrandado.

– A gente vai sair pra correr! – grita em inglês. Ela não sabe falar nem uma palavra em sídhe. – Todo mundo de roupa de ginástica.

Nessa sente um temor quando os olhos claros da mulher recaem sobre ela.

– Você vem, Nessa?

– Claro que vou. – Ela sente o rosto ruborizar, mais ainda quando Taaft revira os olhos.

– A gente não vai te esperar.

– Como sempre.

Nessa não precisa da misericórdia delas. É a primeira a trocar de roupa. A primeira a chegar à porta dupla. E *ninguém* desce a escada mais rápido do que ela. Ela desenvolveu uma técnica em que trava as pernas numa posição e escorrega de um degrau para o outro com as solas cascudas do pé. Apoiando-se de leve com os braços no corrimão e na parede para manter o controle, sempre está por um fio de um desastre.

Taaft grita atrás dela:

– Não tem escada na terra dos feéricos, criatura! Lá você não vai ter essa mordomia!

Nessa chega ao térreo em alta velocidade e se lança com precisão para escorregar pelo piso encerado quase até a entrada principal.

Chuckwu está chegando com as malas penduradas no ombro.

– O que você tá fazendo no chão? – pergunta ele.

– Saindo pra correr, ué. – Ela recusa a ajuda para levantar. Já ouve o burburinho e as risadas das colegas de dormitório nas escadas. – Preciso ir. – Tudo o que pode fazer desse ponto até as árvores é mancar, e não demora para o resto da turma ultrapassá-la. Inclusive Antoinette, que lhe sorri e sopra um beijinho com cheiro de cigarro enquanto Liz Sweeney abre caminho entre as demais. Até Megan, terminando de se enfiar na jaqueta de ginástica, já chegou.

– Aquela vadia desgramada da Dona Gluglu! Te conto tudo depois, Ness…

Por último vem Taaft, ultrapassando-a num trote.

– Fala sério, garota…

E elas se vão. As pernas de Nessa estão doendo quando chega às árvores, mas ela não se permite descansar.

– É só seguir as regras – murmura. – É só seguir as regras.

A essa altura, ela é uma especialista: procura galhos do tamanho certo e sabe exatamente como quebrá-los para produzir de maneira rápida um par de muletas meio tortas.

Nessa não conhece ninguém com braços tão fortes quanto os dela. Em corridas curtas, consegue manter o mesmo ritmo que a maior parte dos colegas do seu ano, meninos ou meninas. Mas não hoje. Hoje é dia da volta completa, como eles chamam.

Ela leva uma hora para descer pelos vales entre as colinas, escorregando perigosamente com as muletas nas primeiras folhas soltas do outono, depois percorre o zigue-zague da crista da montanha até que, ao crepúsculo, alcança a formação conhecida como "O Velho". Avista a silhueta solitária da Sargento Taaft sentada com uma proibida garrafa de cerveja na mão.

Nessa para antes de se aproximar dela. Está tremendo e suando, arfando muito mais do que qualquer colega de turma.

– Só desiste, garota – diz Taaft. – Vai pra casa.

Nessa engole a primeira resposta que lhe vem à mente. É perigoso bater de frente com a Taaft. Não à toa ela é a única integrante do corpo docente que não tem um apelido.

– Por que a senhora tá aqui, sargento?

Taaft ergue o olhar. Embora seu rosto seja hostil – uma mistura de dor de dente com maçã azeda –, agora, em meio ao aroma dos pinheiros e dos misericordiosos raios do sol poente, ela parece tão serena e amável quanto Nossa Senhora.

– Não sei, talvez eu tenha a esperança de capturar um feérico.

– Um dos aes sídhe?

– Isso. Você acha que eu não sei o que esse nome significa, garota? O "Povo dos Montes". – Ela toma um longo gole da garrafa de argila. Há várias outras espalhadas a seus pés. – Eu sei inclusive de onde vem esse nome. Li aquele *Livro das conquistas* de vocês. Sobre como vocês expulsaram os feéricos das terras deles e depois enfiaram aquele tratado goela abaixo dos...

– Eu nem tinha nascido! Nenhum de nós aqui!

– Seu povo mandou os feéricos para "baixo dos montes", seja lá o que isso signifique. Só que agora, milhares de anos depois, eles ressurgiram e vão acabar com a sua raça.

– Vão nada! – Nessa respira fundo. O suor está começando a ficar gelado contra sua pele. Ela sabe que precisa ir embora, mas não vai dar a Taaft a satisfação de vê-la afetada. – A cada dia que passa, mais de nós sobrevivem. Em vinte e cinco anos, a chance passou de um a cada cem pra um a cada dez.

– Os feéricos não vão se dar por contentes, garota. Pode apostar que eles estão trabalhando num plano agora mesmo pra virar esse jogo. E pouco me importa o que eles vão aprontar, contanto que isso os traga até aqui pra eu quebrar o pescocinho daqueles desgraçados.

É exatamente o que ela faz com a garrafa de argila. O estalo é alto como o disparo de uma arma de fogo, e a cerveja se derrama no chão.

Nessa engole em seco.

– Preciso voltar, sargento.

Parar para conversar foi um erro. Isso deu a seus braços tempo para lembrar quanto estão cansados. Escorrega pela encosta, enroscando as pernas em raízes soltas e pedras. Quando chega ao refeitório, todo mundo já tomou banho e as colheres estão raspando o fundo dos pratos.

Anto parece aliviado ao ver a menina, mas logo finge não dar bola enquanto ela segue até uma das mesas das garotas e se espreme entre Megan e Antoinette. Conor Geary, por sua vez, segue Nessa com o olhar desde que ela entrou pela porta. Ele é o mais alto na mesa dos garotos. Poderia esmagar a cabeça dela com um soco, e sua expressão sempre sugere que é exatamente isso que ele pretende fazer. Ela vai descobrir o porquê muito em breve – mas não ainda.

– Por Crom, você está fedendo! – diz Megan. – Minha sorte é que esse ensopado nojento tá acabando aos poucos com meus sentidos. E veja! Eu guardei pra você a quantidade certinha pra te fazer passar a noite inteira no banheiro.

– E por que eu ia precisar do banheiro se a sua cama é bem do lado da minha, Megan?

– Você está me chamando de cocozão, dona Nessa Doherty?

– O quê?

– Se minha cama é uma privada e eu durmo nela, então quer dizer...

Antoinette a interrompe. Seu prato está tão limpo que parece que acabou de sair da fábrica. Ela enfia o garfo no de Nessa, cuja gororoba está esfriando rápido.

– Sempre um prazer ajudar, meus amores – diz Antoinette.

Cada mesa do enorme salão comporta oito pessoas. Cada ano tem sua área, e garotos e garotas ficam separados. A maior turma é a do Primeiro Ano, a molecada de dez anos de idade. Eles parecem tão pequenininhos, franzinos e bonzinhos... Congelam como coelhos quando ouvem as Badaladas ou quando um dos instrutores mais barra-pesada lhes lança um simples olhar.

Em um tablado elevado na extremidade do recinto fica a mesa dos sobreviventes, na qual três dos estudantes que conseguiram voltar da terra dos sídhes comem na companhia dos instrutores. Nabil está ali nesta noite, mas mal toca a comida. Seus olhos escuros parecem tristes no rosto amável. Talvez as cicatrizes que maculam a barba sejam a razão para tal. Mas ele não parece impressionar Taaft: ela revira os olhos quando percebe que o único lugar vazio é justamente à esquerda do francês.

Há também as mesas dos professores, nas quais se destaca Alanna Breen. Ela é uma acadêmica famosa, autora do *História dos sídhes*, e domina a língua feérica como uma falante nativa. Nesta noite, tem a companhia da cadavérica Sra. Sheng, professora de Medicina de Combate, e do corpulento e ruborizado Sr. Hickey – outro sobrevivente, um dos primeiros –, responsável por ensinar Teorias da Caça. Ele está rindo – mas, qualquer que seja a piada, é o único a achar graça.

Quase todos os outros professores preferem comer sozinhos em Boyle, uma das cidades próximas.

Alanna Breen faz a taça retinir para chamar a atenção dos presentes, e o silêncio toma o salão. Ela se levanta sem ligar para como sua papada balança quando se mexe, embora essa característica tenha lhe rendido entre os estudantes o apelido de "Dona Gluglu". E o minúsculo queixinho sob a sombra do enorme nariz não ajuda em nada a sua aparência. No entanto, ela tem a voz firme e as palavras fluem fácil – verdadeiras joias gramaticais em gênero, número e grau.

– A essa altura, vocês já devem saber que um dos nossos, Ponzy, sobreviveu à Convocação.

Ela espera as comemorações terminarem.

– Ele não vai voltar para Boyle, mas seu relato será publicado no início da próxima semana. Algumas cópias ficarão no meu escritório, e o senhor Hickey – ela faz um gesto com a cabeça na direção do cavalheiro ruborizado a seu lado – vai compartilhar as partes relevantes com todos vocês.

– As partes relevantes, senhora? – pergunta Bartley, do Sétimo Ano, um dos dois colegas remanescentes de Ponzy.

– As partes relevantes – confirma ela.

A plateia fica tão aturdida que, por algum tempo, ninguém mais se pronuncia. Relatos de sobreviventes sempre são publicados na íntegra. De fato, naquela manhã, o garoto no ônibus, o que recebeu a Convocação, disse algo sobre Ponzy ter voltado… *mudado*.

– Todos nós conhecemos Ponzy – diz a Sra. Breen. – Ou melhor, Jack Ponsonby. Ele disse que gostaria… Ele disse que gostaria que lembrássemos dele como ele era. E, depois de ler o relato e pedir a orientação do nosso mestre de Teorias da Caça, concordei em deixar de fora o parágrafo final e as fotos dos… bem, dos *ferimentos* de Ponzy. E ponto-final. Estamos felizes por ele ter voltado. Mais um sobrevivente para manter vivo o futuro de nosso querido país. A sobremesa será servida em instantes. Mas, primeiro, vamos fazer um brinde.

Ela ergue a taça, seguida de todo mundo, e, de forma fervorosa e apaixonada, grita:

– A Nação deve sobreviver! O futuro nos pertence!

Nessa observa que a garotada de dez anos não brinda. Estão com a cabeça apoiada na mesa.

– Tadinhos – diz Antoinette. – Estão dormindo. Receberam o Chá de Boas-Vindas.

– Eu acho bem cruel, na real – diz Megan, e Nessa assente, apesar de discordar da amiga.

O Primeiro Ano está prestes a receber a lição de sobrevivência mais importante de todas. Em algumas horas, os alunos novos vão acordar sem roupas e sem proteção na floresta. É uma experiência que vai aterrorizá-los, marcá-los para sempre. E é essa a intenção – porque, da próxima vez que algo assim acontecer, será uma Convocação dos sídhes.

A ESCALADA

A AULA DE HISTÓRIA SE MOSTRA UMA OPORTUNIDADE DE COCHILAR até que, do nada, Dona Gluglu pergunta para Antoinette:

– Por que você acha que está aqui?

– Quem? Eu? – Antoinette praticamente dá um pulo na cadeira. Apressada, esconde o torso masculino de proporções heroicas que estava rabiscando na carteira. Não é exatamente o tipo de coisa que a Sra. Breen curte, sendo a diretora da escola e tal. – Hum, por que tô aqui, senhora? É... porque os sídhes querem me matar?

– Ah, não, meu bem, eles querem fazer pior. Eles querem te *virar do avesso*. Querem te amassar como uma folha de papel usado. Estou tentando salvar vocês, e vocês não estão ouvindo nem uma palavra do que eu digo!

Geralmente a diretora não dá aula, mas Chapman está tendo um "dia daqueles", e não vai passar até tomar a última gota de bebida em seu estoque. A Sra. Breen já está com a papelada pronta para demitir a professora. Vários outros estão na lista.

A Sra. Breen é durona.

Ela pertence à sortuda geração que viveu a adolescência logo antes de os jovens começarem a ser encontrados com mutilações terríveis, inconcebíveis. Ela se lembra dos aviões que, na tentativa de deixar o espaço aéreo irlandês, caíram dos céus sem ninguém dentro. Ela se lembra de ler sobre a última balsa a deixar Dublin, a qual encalhou na costa de Wicklow sem vivalma a bordo a não ser ratos e animais de estimação abandonados. E ela tinha uma irmã mais nova, da idade de Antoinette, cujo corpo jamais foi autorizada a ver depois que a garota voltou da Convocação dos sídhes.

A Sra. Breen sente vontade de gritar com os alunos, mas de que adiantaria?

– É que, senhora... – começa Antoinette. – Eu não entendo como esse cara, o... Geng... Geng...

– Genghis Khan.

– Isso, ele. Não entendo o que ele tem a ver com a gente.

A Sra. Breen sorri. Ela segura uma ilustração da figura histórica.

– Antoinette, gostaria de lhe apresentar seu ancestral.

– Ele? Mas ele não tem nada a ver comigo! Meu pai é nigeriano! E minha mãe é...

– Eu sei exatamente quem sua mãe é, garota! – *Uma mulher incrível, embora bem menos encantadora do que a filha.* – Mas você está certa. Ele não parece com ninguém do Quinto Ano. Ainda assim, é ancestral de todos aqui. Todos, sem exceção. Sei que não acredita nisso e não entende o que isso tem a ver com os sídhes, mas vou explicar. Vou começar dizendo que ele tinha uma quantidade enorme de amantes.

– Tipo eu, senhora! – grita Conor, e seu status na turma faz com que todo mundo se sinta na obrigação de rir. Até a Sra. Breen dá um sorrisinho.

Mas Nessa congela no lugar, pois Anto, o piadista compulsivo, não consegue resistir à oportunidade de brincar com fogo.

– Ah, não, não tipo você, Conor – diz ele. – Duvido que a beleza das amantes do Khan chegasse perto da sua.

A classe começa a rir para valer. Até Conor se junta ao coro, como se estivesse levando tudo numa boa.

No entanto, depois da aula, ele despeja sua fúria sobre Anto no corredor.

Os alunos da escola são treinados para lutar – para ferir gravemente, se for preciso – por ex-membros das forças especiais de vários países. E Conor aprendeu isso melhor do que ninguém. Mas Anto também é muito bom: é rápido o bastante para bloquear um ou dois golpes, mas, antes que outros alunos possam derrubar o atacante, enquanto Nessa tenta abrir caminho até ele, Conor inflige um olho roxo e uma costela quebrada ao oponente.

Nessa sente vontade de vomitar. Tudo o que pensa é: e se Anto receber a Convocação agora? Na condição deplorável em que está? E se receber a Convocação dos sídhes?

Ele deve estar pensando a mesma coisa, porque treme e tem sangue pingando dos lábios partidos. Está se controlando desesperadamente para não chorar na frente de todo mundo. Nessa quer ir até ele e ajudá-lo a se levantar. Ela quer abraçá-lo – e é a coisa certa, a *única* coisa humana a fazer.

Mas ela represa o sentimento. A culpa é toda dele. A porcaria da culpa é dele – ele praticamente pediu isso. Nessa está na escola para sobreviver. Ela não se importa com ninguém, e sua expressão é tão serena quanto a da imagem de uma santa.

Anto provavelmente a vê na multidão enquanto os amigos o ajudam a levantar, mas ele também conhece as regras e olha para além de Nessa. Depois sai mancando, como um cachorro maltratado.

Ninguém defende o garoto. Ninguém vai atrás dele. Na verdade, alguns alunos riem pelas suas costas.

Enquanto isso, Conor fala com a própria turba de puxa-sacos:

– Se ele quiser manter o sangue nas veias, vai ter que aprender o que é respeito.

– Não se preocupe – diz Megan no ouvido de Nessa. – Esse merda vai passar uns dias na Solitária por causa disso.

Somente se algum instrutor o pegar no flagra – pois, por alguma razão, ser um valentão nunca é tão ruim quanto ser um dedo-duro.

À noite, Nessa volta a fazer aquela coisa estúpida que jurou jamais repetir. A vontade vem crescendo dentro dela desde que o garoto de Omagh recebeu a Convocação no ônibus, e os acontecimentos do dia tornaram a pressão insuportável.

Enquanto todos dormem um sono exausto, ela sai de debaixo das cobertas e coloca o papel no bolso do peito do pijama.

– Aonde você tá indo? – sussurra Megan. Ela tem um instinto sobrenatural para as aventuras questionáveis de Nessa.

– Ao banheiro?

– Você nunca vai ao banheiro depois que as luzes são apagadas.

– Vou, sim. É que você tá sempre dormindo quando eu vou.

– Vai nada, sua vaca. Você lembra o que eu te falei da última vez, não lembra?

– Volta a dormir.

– Como você quer que eu durma agora? – Mas Megan apenas suspira e se acomoda.

Como disse, Nessa vai até o banheiro, que fica em um pequeno anexo no fim do corredor dos dormitórios. Tromba com Emma Guinchinho saindo de lá. A menina é baixa, bate no ombro de Nessa, mas é uma das corredoras mais rápidas da turma.

– É… Hum… Talvez seja melhor você esperar um pouco, Nessa. E abrir a janela. Foi mal.

– Beleza – responde Nessa.

O cheiro não é tão ruim quanto o aviso leva a crer, mas ela abre a janela mesmo assim. Tira o roupão e sai por ela só de pijama. Está no terceiro andar. Lá embaixo, o pavimento de pedra rachado aguarda sua queda. É o que quase acontece quando uma de suas pernas se enrosca no batente. Depois disso, porém, seus braços fortes fazem bem o trabalho.

A condição dos dormitórios, caindo aos pedaços, dá a Nessa vários pontos de apoio. Melhor ainda é a hera que cresceu vigorosamente por uma geração inteira. A garota avança de lado, como um caranguejo, empolgada até o último fio de cabelo. Não é um comportamento condizente com uma sobrevivente. Vai contra tudo em que ela acredita, contra tudo o que acha que deve fazer. Mas esse pensamento não é capaz de remover o sorriso do rosto de Nessa.

Ela chega à janela do corredor. Escuta um som vindo do interior e vê alguns dos cães perambulando. A função deles é vigiar os inexistentes espiões sídhes. Já a teoria dos alunos é que as autoridades querem manter os garotos e as garotas separados. Nenhuma pessoa grávida jamais sobreviveu a uma Convocação. Nenhuma em vinte e cinco anos. *Por que não fazer escolas separadas, então?*

Os animais rosnam, e, horrorizada, Nessa se dá conta: *eles sabem que eu tô aqui!* Ela entra em pânico e avança rapidamente até não mais ouvir o som, e se vê diante da janela de outro banheiro.

Está exausta, e a própria respiração soa tão alta quanto o grunhido de um animal.

É nesse ponto que a chance de ser pega é maior. Se for, vai passar um dia inteiro na Solitária, sem comida e sem nada para fazer além de pensar no quão fraca está ficando e no fato de que pode receber a Convocação a qualquer instante.

Ela acalma a respiração e força a janela até abri-la. Minutos depois, chega ao dormitório masculino e para em meio aos roncos. Ser encontrada no dormitório dos garotos seria pior do que ser enviada à Solitária: significaria a desgraça absoluta; ela seria tão ridicularizada que talvez rezasse para que os sídhes a resgatassem! Seus músculos tremem, e as pernas não colaboram com a tentativa de avançar silenciosamente. Ela conta as camas: uma… duas… e três.

Aquela silhueta é de Anto, que precisa esquecer dela se ambos quiserem ter alguma chance de sobreviver. Ela franze o nariz ao sentir o cheiro do remédio que deram ao garoto para tratar os ferimentos. Ouve a respiração suave e se demora observando seu formato sob as cobertas. O suor começa a escorrer em sua pele, o que a faz se dar conta do calor. Ela apenas enfia o papel debaixo do travesseiro de Anto.

O caminho de volta é muito mais difícil.

– Você é uma idiota – dissera Megan a ela depois da última vez.

– Se eu fosse um garoto, você ia dizer que é romântico. Como o Romeu na sacada!

Na ocasião, Megan revirou os olhos.

– Ia nada! Esse filme é ridículo. Não é nem em inglês. Não sei nem que merda de língua é aquela.

Uma mão de Nessa escorrega, e ela solta um gritinho infantil, porém consegue se segurar com a outra à custa de um joelho ralado. Quando passa pela janela patrulhada pelos cães, vê algo esquisito: cinco dos animais estão deitados juntos. Todos parecem adormecidos, a não ser pelo fato de que... estão com os olhos abertos. Será normal? Ela está cansada demais para se preocupar com isso.

Ao voltar ao banheiro das garotas, fica deitada no chão por uns bons dez minutos. O linóleo parece tão aconchegante quanto um carpete. Ela imagina o rosto de Anto na manhã seguinte ao encontrar o bilhete:

Faz muito tempo que adormeço
Desejando o gosto dele em meus lábios

Ele não vai entender nada, já que os versos estão em irlandês. Mas, se for capaz de procurar a tradução, considerando que o país não tem acesso à internet há vinte e cinco anos, descobrirá que o trecho pertence a um poema escrito por uma garota morta há muito tempo: "Um jovem de tranças". E talvez isso o faça lembrar que seu próprio cabelo um dia foi trançado.

Não há nada além disso que ela possa dar a ele. Ou a si mesma. A vertigem que sente ameaça irromper na forma de risadas. No entanto, ela precisa se fechar na represa de emoções. Ela escorregou! Quase caiu! Foi a última vez. Foi um acontecimento isolado, uma exceção. *Mais uma* exceção.

De volta ao dormitório, ela observa a silhueta das amigas ao redor. Uma delas se move. Parece se acomodar. De repente a cama fica vazia, e Antoinette – a generosa, a amável, a ingênua Antoinette – não está mais ali.

ANTOINETTE

EM SEU SONHO, ANTOINETTE ESTAVA EM CASA. SEU PAI FOI UMA DAS primeiras pessoas a sobreviver à Convocação, mas desde então abusa da comida, e, aos quarenta anos de idade, os médicos o informaram de que está na iminência de um ataque do coração. É uma das razões pelas quais a mãe de Antoinette, outra sobrevivente, não mora mais com ele. Ela foi morar com outra mulher, mas sempre diz:

– Eu não sou lésbica. Eu me apaixonei pela Gillian, apenas isso. Também amo seu pai, benzinho, mas ele quer morrer e eu quero viver. A mesma coisa serve pra você. O que mais quero é que você viva.

Elas já tiveram essa conversa mais de uma vez, e Antoinette sempre termina prometendo que vai parar de fumar, que vai treinar com mais afinco. Acima de tudo, ela precisa estudar sídhe – afinal de contas, foi sua mãe, a famosa Michelle McManus, quem entreouviu uma conversa dos inimigos e memorizou o bastante do que diziam para permitir aos pesquisadores decifrar seu significado...

Por um instante, Antoinette acha que ainda está sonhando. Abre os olhos e vê que o céu está repleto de redemoinhos de luz baça. Espirais prateadas, mais brilhantes do que as estrelas, mas menos do que a Lua, giram devagar no firmamento. Seu nariz já está irritado por causa do cheiro ardente, parecido com o de água sanitária.

Eles aprendem sobre aquilo na primeira noite na escola de sobrevivência, quando acordam nus e sozinhos no meio da floresta. Como o Sr. Hickey não cansa de repetir nas aulas de Teorias da Caça:

– Mesmo em seus sonhos, ajam como se sua vida estivesse em jogo, porque um dia ela vai estar.

Ela se ajoelha. A cabeça zumbe. *Eu não tô pronta. Eu não tô pronta. Deus, por favor...*

A garota se encontra dentro de uma pequena depressão no solo. Ao redor dela, estende-se um carpete do que parece ser capim-cortante. Ele rasga a pele de quem quer que caminhe sobre ele. Entretanto, há várias pedras se destacando acima do nível do mato, e, a uns dez passos de distância, a vegetação dá lugar a uma floresta de bonsais que batem na altura do calcanhar de uma pessoa e não parecem perigosos.

Os anos de treinamento se reativam.

De repente, um guincho horrível rasga o ar – um som tão agudo e amargo que ela sente cada um dos dentes doer. Os cães. Os cães estão vindo. A primeira coisa que Antoinette aprendeu na primeira aula do primeiro dia foi: MEXA-SE!

Nua e arrepiada, ela se levanta e salta de pedra em pedra, poupada da dor pela sola grossa dos pés, e só tropeça quando escuta os uivos do cão novamente. Mas nesse ponto ela já alcançou a floresta de bonsais e está correndo para o topo de uma das pequenas colinas, com o cenho franzido devido ao gosto amargo do ar.

A paisagem prateada se desenrola diante dela como um pergaminho com o desenho de um mapa. É o Território Feérico em sua plenitude: lagos de fogo avermelhado, a única cor ali, cuspindo e borbulhando ao longe; florestas repletas de frutos terríveis; tornados que parecem os dedos de um gigante cavoucando o solo; relâmpagos aleatórios; chuvas corrosivas; e uma flora assassina e diversa.

E Antoinette, como um milhão de adolescentes antes dela, pensa: *nós expulsamos os sídhes para cá. Não é de admirar que eles nos odeiem.*

Não importa que o fato tenha acontecido milhares de anos antes de Antoinette nascer. Para os sídhes, ele é muito real.

Assim como o cão.

Ele uiva de novo, fazendo os pelos da nuca da garota se arrepiarem. Será que está perto? À espreita dela? Ela escuta outro uivo vindo de longe, à sua esquerda.

Antoinette acelera, arremessando-se, deslizando pela encosta. Cada vez que inspira o ar acre, seus pulmões doem. Ela ignora a dor. Se puder evitar os sídhes por mais ou menos um dia, vai voltar viva para casa e nunca mais terá de ver este lugar horrendo. Ela treinou para isso, para correr por um dia inteiro em um terreno acidentado. Desliza, lança-se para a frente e se levanta após um rolamento perfeito. É quase divertido!

Na metade da descida, flocos de cinzas começam a cair do céu, obscurecendo a visão da paisagem à frente — e, com sorte, frustrando os perseguidores também. Ela avança dez passos dentro de um bosque de arvorezinhas retorcidas e cinzentas quando algo passa zunindo perto de sua orelha e se enfinca em um dos troncos. A árvore toda treme, e Antoinette vê a flecha enterrada. Um líquido escuro escorre do ponto de impacto.

No topo da colina que ela acabou de deixar para trás, há uma arqueira sídhe parcialmente ocultada pela chuva de cinzas. Sem dúvida, é jovem e bela — ninguém nunca viu um sídhe idoso. Também não há dúvida quanto a suas intenções, pois está acomodando uma segunda flecha no arco.

Antoinette foge.

Não vê outro sídhe por algum tempo, porém não descansa. A garganta arde ao respirar. *Por que... por que fui inventar de fumar? Por quê? Por quê? Por quê?*

Apesar do aviso dos pais, apesar dos resultados das quatro Convocações que presenciou, ela nunca acreditou que esse dia chegaria. Não para ela. Não para Antoinette!

O pânico a fez correr mais rápido do que deveria, e agora suas pernas estão bambas de cansaço. E se procurasse um lugar para se esconder? Alguns sobreviventes usaram essa tática. Mantiveram-se fora do caminho até o tempo acabar — mas só vai funcionar se ela despistar os cães.

A sorte de Antoinette é que ela se depara com um riacho. Entra na água e caminha pela terra escorregadia, parando para fazer uma concha com as mãos e beber um pouco do líquido. É seguro tomar água em pequenas quantidades. Ela está contaminada por parasitas horrendos, mas a garota não vai ficar ali por tempo bastante para que lhe causem mal, e nada além de seu corpo vai retornar com ela.

No fim, não são os parasitas que a repelem da água, mas os "peixes", de formato perturbadoramente familiar. Estão se reunindo em uma... *gangue* perto de uma das margens e forçando as nadadeiras minúsculas para acompanhar o ritmo da garota. Parecem estar juntando coragem, talvez para um ataque. Ela cambaleia de volta para a terra firme bem a tempo de ouvir os cães de novo, cujo uivo a faz deixar escapar um grito. *Estão perto demais! Como isso foi acontecer? Oh, Deus! Oh, Crom, Dagda e Lugh!*

Mas eles já não podem farejá-la. Não têm como saber onde ela está, e logo à sua direita há um pequeno monte de pedras cercado por plantas que supõe serem inofensivas. Sem tempo para pensar melhor, Antoinette desliza por entre os arbustos.

São aracnoárvores, ela percebe depois. Os espécimes investem contra a garota, mas são jovens e ela provavelmente conseguirá quebrá-los quando precisar. O importante agora é controlar a respiração para...

O primeiro dos "cães" surge. Ela sente o impulso de gritar – ou chorar – quando o vê.

A criatura já foi uma humana. Agora trota sobre as mãos e os pés. As pernas se dobram no sentido contrário da articulação. O focinho é grande e grosso, cheio de dentes enormes que não cabem na boca, a qual não fecha totalmente, e um fluxo constante de saliva escorre pelo queixo. Ainda é possível reconhecer as patas da frente como mãos de uma pessoa. Os seios, humanos demais, pendem para baixo e raspam nas rochas e no mato de uma forma que faz Antoinette sentir dor por ela e desejar poder ajudar de algum modo.

A criatura está ofegando e ganindo baixinho.

– Pegar – diz, de forma quase ininteligível. – Se eu pegar, mestre vai amar eu. Pegar. Pegar.

O monstro é agarrado por uma aracnoárvore e explode em um frenesi de selvageria até libertar a "pata". Depois vai embora, e Antoinette se esforça para reprimir os sentimentos de pena e nojo. Não ousa se mover; pouco depois, outros dois cães passam por ali, ambos machos, com barbas emaranhadas e língua de fora.

Algo perfura a perna da garota. E de novo! Mais forte desta vez, e ela precisa empregar todo o autocontrole para não soltar um grito. Pessoinhas diminutas correm ao redor dos seus pés. Assim como os cães, elas também trotam de quatro, mas de vez em quando ficam em pé para golpear sua pele com lanças do tamanho de um palito de fósforo. Têm a voz aguda demais para que Antoinette seja capaz de ouvir, mas são organizadas e definitivamente creem que podem derrubá-la.

Ela solta uma mão presa pela vegetação e gentilmente varre as pessoinhas para longe. Logo se arrepende da delicadeza, porque começa a sentir a pele adormecida ao redor dos ferimentos que elas lhe causaram. *Veneno! Elas estão usando veneno!*

Desta vez ela as afasta com mais violência, porém sente o aperto das aracnoárvores, que a mantêm presa enquanto dezenas de homenzinhos tribais se preparam para um ataque. Não lhe resta alternativa senão se erguer sobre os pés para se libertar. Ao cambalear do esconderijo, esmaga algo – ou alguém – com um ruído úmido e nojento.

Menos de quinze metros à frente, há um grupo de sídhes sorridentes.

O fato de terem sido pegos de surpresa dá a ela a oportunidade de correr em direção à floresta. Mas eles partem atrás dela de imediato, estimulando uns aos outros com gritos de deleite. Nunca, nunca em sua vida Antoinette ouviu uma alegria tão inocente.

Ela corre sem pensar em nada, corre mais rápido do que jamais correu. Uma corneta de caça soa atrás dela, e de repente o homem mais bonito que Antoinette já viu surge velozmente à sua direita. Ele tem a pele cintilante, olhos grandes e uma lança apontada diretamente para o coração da garota.

A menina se abaixa quando ele a ataca. O movimento é perfeito – Nabil ficaria muito orgulhoso –, e ela agarra a lança e a torce para arrancá-la das mãos do sídhe. *Não deixe que encostem em você! Não deixe que encostem em você!* Enquanto tenta se lembrar dos alertas, seu corpo age por impulso e ela enfia a lança bem na barriga do homem. Um ferimento fatal. Ela matou alguém – um sídhe, mas alguém.

Ele solta um grito de excitação.

– Ora, ora! Muito bem, ladra! – Ele escorrega com as costas apoiadas em uma árvore, sangrando. – Que arisca! Quase a peguei! – Seu rosto já está ficando pálido.

Sombras começam a se aproximar, e Antoinette foge mais uma vez. Está quase nos limites do bosque quando volta a escutar os cães.

Além da última árvore, há uma paisagem que quase a faz infartar. Parece um campo de repolhos, mas são cabeças humanas. Centenas delas, espaçadas com precisão. Os corpos não estão à vista, mas aqui e ali ela divisa mãos irrompendo do solo.

Os olhos de um homem a seus pés giram em sua direção.

– Me ajude – geme ele, em inglês. – Me ajude.

As outras cabeças ouvem, e então começa um coro de súplicas desesperadas, tão alto que abafa o uivo dos cães. Mas os sídhes estão vindo, e não há nada – nada – que Antoinette possa fazer por aquelas pessoas.

Ela corre para salvar a própria vida, desperdiçando um tempo precioso na tentativa de evitar pisar nas cabeças. Os sídhes não têm a mesma preocupação: a garota solta um grito de dor quando a primeira flecha atinge seu ombro.

– Cuidado pra não matar a ladra! – grita uma voz. – Ainda temos algumas horas para aproveitar a presença dela!

As pernas de Antoinette já não são capazes de levá-la muito além. Ela sabe, sabe muito bem, mas não para de correr. Olha ao redor em busca de cobertura, um lugar para se esconder ou pelo menos para cair lutando. Ela já matou um sídhe; por que não poderia derrubar mais alguns se os cães a deixarem em paz? A distância, um tornado parece vir de encontro a ela. Coisas desse tipo já salvaram pessoas no passado. Ela toma a direção dele; embora saiba que o fenômeno pode transformá-la em picadinho; está disposta a correr o risco. Os gritos de um sídhe atrás dela lhe dão a certeza de que fez a escolha certa:

– Não, ladra! Lá não! Não vá para lá!

Momentos depois, tendo deixado as cabeças para trás, ela está correndo por uma planície enlameada.

Os caçadores soltam um berro de desespero. Aquilo dá a ela força para continuar – mas a lama a engole, primeiro até os joelhos, depois até o quadril.

Os sídhes formam um círculo ao seu redor, saltando de um lado para o outro com suas roupas de couro finamente talhado, suas correntes douradas e seus arcos esculpidos. Um deles joga uma corda na direção dela.

– Pega, ladra! – implora ele. – Só queremos brincar contigo. Prometemos não te machucar muito.

Parece sincero. Segundo os Testemunhos, os sídhes sempre cumprem suas promessas. Assim, quando a lama passa de seu umbigo, Antoinette, desesperada, fica tentada a estender a mão na direção da corda. Mas então pensa nos pais vendo seus restos mortais retorcidos e recusa a ajuda.

Só muda de ideia quando está com lama pela boca, mas a essa altura os sídhes já desistiram.

AMEAÇAS

Três dias depois das Badaladas Fúnebres de Antoinette, a turma está no intervalo da aula de Primeiros Socorros. Emma Guinchinho dispara pela porta.

— Eu nem olhei pra ela! — diz.

Aoife vem atrás.

— Eu não tô dizendo isso! Eu só tô dizendo que…

A discussão das duas é abafada pelo som de risadas. Anto está divertindo Shawny, Aidan e Cabbages com uma história sobre o cachorro da família que fazia questão de usar mamadeira, e no colo ainda por cima. Nessa, que finge não ouvir, acha que ele está inventando. Como a história da irmã que aos quatro anos fez xixi no quarto inteiro dos irmãos depois de uma briga, ou da avozinha meio capenga que reencenava clipes eróticos de rap de seus tempos de moça.

— Nessa?

A garota se segura para não dar um pulo. O Sr. Hickey está à porta da sala de convívio do Quinto Ano, que tem o dobro do tamanho da sala de convívio do Sexto e é equipada com um rádio antigo, mas em funcionamento, de modo que o homem precisa gritar para ser ouvido.

— A senhora Breen pediu que você fosse até o escritório dela.

Será que aconteceu alguma coisa em casa?, ela se pergunta. A saúde de sua pobre mãezinha nunca foi muito boa. Ao que parece, todo mundo no recinto pensa a mesma coisa, pois Megan aperta sua mão de levinho quando Nessa passa, e Conor, no canto da sala dominado por sua turminha, lhe lança um sorriso.

Ela segue pelo corredor e bate na porta da diretora.

– Entre. – A Sra. Breen ergue a cabeça. – Você tem saudades dela, não tem? Da Antoinette?

Nessa esperava ouvir muitas coisas, mas não isso. Seu instinto é negar os sentimentos, mas como rejeitar Antoinette? Justo ela? No fim, Nessa apenas congela no lugar.

A Sra. Breen suspira.

– De qualquer forma, não foi por isso que te chamei. A questão é: você foi a única que testemunhou a Convocação. Estava acordada, e só de pijama. Por quê?

– Eu tinha ido ao banheiro, senhora.

– Ao banheiro?

– O que mais poderia ser?

A Sra. Breen assente, satisfeita com o sídhe perfeito de Nessa, mas não a ponto de se distrair de seu intuito inicial.

– A questão, senhorita Doherty, é que viram uma pessoa pendurada do lado de fora do prédio e depois entrando pela janela do banheiro. Ao que parecia, a pessoa estava voltando do dormitório masculino.

– *Do lado de fora*, senhora? Tinha alguém do lado de fora do prédio?

– Chega de gracinhas, garota. Foi você?

– Eu sempre obedeço às regras, a senhora sabe.

E a Sra. Breen sabe. Sabe muito bem. A adolescente menos propensa a sobreviver à Convocação foi a primeira a raspar a cabeça, é a que presta mais atenção em todas as aulas, a mais fria e calculista, que se recusa a externar o menor dos sentimentos. O comportamento de Nessa é impecável. Ela nunca passou nem uma única noite na Solitária. Mas o horário de sua "ida ao banheiro" calha certinho com o acontecido.

– Você não sabe nada sobre os cães, sabe? – continua a diretora. De novo, Nessa não reage. – Porque, na mesma noite em que Antoinette recebeu a Convocação, alguém envenenou os animais.

Ela enfim demonstra uma emoção – e é horror.

– Exatamente, senhorita Doherty. Só um deles morreu, mas os outros ficaram dopados por um dia inteiro.

Nessa tenta se controlar. Pensa em como os cães estavam silenciosos no caminho de volta. Ela foi testemunha de um crime perpetrado contra criaturas inocentes, sem dúvida. Talvez seu depoimento ajude a capturar o culpado – entretanto, mais uma vez, os instintos paralisam sua língua. Em alguns instantes, a Sra. Breen vai liberar a garota. Nenhuma das duas tem como saber que, naquele exato segundo, um dos dois remanescentes do Sétimo Ano está recebendo a Convocação. Ninguém está junto dele no momento em que acontece, e ninguém vai perceber até que se passem algumas horas.

Assim que Nessa sai do escritório da diretora, Emma Guinchinho passa por ela.

– A Dona Gluglu me chamou também. – A menina baixinha revira os olhos. – Pelo jeito, não se pode nem mais ir ao banheiro!

Nessa assente. Ela se pergunta se os meninos serão interrogados também. Se Anto vai revelar sua perplexidade por ter encontrado debaixo do travesseiro um misterioso pedaço de papel escrito em irlandês. Quantas pessoas ali falam irlandês, afinal de contas? E quantas pertencem ao dormitório feminino? Duas, no caso. E só uma tem um livro de poesias.

Mas Anto deve guardar a informação para si. Mais tarde, no jantar, Nessa percebe que ele a observa, porém finge não ver, trata-o como um menino a mais entre tantos outros.

A essa altura, todos estão comentando sobre os cães – e especulando, como sempre, sobre espiões sídhes ou outra bobagem. Ninguém percebeu que a mesa do Sétimo Ano está vazia – mas, até aí, atividades surpresa não são incomuns.

O que é incomum é o fato de Conor se aproximar da mesa das garotas. Ele se acomoda ao lado de Nessa, no lugar que antes era de Antoinette. Nessa sente o calor do corpo do garoto empurrando-a para a esquerda. Ele é grandão, e o mesmo acontece com Aoife, do outro lado. Sem cerimônias, Conor vira a cabeçona angulosa na direção da mesa dos garotos e dá um joinha. Alguns dos professores na mesa sobre o tablado já viram o movimento e agora prestam atenção, de rosto franzido, de olho em qualquer confusão.

Conor se vira e sorri para Nessa e Megan.

– Você tá falando merda de mim de novo, né, sua ruivinha caipira? – diz, embora ele próprio seja de Tipp, um cafundó. – Então vou te dar a real: ninguém me passa pra trás. Tá entendendo?

– Não – responde Megan, com a boca cheia de pão. – Eu não estava falando merda nenhuma de você. Só estava pensando em voz alta: será que de repente não foi você que envenenou os cachorros pra poder tirar uma casquinha deles? – Ela volta a atenção para o prato, sufocando um bocejo.

Por debaixo da mesa, sem ninguém ver, Nessa dá um apertão no pulso da amiga. *Por favor, Megan*, pensa. *Por favor, só desta vez, não cutuque a onça com vara curta!*

Conor se empertiga, mas logo se controla ao perceber o olhar dos professores.

– Quando você menos esperar, Megan – começa ele –, vai acordar e encontrar essas bochechinhas coradas detonadas por uma gilete.

– Bela ameaça vinda de um estuprador de animais imundo, mas muito amadora. – Megan sorri, ignorando o aperto cada vez mais forte de Nessa na tentativa de fazê-la calar a boca.

– Amadora, é?

– Quem você acha que estava no dormitório masculino na outra noite? Bem ao lado da sua cama enquanto você sonhava com aqueles cachorrinhos irresistíveis? Aqui vai uma ameaça decente, seu bosta: você fica por aí falando que mal pode esperar pela Convocação, que vai se livrar dos sídhes com os pés nas costas... Então, da próxima vez que eu estiver na cabeceira da sua cama, não vou me conter. Vou levar uma faca e cortar seus tendões de aquiles. E aí eu quero ver você correr rápido.

O rosto do garoto fica pálido. Logo em seguida, ele se recompõe.

– Eu sempre ganho – diz. – Vou te fazer uma promessa, e vou cumprir assim como os sídhes cumprem as deles. Eu vou... – Ele é interrompido por uma mãozorra que pousa em seu ombro. Nabil.

– Acho que você está perdido, caro amigo – diz o francês.

Conor dá um sorriso falso e volta para a mesa certa. Nessa o escuta dizendo:

– Os professores não querem que eu seduza as meninas... de novo! A mesa inteira não! Não no jantar!

Risadas explodem, e, ao fim da sobremesa, sua gracinha já foi assunto no refeitório inteiro. O sinal toca, e é só então que todo mundo percebe que um dos estudantes do Sétimo Ano recebeu a Convocação.

FRANKENSTEIN

NA SEMANA SEGUINTE, DOIS GAROTOS DO SEXTO ANO RECEBEM A CONvocação, e ambos se dão mal. Com eles, são três meninos em sequência, e as garotas supersticiosas estão perdendo o sono com isso.

Nessa, por outro lado, sempre dorme bem. Ela treinou para ser capaz de desligar medos e fantasias como que ao toque de um botão. É por isso que, enquanto caminha para o ginásio ao lado das colegas de turma, está mais desperta do que a maioria.

Ela não esmorece quando descobre que o exercício do dia é combate corpo a corpo. Normalmente, é derrotada por quem tem a base mais firme, e há pessoas que desabam ao primeiro toque da garota porque acham que assim estão fazendo um favor a ela. Mas esse tipo de atitude é a última coisa que Nessa quer, e o simples pensamento a faz cerrar os dentes.

Poderia ser pior, entretanto. Na verdade, poderia ser muito pior, já que, depois dos alongamentos, Nessa descobre que vai lutar contra Rodney McNair. Um garoto loiro, de altura mediana, cujo corpo lembra o de Bruce Lee em sua época áurea. É páreo duro até para Conor às vezes, e talvez se desse melhor ainda se não fosse tão exibido. Rodney *não* é o tipo de oponente que dá qualquer colher de chá para Nessa. Pelo contrário: ele arrasta a luta tal qual um toureiro, para a diversão dos estudantes que estão assistindo.

Nessa sempre apostou todas as fichas em habilidades que não sejam luta corporal para sobreviver. Porém está cansada de perder os embates corpo a corpo para gente metida como Rodney, para o cruel Conor ou para amigos que tentam ser legais com ela. Então, enquanto o oponente está se virando para sorrir para alguns dos outros garotos, ela o surpreende com um tapa bem no meio da cara. Ele ainda está cambaleando, desequilibrado, quando ela desfere uma cabeçada. Sua testa dói tanto quanto a dele; a diferença é que Nessa sabia de antemão do golpe e já se prepara para o próximo movimento apesar da dor.

Um instante depois, Rodney está estatelado no tatame, sem saber se leva as mãos às partes baixas ou ao rosto. Nessa só fica parada com os braços ao lado do corpo, como se a pancada de uma testa contra a outra não tivesse passado de uma simples resvalada. Ela torce para que ninguém perceba que está cambaleando.

A Sargento Taaft chega em um piscar de olhos.

– Como assim? – grita, agarrando Rodney pelos ombros. – Como você conseguiu perder? Pelo amor, é só empurrar que ela cai!

– Eu estava… olhando pro outro lado… Ela… ela trapaceou, ela…

– Se você é incapaz de derrotar gente que nem ela, como acha que…

– Sarah! – É Nabil, que se aproxima às pressas. – Sargento Taaft!

Ela segue o professor até um canto.

Nessa sente o rosto enrubescer porque gosta do grandalhão francês e pode imaginar o que ele está dizendo – "Não fale assim na frente da aleijadinha…" –, embora Nabil com certeza use termos mais educados.

Seja como for, ela tem um momento de alegria quando, no vestiário, Megan passa por ela com a mão erguida para cumprimentá-la. Escondida pelo vapor, Nessa bate na mão da outra e se permite abrir um sorrisinho que só a melhor amiga vê.

Sua alegria só aumenta quando, a caminho da primeira aula do dia, vê um grupo de rapazes se espremendo no vão da porta, entre os quais Conor, que está furioso com Rodney – seu aliado, quase seu igual. Como se Rodney ter ido à lona tão rápido e de forma tão humilhante fosse uma afronta pessoal a Conor e a todo o Quinto Ano.

– Ela é forte – murmura Rodney. – Os braços dela parecem pedra. Você não tem noção… E ela não esperou o…

Nessa não escuta o resto por causa do ruído das cadeiras sendo arrastadas, e precisa pegar seu lugar no fundo para não ser flagrada ouvindo a conversa alheia.

É quando Frankenstein entra. Alto e encurvado, hoje em dia lembra mais um zumbi do que o personagem de Mary Shelley. O destino do apelido foi traçado quase sessenta anos antes, quando seus pais o batizaram de Francis James O'Leary.

– Podem me chamar de Frank – ele costumava dizer à garotada do Primeiro Ano. – Não precisam me chamar de senhor ou de senhor O'Leary. Sério, Frank está mais do que bom. – Ele tinha o riso fácil naquela época, parecia um girafão sorridente.

Mas isso foi antes de a esposa falecer. Antes de os burocratas negarem a ela o tratamento sob o argumento de que já não estava mais na idade de gerar filhos ou envolvida na educação dos mais jovens ou em outro serviço essencial como... burocracia. Ao que parecia, ela era uma artista. *Já vai tarde*, foi o que o governo disse.

Isso aconteceu seis meses atrás, e Frankenstein voltou do funeral drasticamente diferente. Visivelmente despedaçado. *Não vai demorar muito pra se juntar à esposa a sete palmos abaixo da terra*, pensa Nessa. O bafo de bebida impregna a sala, e sempre que ele vai embora o fedor o segue pelo corredor como uma nuvem fúnebre.

Ainda assim, há certa tolerância para com Frankenstein, que ele conquistou por conhecer cada planta que cresce na Terra Gris e por ser capaz de falar com autoridade sobre cada um dos monstros mencionados nos relatos dos sobreviventes, os chamados Testemunhos. Ele se larga na cadeira, mas Anto tem uma pergunta.

– Senhor – chama o garoto.

Nessa gosta de como ele é formal quando fala com os professores. E só agora se dá conta de que, mesmo pelas costas, Anto os trata pelo nome, e não por apelidos tipo "Dona Gluglu", "Frankenstein" ou "Brilha-Bosta".

– O senhor já falou pra gente que todos os... hã... animais da Terra Gris eram seres humanos antes. Mas... como eles foram parar lá? Tipo, os Testemunhos dão a impressão de que o lugar é cheio de vida, que nem o nosso mundo.

Frankenstein pisca devagar, mas acaba pegando no tranco, e o bafo de bebida se espalha quando ele responde, fazendo os alunos mais à frente se encolherem:

– Você sabe de onde eles vêm, rapaz. – Sua voz soa distante, como se já falasse de dentro do túmulo. – São aqueles milhares de pessoas desaparecidas que tentaram deixar a Irlanda quando os sídhes levantaram o embargo... Além das pessoas de séculos atrás que foram parar no mundo dos sídhes.

O professor assente algumas vezes, e sua cabeça começa a se acomodar sobre o peito. *Já fiz minha parte*, ele parece estar dizendo.

Mas Anto insiste:

– Sim, claro, senhor... Mas não foram umas cem mil pessoas que desapareceram? Porque parece que, tipo... cada canto da Terra Gris é ocupado. Entende o que quero dizer? Pessoinhas em vez de ratos, passarinhos, raposas, peixes... até de aranhas! Os sídhes modelam as pessoas como se fossem de massinha. Essa parte eu entendi. Mas como existem tantas criaturas assim? Tipo...

Frankenstein faz um gesto com os dedos longos e trêmulos para que ele pare de falar.

– Seu pai nunca te explicou como o papai planta a sementinha na mamãe, rapaz? A Terra Gris é cheia de vida porque a vida se reproduz. Os sídhes se transformaram em deuses. As próprias divindades cujos nomes vocês falam em vão, Crom, Lugh, Dagda, são sídhes! Mas, mais do que deuses, eles se transformaram no Darwin de vocês. Deram corda no reloginho da evolução, e a vida que siga seu caminho.

– Como assim o Darwin *de vocês*, senhor? – pergunta Anto.

Mas Frankenstein já caiu num sono profundo.

Cavaleiros

MAIS TARDE, DEPOIS DE UM DIA DE AULAS E CORRIDAS EXAUSTIVAS, depois de uma oficina de como fabricar lanças e um jantar repleto de fofocas e risadas no refeitório, Conor Geary ocupa um lugar na frente da mesmíssima sala de aula em que, mais cedo, Frankenstein caiu no sono.

Ele é o primeiro a chegar – como todo bom líder – e observa com um olhar indulgente os membros de sua Távola Redonda se acomodarem. Rodney, humilhado, escolhe um assento na segunda fila e abaixa a cabeça, deixando visível apenas o tufo de cabelo loiro no topo dela. O próximo é Chuckwu, que sorri e masca só Crom sabe o quê. É o mais alto deles, e é capaz de correr por quatro dias sem descanso. Fala em alto e bom som que é um covarde, mas Conor nunca o viu fugir de nada.

Pouco depois, Fiver chega com o robusto e sisudo Cahal. Tony é o próximo, seguido de Liz Sweeney, Bruggers e Keith. Todos tomam seus lugares e começam a comentar sobre a sessão de combate. A maioria mandou bem, claro – estão ali porque são os melhores. Alguns até já derrubaram Conor uma vez ou outra, e ele gosta disso. Quer que batam de frente com ele – afinal de contas, seu objetivo é provar que é o melhor de todos.

A porta se abre de novo, e Sherry entra e pisca para Conor por sobre a cabeça dos demais. Ela ainda está no Quarto Ano, mas atualmente é a principal parceira do rapaz. É esperta e rápida a ponto de ele acreditar que ela tem chance de sobreviver. E, como líder, é preciso que ele seja visto com uma namorada. Conor acredita que ela é inteligente o bastante para não engravidar. Não mereceria o lugar que ocupa se o fizesse.

Ele espera Sherry se sentar na fileira dos fundos e se mantém em silêncio por mais um tempo, como que instigando a ansiedade dos outros, instigando Chuckwu a falar alguma bobagem e assim merecer uma coça. Mas a disciplina do grupo vem crescendo ao longo do último ano, desde que Conor o formou, e ele enfim assente devagar com a cabeça.

– Saudação, companheiros sobreviventes – diz.

Embora ninguém da Távola Redonda tenha recebido a Convocação, é assim que ele sempre começa os encontros. Muitos deles vão morrer, é claro. Mesmo sendo os melhores do Quinto Ano. Mas não deixam de ser sementes do futuro, e, como costuma fazer, Conor permite que a sua visão de tal futuro transborde, de modo que, quando deitem a cabeça no travesseiro, os outros se sintam inspirados e prontos para a Convocação, quando quer que a recebam.

– Eu quero que seja já! – continua. – Quero sentir o pescoço de um sídhe magrelo nas minhas mãos. – Os outros sorriem. Alguns, não tão preparados quanto deveriam estar, ficam agitados. – E, quando eu voltar, vou começar a construir um lugar para vocês. Nosso grupo vai ser o mais bem treinado e forte do país. E nós vamos governar isto aqui no lugar daqueles merdas que nunca nem sonharam em ir pra Terra Gris. Não os burocratas. Nós. Nós! Só nós podemos salvar a Nação.

– Como? – questiona Sherry. Ela é nova ali e quer ouvir a resposta com todas as letras.

É Cahal quem responde, numa voz estrondosa condizente com o pescoço grosso de fazendeiro:

– A Nação está desperdiçando recursos. Investindo em gente que não tem nenhuma chance.

– Deveria ser tudo pra gente – concorda Liz Sweeney, a voz aguda de excitação. Ela é tão alta e musculosa quanto boa parte dos meninos do mesmo ano. – Pra pessoas como nós. Se a gente recebesse a melhor comida, os melhores remédios e os melhores treinamentos, as chances iriam subir de um em dez pra... pra... três em dez, no mínimo! Talvez até cinco em dez! Em vez disso, eles desperdiçam recursos bons com gente que só falta deitar na cova, tipo a Aoife e a Clipe-Clope.

Clipe-Clope é o apelido de Nessa.

Conor assente. *Nessa*, pensa ele, *Nessa*... É uma pena, e é mesmo. Porque, da cintura para cima, ela é a garota mais linda que ele já viu. Ele pensa nela o tempo todo, uma fraqueza que obviamente não admite para a Távola Redonda. Só Sherry sabe, e apenas porque ele sem querer a chamou de Nessa mais de uma vez. Ele precisou bater nela nessas ocasiões − não teve escolha, e não se sentiu nem um pouco bem! Mas precisou bater nela e disse que a chamou assim para insultá-la, por Sherry ter cometido algum pecado não especificado.

De qualquer forma, ela deve desconfiar.

O que o deixa mais furioso é o desperdício, o fato de que aquela menina linda se expôs a uma doença supostamente extinta e destruiu o próprio futuro por estupidez dela, ou então dos pais.

Ele não suporta olhar para ela, porém não consegue evitar. É como se os sídhes a tivessem criado especificamente para testar o maior inimigo deles. Que pele perfeita tinham dado a ela! Uma pele clara e macia em contraste com as linhas escuras das sobrancelhas, a qual se assentava sobre as maçãs do rosto bem definidas e ao redor da boca feita para sorrir − embora ela raramente o faça.

− Gente que nem ela não devia nem receber comida depois dos cinco anos − diz Conor. − Ou a partir do momento em que ficar claro que são inúteis. Nossos ancestrais teriam jogado bebês como ela do precipício, mas não somos cruéis assim. Nós podemos apenas dar uma injeção.

− Remédio é caro − murmura Cahal. − Um travesseiro resolveria. Indolor.

A porta se abre e todos se sobressaltam, como se devessem sentir culpa por quererem salvar o país.

Anto enfia a cabeça no vão da porta.

− Ah, é aqui que a gente se reúne? − diz, deliberadamente em inglês.

E a maldita da Liz Sweeney sorri para ele!

Anto deve ter se perguntado para onde todos estavam indo e foi atrás para encher o saco. Devia agir com menos imprudência depois que Conor foi forçado a lhe ensinar um pouco de disciplina. Mas o idiota nunca perde a oportunidade de zombar daqueles que são os melhores. Ele se acha muito engraçado, e com certeza há ali um pouco de inveja também, por saber que os membros da Távola vão sobreviver, enquanto ele, com seu pacifismo e sua dieta de ovelha, está fadado à derrota.

Conor se levanta e estufa o peito heroico. Não tem por que começar uma briga e correr o risco de ser pego por um instrutor e passar um tempo na Solitária – a lembrança do rosto ensanguentado de Anto é o bastante para demarcar sua autoridade.

– Sua última piadinha não foi tão engraçada – diz. – E com certeza não...

Ele para de falar. Anto dá um passo cambaleante para trás e agarra o crucifixo no pescoço. Porque o lugar de Cahal de repente está vazio.

– Alguém... alguém fica de olho no relógio – diz Conor, com a garganta seca.

Anto entra na sala, quase na ponta dos pés.

– Você não tem nada que fazer aqui – diz Bruggers, um garoto magricela de Cork City, que também se vira para observar o relógio.

Um minuto se passa num piscar de olhos, e Conor faz o possível para manter a respiração controlada. Precisa agir como uma âncora para os demais. Um pilar. Precisa parecer imperturbável.

Mas está com inveja. Ele sempre achou que seria o primeiro do grupo a receber a Convocação. Achava que os sídhes iriam querer acabar com o mais forte primeiro. Não que fossem conseguir, claro.

Dois minutos, segundo o relógio.

Cahal é estranho. Ele tem um corpo robusto em uma era em que todos os adolescentes se parecem com magrelos cães de corrida. Mas, ao toque, sua carne parece pedra. Metal, até. Cahal é um robô, pura e simplesmente. Uma máquina.

Dois minutos e meio.

Conor tira a jaqueta.

– Ele vai estar com frio quando voltar – diz, confiante. – Se afastem da cadeira dele.

O ponteiro mais longo do relógio de parede ultrapassa a marca dos três minutos. Os últimos quatro segundos parecem se sustentar no ar.

Cahal

AHAL ESTAVA SENTADO, MAS DE REPENTE CAI NO CHÃO, NU, COM FRIO e surpreso. Ele vê as famosas espirais prateadas no céu. Sente os olhos lacrimejarem por causa do cheiro de água sanitária. Apesar de todas as evidências, exatamente como aconteceu com dezenas de milhares de adolescentes antes, precisa de alguns segundos para aceitar a realidade.

Está em uma protuberância na encosta de um penhasco.

À sua direita, uma cortina de limo ou muco escorre vagarosamente pela pedra escura e fria na direção de uma sombria fenda lá embaixo.

À sua esquerda, uma série de heras oferece um caminho até o topo.

Cahal coloca a cabeça entre os joelhos e, em pânico, inspira uma grande porção de ar acre. Suprime um soluço, um som que ninguém na escola acha que ele seria capaz de soltar. Mas é o caçula de sete filhos, o último vivo. Turlough era maior e mais forte do que ele. Niamh era rápida, atlética e tão, tão gentil; ela levava comida para o caçulinha, e, quando ela voltava para casa nas breves férias, ele corria dela morrendo de rir das cócegas.

Niamh recebeu a Convocação dos sídhes durante uma dessas ocasiões, e Cahal testemunhou o que voltou dela antes que os bondosos pais pudessem evitar.

Ele fica tentado a se esconder na pequena plataforma e torcer para que os sídhes nunca o encontrem. Mas eles vão encontrar. É uma das várias, várias lições dos Testemunhos: até é possível se esconder, mas não no lugar em que se aparece. Eles sempre procuram aí.

Sendo assim, ele se pergunta: para cima ou para baixo?

Os aes sídhe com certeza estão no topo do penhasco. E, de fato, ele ouve ao longe uma eufórica trombeta de caça.

Se subir, vou morrer, pensa Cahal. *Eles vão estar a postos assim que eu surgir na beirada.*

Ele precisa descer, por mais que lá embaixo seja ameaçadoramente escuro. Um poço de negrume cheio de horror. Mas é melhor ser pego por um monstro do que pelos sídhes! Por que dar essa satisfação a eles?

Descer, então. A hera, cheia de espinhos, não ajuda em nada. E as rochas estão se esfarelando nos pontos em que o limo pinga. Cahal enfia os dedos do pé nas rachaduras da escarpa e ignora a dor, exatamente como foi ensinado a fazer: aceitando o desconforto, mas consciente dos danos.

O caminho até lá embaixo é longo, lento e perigoso, e sua imaginação povoa o vale com as piores visões descritas nos Testemunhos.

Horrores não faltam à encosta, porém. Ele vê o que, a princípio, julga ser uma aranha gigantesca – mas que logo se revela ser uma cabeça humana ainda viva. As orelhas foram moldadas na forma de duas pernas magricelas, que a criatura usa para se pendurar de uma saliência a outra tal qual um macaquinho.

Quando é alcançado pelo ser, Cahal está pendurado entre dois patamares de rocha, incapaz de se defender. Ele estremece de horror quando a criatura roça em suas costas. Mas ela não lhe faz nada de mau – apenas salta até o limo e começa a lamber a pedra com uma enorme língua carnuda.

De algum ponto no alto, do topo do penhasco, vêm exclamações de satisfação:

– Ele está aqui! Ah, está aqui! Eu o encontrei!

Pedrinhas deslizam lá de cima, e seu impacto arruína a concentração de Cahal, que escorrega e despenca de forma dolorosa no patamar inferior, a cerca de meio metro abaixo. Ele não é o único: um sídhe em queda passa por ele, rindo sem parar até se arrebentar no fundo. Pelo som, o garoto deduz que há mais uns vinte metros de descida. Cahal tenta se apressar enquanto mais pedras denunciam a perseguição.

Ele então chega a um patamar tão amplo que pensa ser o fundo do vale. Vê o sídhe que caiu iluminado pela luz de uma tocha, que devia estar segurando quando escorregou. Apesar da coluna quebrada, o sídhe sorri para o garoto sob um véu de suor.

– Eu mal… posso… esperar… – consegue dizer.

Mas Cahal não dá a mínima, pois há mais alguém ali. Uma garota. Uma garota humana, normal. Bonita, ou parece ser, sob uma camada de sujeira.

Não são incomuns relatos de adolescentes que recebem a Convocação e trombam com outros. Às vezes eles se ajudam. Às vezes o sacrifício desesperado de um faz com que o outro escape dos perseguidores, e o Testemunho favorito de todo mundo é aquele em que Jenny Dundon e Mary O'Gara passaram a última hora na Terra Gris uma de costas para a outra, armadas com lanças improvisadas.

Os olhos já grandes da garota se arregalam quando ela o vê. Em seguida, percebe que Cahal também é humano.

– Me ajuda! – murmura ela.

O sorriso do sídhe ferido se alarga ainda mais.

– Sou eu… que vou… te ajudar!

A garota está presa em uma fenda. Pelo jeito, tentou se enfiar ali para se esconder, mas só metade – uma perna, um ombro e parte do tórax – coube, e agora não consegue sair nem entrar mais. Ela não é nenhuma Jenny Dundon, isso é óbvio. É alguém que Conor chamaria de "fraca". De "condenada". Entretanto, embora Cahal seja um Cavaleiro da Távola Redonda, embora as palavras mais duras ditas durante os encontros tenham saído da boca dele… por dentro, a índole dos pais ainda impera, e eles não são assim.

Desde o que aconteceu com Niamh, ele imagina como poderia ter salvado a irmã. E agora tem uma chance, uma chance real – mas apenas se for rápido, porque os perseguidores estão chegando.

– Quando eu te puxar, vai doer pra caceta – diz. – Está me ouvindo? Você vai ter que ignorar a dor e correr sem parar.

– Tá… entendi. Por favor. Só vai logo! Por favor! – Ela estende a mão que não está presa dentro da fenda.

Com cuidado, Cahal dá a volta no moribundo e ainda assim deleitado sídhe e agarra forte a mão da garota.

– Tá pronta?

Ela sorri com excitação antes de abrir a boca e gritar:

– Peguei ele! Peguei ele! Peguei ele!

Horrorizado, Cahal puxa o braço, mas ela não o solta por nada. Ele é quase tão forte quanto Conor e está mais exaltado do que nunca. Puxa a garota para fora da fenda e percebe que ela nunca esteve presa: ela só tem metade do corpo; só tem uma perna, e o tórax acaba no esterno. Ela se lança sobre ele, que tenta se equilibrar e tem o calcanhar agarrado por uma mão – é o sídhe que despencou do penhasco.

– Meu querido ladrão – sussurra o sídhe.

Não deixe que encostem em você! Não deixe que encostem em você!, pensa Cahal, mas é tarde demais. A criatura aperta devagar, e a carne de Cahal cede como se fosse massa de modelar. Ele nunca sentiu uma dor tão forte! É como se a área em contato com o toque sobrenatural da criatura fosse mergulhada em ácido e açoitada por lâminas! O sídhe de pele cintilante gira a mão e, quando o solta, o pé esquerdo de Cahal está virado para o lado errado. Ele cai no chão e vê uma dezena de sídhes ao seu redor, com as mãos abertas, sedentos.

– Alto! – grita uma sídhe.

Uma princesa feérica assombrosamente bela abre caminho pelo grupo e se ajoelha ao lado do garoto. Seu cabelo glorioso cascateia pelos ombros como uma cachoeira de prata. Seus olhos emanam jovialidade e travessura.

– Por favor... – diz Cahal. – Por favor...

Ela franze o cenho.

– Como se vós, ladrões, nos désseis ouvido! Como se désseis ouvido enquanto choramos nesta terra sem cor. Mas nossos mundos estão cada vez mais próximos! E logo vamos ter um rei de novo para revogar o horrível tratado que nos mandou para cá. – O cenho franzido é substituído por um sorriso tão amável que quase faz Cahal esquecer da dor. – Apenas desta vez, estou propensa a ser misericordiosa. Tu, vou mandar de volta com vida.

O CÃO

N A SALA, OS ÚLTIMOS QUATRO SEGUNDOS SE PASSAM. TODOS OS PRE-sentes estão posicionados a uma boa distância da pilha de roupas de Cahal. Liz Sweeney correu para buscar os instrutores. Todos prendem a respiração.

De repente, algo reaparece: não um cadáver, e sim um corpo grande demais para ser de uma pessoa. Tem dois metros de altura, mesmo de quatro, sobre patas que terminam em uma caricatura de pés humanos. A pele é pálida como a da maioria dos irlandeses, mas, de tão esticada sobre o corpanzil, rasgou e está vertendo sangue em alguns pontos.

A cabeça é a pior parte: um craniozinho minúsculo coberto pelos cabelos castanhos de Cahal. Os olhinhos ensandecidos são do mesmo tom aguado de azul que os do garoto arrebatado. Posicionados em cada lado de uma boca larga o bastante para engolir uma bola de basquete, eles piscam, depois piscam de novo. A criatura uiva. De sua garganta emanam dor, pesar, ódio. Enquanto todos permanecem paralisados, ela abocanha a cabeça de Rodney McNair e a esmigalha com uma única mordida dos poderosos maxilares. Os amigos se encolhem, horrorizados.

– Saiam da sala! – diz Anto.

Conor pensa que é bizarro aquele pacifista frouxo ser o único no recinto a se manter calmo – mas, até aí, fugir é o que Anto faz de melhor, não é?

– Não! – grita Conor. – Nós vamos ficar! – A criatura solta o corpo de Rodney e se vira na direção de Conor, que sente o sangue congelar nas veias. – A gente vai matar essa coisa – consegue dizer.

– Mas é o… Cahal – diz Bruggers, provando ser um fracote.

Já Sherry faz por merecer seu lugar na Távola.

– Não mais – diz ela.

A criatura dá o bote na direção da garota, porém ela salta para o lado, chocando-se contra as mesas e prateleiras na extremidade da sala. O ser parte atrás dela, mas Fiver e Keith Blake o golpeiam pela esquerda com socos e chutes, evitando as mordidas sempre por um fio. Isso dá a Conor o tempo de que ele precisa para esmagar o crânio diminuto do monstro com uma cadeira.

A fera que era Cahal desaba com um gemido lamurioso. Mas Conor não é bobo: ele próprio solta um rugido animal e golpeia Cahal com a cadeira mais duas vezes, até ele se calar para sempre. Os demais se calam também, e a sala de aula é preenchida pela respiração pesada do grupo. Conor se agarra ao objeto com tanta força que os nós de seus dedos estão brancos – e sabe que, se o soltar, todos vão perceber que suas mãos estão tremendo.

Liz Sweeney retorna com Dona Gluglu em seu encalço. A Sra. Breen entende de imediato o que aconteceu.

– Ah – diz ela, a voz inabalável. – Que pena que não foi possível mantê-lo vivo por mais tempo. Para ser estudado.

– Peço desculpas, senhora – diz Conor.

– Escutem: é raro, muito raro, os sídhes mandarem alguém vivo de volta – diz ela. – E nós nunca informamos isso aos pais, ouviram? Então, Cahal e… quem… quem era aquele? – Ela aponta para o outro corpo na sala.

– Pelo Caldeirão! – pragueja Liz Sweeney. – É o Rodney! Ai… Por Lugh.

– Se recomponha, Liz Sweeney! – diz Conor. – É o Rodney McNair, senhora. O Cahal… o monstro o matou.

– Entendi, senhor Geary. Então, meninos e meninas, a partir do momento em que vocês deixarem esta sala, a história é que os dois receberam a Convocação, certo? Tanto Rodney McNair quanto Cahal. Se os pais dos alunos ficarem sabendo o que aconteceu aqui, todos vocês vão passar uma semana na Solitária. – Ela espera até que cada um assinta. – Ótimo. Vão se limpar. Vou arranjar uns roupões para vocês usarem até pegarem seus agasalhos reserva no quarto. Estão dispensados.

Eles começam a se dispersar, mas ela tem mais uma coisa a dizer:

– Esperem! Também quero acrescentar que estou orgulhosa de como se portaram. Mais adolescentes teriam morrido se vocês tivessem entrado em pânico. A Nação deve sobreviver.

– A Nação deve sobreviver – repetem eles, e Conor sente uma injeção de energia quando a Sra. Breen inclina a cabeça para ele em particular.

Ela sabe que ele é capaz de matar. Todo mundo sabe agora – e, o que é mais importante: ele próprio, Conor Geary, sabe. Um dos temores silenciosos que por tanto tempo habitaram o fundo de sua mente está tão morto quanto Cahal Dillon e Rodney McNair.

Dia da Azagaia

Vinte e cinco anos antes, aviões vazios caíram do céu. Balsas encalharam com o convés cheio de roupas abandonadas e animais de estimação chorosos. Estações de rádio estrangeiras cortaram a transmissão no meio da frase, e passou a ser impossível ver o País de Gales ou a Escócia a partir da costa da Irlanda, por mais aberto que estivesse o tempo.

O fenômeno também aprisionou milhares de turistas e viajantes, além de soldados: Taaft, então com vinte e dois anos e divorciada duas vezes, estava de férias na ilha; Nabil, por sua vez, tentava desesperadamente encontrar um lugar – qualquer lugar – silencioso e arborizado; alguns membros do Serviço Aéreo Especial da Grã--Bretanha também estavam passando férias ali, ou pelo menos era o que diziam.

Independentemente de como chegaram às diversas escolas de sobrevivência, os instrutores são unânimes em reiterar que nenhum aluno será capaz de matar um sídhe a menos que treine com alvos tão humanos quanto possível.

E foi assim que nasceram as tradições do Dia do Porco e do Dia da Azagaia.

Duas semanas se passaram desde a Convocação de Cahal. Os alunos do Primeiro Ano estão usando roupa de ginástica. Como chegaram há menos de um mês, as crianças ainda têm permissão para usar tênis do lado de fora – por ora, até que calejem a sola dos pés.

Também não são penalizadas por falar em inglês, mas, a partir de janeiro, serão punidas se não pedirem as coisas na língua incrivelmente complexa do inimigo.

– Escutem, docinhos – diz Taaft. Ela também não sabe falar sídhe, e nunca vai saber. – Vai doer. De agora em diante, tudo vai doer, mas vocês vão dar conta e seguir em frente apesar da dor, estão me entendendo?

Eles entenderam. Parecem tão minúsculos nas roupas acolchoadas. São todos bracinhos magrelos e olhões inocentes sob os capacetes desajeitados. Não conheciam nada além de amor até chegarem à escola, até acordarem pelados na floresta. Aquilo foi um alerta, um aviso de que a realidade agora é diferente, de que, algum dia, vai acontecer algo muito pior do que eles podem imaginar.

E chegou o Dia da Azagaia. O primeiro de vários em que os alunos do Quinto Ano vão confrontar os do Primeiro.

Nessa olha para aquelas crianças e engole a piedade. Elas têm a garantia de dois anos de paz, sem receber a Convocação, e provavelmente só vão perder um amigo daqui a uns quatro.

O Quinto Ano, por sua vez, já perdeu vários. Tomasz, Peggy, Maura, Antoinette, Cahal e Rodney. E, se levarem em conta o histórico de turmas anteriores, pelo menos mais uns trinta vão ter o mesmo destino antes que algum deles celebre o próximo aniversário.

Nessa pesa a azagaia na mão, com cuidado. A ponta da lança é cega, mas vai deixar um hematoma gigante em quem for atingido. Assim como no combate desarmado, as pernas são importantes para lançar o projétil com a técnica adequada e, principalmente, para lançá-lo longe. Entretanto, Nessa trapaceia usando um pequeno cordão enrolado à haste para dar impulso no lançamento. Na Terra Gris, não vai ter cordão. Aliás, não vai ser simples nem mesmo construir uma lança por lá. Eles vão ter de pegar qualquer objeto que os sídhes atirem.

Quando, ao sinal de Taaft, as crianças se espalham, Nessa escolhe um alvo – um menininho desavisado que decide correr em linha reta. Quando solta a haste, a volta do cordão se desfaz, gerando um enorme impulso e fazendo a azagaia voar por uma distância maior até do que a lançada por Conor. Ela pesquisou e praticou bastante. *Valeu, cartagineses,* pensa. A arma voa longe e sem grandes tremulações. Atinge o menino errado, mas não tem como ninguém saber.

Foi mal, garoto.

Na época de Nessa, quando a viram mancar pelo campo, nenhum dos alunos do Quinto Ano mirou nela. Como se os sídhes fossem demonstrar alguma pena!

— Como? — berra Taaft após ver o que parece ter sido um lançamento perfeito. — Como *você* fez isso?

— Eu sou forte — diz Nessa, em inglês.

— Ah, tá. Nem eu sou forte assim, minha filha.

(Leia-se: ninguém é, ou é o que Taaft acha.)

— É uma questão de técnica, sargento.

Taaft não fica satisfeita e segue questionando a garota a respeito de propulsores ou outros dispositivos para aumentar a distância do lançamento, sem perceber o pequeno cordão escondido sob a sola cascuda do pé de Nessa.

Mas a instrutora parece reservar sua fúria real para Anto — o único do Quinto Ano que ainda não atirou a azagaia.

— A senhora sabe que eu não faço esse tipo de coisa — diz ele para Taaft.

Ela passa uma rasteira nele, que faz um rolamento e volta a ficar em pé como o atleta nato que é.

— Você poderia ser o melhor dessa turma, mas olha só pra você! — diz ela. — Você sabe que os sídhes não entendem o que é pacifismo, não sabe, moleque? Eles vão comer você com farofa e...

— Eu já vi do que eles são capazes — diz Anto baixinho.

A instrutora lhe desfere um soco na barriga como punição pela interrupção. Mais uma vez, ele é rápido o bastante e se move na mesma direção da força aplicada, sofrendo o menor impacto possível, mas o crucifixo em seu pescoço, presente de sua mãe, acaba torto. Fica nítido que Taaft faz um grande esforço para não rachar o garoto ao meio, como Conor quase fez umas semanas antes. Instrutores têm a permissão de causar dor, mas não dano. Aliás, há quem diga que seu único propósito é causar dor.

Anto vê que Nessa está olhando e dá uma piscadinha.

– Que merda é essa, moleque? – berra Taaft, e Nessa se vira antes que aquilo cause mais problemas para ela, ou antes que alguém perceba que ela se importa com o resultado do confronto.

Depois do Dia da Azagaia vem o Dia do Porco, do qual ninguém gosta. Os bichos são tão inteligentes quanto cães, dizem. Seja como for, uma vez por ano, todos os alunos da escola devem perseguir e matar um leitãozinho. Inclusive os do Primeiro Ano. *Especialmente* os do Primeiro Ano.

Anto não foi o único a se recusar da primeira vez. Mas as outras crianças de dez anos foram tão intimidadas que acabaram se submetendo àquilo, e não havia lágrimas ou pesadelos que bastassem para livrá-las da tarefa.

Já Anto, aparentemente, não demonstrou medo algum de levar uma sova da velha Sargento Miller. Encarou uma noite isolada e congelante na Solitária, sem se entregar. Depois outra. Até que se passou uma semana inteira e precisaram tirá-lo de lá. Ele parecia uma vítima da Grande Fome.

– Certo – disseram a ele. – Certo. Vamos deixar passar este ano.

Mas a situação só piorou – depois de uma semana de refeições normais, ele olhou para o prato certa noite no refeitório e percebeu que era carne de porco. Foi a última vez que comeu carne. De novo, foi submetido à Solitária e a incontáveis táticas, sempre ao som de "A Nação deve sobreviver!".

No fim das contas, começaram a fazer uma comida especial para ele: uma gororoba nutricionalmente balanceada e sem gosto à base de feijão e de algum vegetal da estação. Era meio nojenta, mas Anto continuou se saindo bem nos treinamentos, para a descrença – e, em alguns casos, para o ódio desmedido – dos instrutores.

– Os feéricos vão te comer vivo – diz Taaft.

Não pela primeira vez, Nessa se pega concordando com ela, se pega desperdiçando seu precioso tempo se preocupando com o garoto. Não pode mais se dar ao luxo de passar noites sonhando com a morte dele. Não pode se dar ao luxo de instigar uma pressão que vai aumentar até resultar em mais uma visita inútil ao dormitório masculino. *Eu não tenho nada a ver com isso... Preciso cuidar só de mim mesma...*

Ainda assim, ainda assim... Às vezes ela quer dar um chacoalhão nele. Quer implorar a ele que não jogue a própria vida no lixo em troca da de porcos, de frívolas ovelhas ou até de peixes!

Ao longe, um dos professores – o Sr. Hickey, de Teorias da Caça – acena, pedindo aos alunos que se aproximem. Seu rosto está vermelho como uma sirene. Em seguida, os sinos começam a bater – mas o ritmo é diferente das tristes e pesadas Badaladas Fúnebres. A sineta está tocando mais rápido, mais insistente, o que só pode significar uma reunião de emergência no refeitório.

– Certo! – exclama Taaft. – Todo mundo voltando, já! Esqueçam as lanças, o pessoal do Segundo Ano vai recolher à tarde.

Cada adolescente tem sua mesa, seu assento usual. A tradição é não ocupar os espaços deixados por quem já recebeu a Convocação – Nessa odeia essa lembrança macabra da morte de Antoinette, de Tomasz. E os dois novos espaços vazios na mesa dos garotos a fazem lembrar da humilhação que infligiu a Rodney McNair. Será que ela de alguma forma contribuiu para sua morte? É um pensamento idiota, ela sabe, e não entende por que não consegue afastá-lo, por mais que tente.

– Tem mais gente faltando – diz Megan. – Olha lá! Até dois do Primeiro Ano!

– Do Primeiro Ano? – Nessa sente um calafrio. – Isso é impossível, não é?

– Está tudo bem – diz Emma Guinchinho. – Eu vi um pessoal indo pra uma das salas de aula. Alguns alunos de cada ano, acho.

Todo mundo relaxa – o que é um erro, pois estão prestes a ouvir algo muito pior do que esperam. Os sinais estão ali, estampados na perplexidade dos professores reunidos no tablado. No modo nervoso como Dona Gluglu fica ajeitando o esfarrapado casaco de tweed que sempre usa. É, é algo bem ruim.

Ainda assim, a Sra. Breen faz um esforço hercúleo e se controla. Pelas crianças e, é claro, pela Nação. Ela acredita nesse tipo de coisa. Limpa a garganta. Por um instante não se ouve nem um ruído no espaço, nem o rangido de uma cadeira, e trezentos pares de olhos agitados a encaram.

– Tenho uma notícia...

Só então ela se dá conta de que está em choque e de que está prestes a disseminar esse choque entre aqueles que estão sob seus cuidados. Entre garotos e garotas cujo único foco deve ser sobreviver. Não é uma reação típica dela. Hesita em falar, em piorar a situação, até que Nabil cobre o microfone com uma mão.

– Eles vão ficar sabendo de qualquer jeito – sussurra no ouvido dela.

Ela assente e ele volta ao lugar.

A Sra. Breen respira fundo.

– Algo... algo... lamentável aconteceu.

Outra respiração profunda. Ela nunca falou tão inabilmente. Quando começou a vida acadêmica, quando publicou os primeiros artigos sobre história sídhe, havia cerca de cento e cinquenta escolas de sobrevivência no país, e os alunos eram destinados a elas de acordo com o dia do nascimento. Ninguém sabe quantas escolas ainda estão em funcionamento, mas, atualmente, as crianças enviadas a Boyle fazem aniversário em algum dia – qualquer dia – do mês de setembro ou começo de outubro. Pior ainda é o fato de que neste ano, pela primeira vez, o número de novatos é inferior a cinquenta.

Ela agarra o púlpito, ciente das unhas rachadas, da pele enrugada das mãos. *Para que eu sirvo?* E, com raiva, dá um soco na madeira com tanta força que a dor faz seus olhos lacrimejarem. Todo mundo se sobressalta.

– É o seguinte – diz ela, falando em inglês para que os alunos do Primeiro Ano também entendam. – A Escola de Sobrevivência de Mallow não existe mais.

Todos encaram a diretora. A afirmação não faz sentido algum. Ela continua:

– O que estou dizendo, meus jovens, é que todas as pessoas que estavam na escola, sem exceção, foram assassinadas enquanto dormiam. As crianças com parentes na Mallow já foram... chamadas pelos psicólogos. É por isso que não estão aqui conosco. Como... como sempre, vamos dar apoio total a...

Todos começam a falar ao mesmo tempo. Crianças berram perguntas ou se abraçam e choram. Geralmente, a Sra. Breen é mais cuidadosa, prepara com calma seus discursos, leva em consideração perguntas e preocupações em potencial, cuida para desencorajar rumores, pede de antemão alguma orientação aos psicólogos. Afinal, ela faz o que faz há muito tempo. Tempo até demais.

Agora, porém, simplesmente retorna a seu assento na mesa do tablado, os olhos fixos à frente. Fica a cargo do robusto Sr. Hickey botar um ponto-final na bagunça.

– Já chega! – grita ele no microfone. – Isso é tudo o que sabemos, certo? Houve alguns sobreviventes, veteranos que estavam bebendo na cidade e encontraram o cenário de massacre quando voltaram. A guarda noturna também foi abatida. Então algo os fez dormir antes. E é isso! Já chega! Calem a boca! Já chega!

E eles calam a boca. As perguntas cessam.

– Bem, falei com a senhora Fortune – diz o Sr. Hickey, referindo-se à cozinheira. – Vamos almoçar mais cedo hoje, continuem no lugar. E, de agora em diante, a começar por esta refeição, todos os alimentos vão ser testados primeiro com os cachorros, sob a supervisão do senhor Downes e do senhor Connolly.

Atrás dele, os demais professores parecem surpresos. Quando isso foi combinado? Mais uma vez, Hickey está agindo como bem entende. Mas ninguém reclama, já que as precauções são sensatas e até óbvias, e alguém precisa assumir a liderança.

A Sra. Breen continua a olhar para o nada, porém o professor de Teorias da Caça ainda não terminou:

– Enfim, não posso falar pelo governo, ou pelos meus colegas aqui, mas não acho que algo assim aconteceria sem a colaboração de alguém de dentro da escola. Me parece óbvio. Não queremos dar início a uma caça às bruxas aqui em Boyle, mas, se virem algo estranho, qualquer coisa, avisem-nos imediatamente! Eu disse imediatamente! Podem falar com um dos instrutores. Nabil? Posso contar com você?

Todo mundo confia em Nabil – exceto Taaft, talvez. É uma boa escolha, tão boa que faz com que parte da tensão no salão se dissipe.

Mas, aqui e ali, há jovens de todas as idades que ainda estão chorando. Os parentes das vítimas foram levados até os psicólogos antes do anúncio, é claro, mas o mundo dos jovens irlandeses é um ovo – todos ali conhecem pelo menos um aluno de Mallow. Na mesa de Nessa, Aoife chora com o rosto entre as mãos enquanto Emma Guinchinho tenta consolar a amiga.

– Que Crom vire a Dona Gluglu do avesso! – diz Megan. – Ela não tem noção?

Mas Nessa não enxerga de que outra forma o anúncio poderia ter sido feito.

Uma escola. Uma escola inteira, cheia de matadores treinados, foi dizimada durante a noite. E ela se lembra dos cães drogados no corredor. Ela se lembra e sente um calafrio.

Nessa sai da mesa e procura o grandalhão francês.

– Nabil?

Ao contrário de Taaft, ele não gosta de ser chamado de "senhor", "sargento" ou "mestre". Odeia saudações, e certa vez uma panela caiu no chão atrás dele e Nessa o viu se jogar nas moitas para se esconder. Fora isso, ele parece são o bastante.

– Tenho que contar uma coisa – começa ela. – É sobre os cães.

Tudo o que foi incapaz de admitir à Sra. Breen, ela contará a ele. Precisa contar se quiser proteger a própria vida e a dos amigos.

Por Crom

J Á É NOITE, E NESSA ESTÁ NO BANHEIRO TENTANDO SE CONVENCER A jogar o poema na privada e voltar à cama. A notícia do dia deixou todo mundo em choque, mas não é por isso que ela está ali. É porque é viciada no próprio sonho. Ela se imagina morando numa fazenda em Donegal, compartilhando-a com alguém.

> *Se eu tivesse fortuna*
> *A algibeira com prata o bastante*
> *Pegaria a rota mais oportuna*
> *Até onde meu amor é habitante*

Depois de contar a Nabil o que sabe, ao voltar à mesa ela encontrou os alunos se abraçando. E ela também precisava de um abraço, realmente precisava. Mas não carecia da pena de ninguém. Disso, não. Ao contrário das demais garotas, permaneceu impassível no lugar até Anto caminhar em sua direção.

– O que foi? – perguntou ela, grosseira.

Ele estava lindo, os olhos negros sob a luz débil do outono. Ela virou a cara, e a decepção de Anto foi nítida.

– Não fica brava – disse ele, apontando com a cabeça para a mesa dos garotos. – Falei pra eles que ia perguntar o que você disse pro Nabil, só isso.

– Ah. É que… não posso contar pra ninguém.

– Tá – respondeu ele, e foi embora.

E cá está ela no banheiro mais uma vez, a despeito do fato de Nabil tê-la proibido e de que ele vai saber de quem se trata se ela for vista de novo.

Ela bate com a cabeça na parede de madeira.

– Por Crom! Por Lugh e Dagda, volta pra cama!

Ela se pergunta como virou moda entre crianças da Irlanda praguejar em nome dos deuses de seus assassinos. Quando tinha seus seis anos, mesmo sem ter a menor ideia do que viria pela frente, ela e os amiguinhos já tinham uma lista enorme de nomes para dizer em vão. Por que não xingar usando termos sexuais, como os pais fazem? Ou por deus e pelos santos de seus ancestrais?

As pessoas gostam de chocar com as palavras, não é isso? E o que pode ser mais horrendo do que os feéricos?

– Que se dane – murmura para si mesma.

Ela abre a janela e se depara como uma Lua sorridente, brilhante demais para o seu gosto. A já péssima ideia da garota parece pior a cada minuto que passa. Ainda assim ela sorri, e cada músculo de seu corpo lateja de empolgação. Então escuta alguém gritando. Shamey, um dos "veteranos", está vagando pelo estacionamento vazio nos fundos da escola.

Ele voltou da Convocação três anos atrás, intocado. Intocado fisicamente, pelo menos. Nessa deduz que ele estava no centro de Boyle – que agora não é nada mais do que uma rua inabitada e uma igreja vazia. O vilarejo tem um único pub, o bastante para Shamey. Ele tem dezessete anos, acabou de completar. Tem os cabelos longos e uma barba desgrenhada que falha em esconder as marcas de acne.

– Eu não vou ter filhos, estão escutando? – ele grita. – Estão escutando, seus sídhes de merda? Pra eles acabarem indo pra... *aquele* lugar? Estão doidos?

Veteranos não servem para nada, na prática. Na teoria, dão palestras ou aulas quando os professores estão doentes. Em geral, a função é apenas uma desculpa para que se recuperem da Convocação antes de encontrarem um lugar no mundo real. Nesse meio-tempo, eles podem fazer o que lhes der na telha.

Mas não isso.

As palavras de Shamey são um ataque intolerável à moral. De fato, dois guardas noturnos – Tompkins e Horner, ex-membros do Serviço Aéreo Especial da Grã-Bretanha – detêm o garoto com tanta gentileza quanto o treinamento exige. O que não é muita. Nessa observa Horner prendê-lo num mata-leão e Tompkins enfiar em sua boca um pano embebido em sabe Lugh o quê.

Nesse instante, como se soubesse que ela está ali, Horner ergue o olhar na direção da janela do banheiro. Seu rosto é juvenil – como o do cadáver de um menino afogado no rio, os olhos grandes e esbugalhados.

– Vamos! – diz Tompkins.

Na contagem de Nessa, porém, Horner ainda demora três segundos para desviar o olhar.

Os dois dão um jeito em Shamey, e Nessa enfim cria coragem para rasgar o poema em pedacinhos e voltar para a cama.

Assim como os pais de Antoinette, o Sr. Hickey foi um dos primeiros sobreviventes. Ou seja, tem menos de quarenta anos – e se comportaria de acordo se não tivesse passado cada um dos últimos vinte comendo e lendo, bebendo e lendo. Matando aulas para roubar livros em Dublin… E outros comportamentos comuns inspirados por uma visitinha à Terra Gris. Seja como for, a criançada gosta do fato de que ele é próximo em idade e mais ainda do fato de que um bom papo o distrai por aulas inteiras.

– Não! – protesta o Sr. Hickey. – Burke, você sabe que esta é a aula de Teorias da Caça, e não de História! Você sabe.

Todos os alunos sorriem para Solomon Burke – Bruggers, como os meninos o chamam. Todos exceto Heather, que é da mesma cidade que Rodney McNair e cujos olhos vermelhos provam que ela gostava mais dele do que transparecia.

– Mas é sério, senhor – diz Bruggers, usando o pronome de tratamento em inglês em vez do termo sídhe para "Altíssimo". – Segundo as lendas, eles costumavam roubar os bebês humanos do berço. E aí trocavam a criança pelos próprios bebês e…

– Se é que faziam isso, Burke, ênfase no *se*, eles pararam há muito tempo. De toda forma, tem muitos relatos de roubos de crianças mais velhas também.

– E como a gente ia saber? – Bruggers sorri para Conor, esperando que a vitoriosa tentativa de conturbar a aula seja notada. – Sobre os bebês, digo. Talvez os sídhes nunca tenham parado de trocar as crianças. Talvez seja por isso que existiu gente tipo Hitler ou Cromwell e tal.

O Sr. Hickey revira os olhos. Ele nasceu em um mundo em que mesmo o mais experiente dos estudiosos não sabia mais do que poucas centenas de palavras em sídhe – ou irlandês arcaico, como chamavam. Não existiam escolas de sobrevivência na época.

– Escute, nós não precisamos que ninguém, nem os sídhes, nos ensine a fazer maldades – diz o professor. – Fomos nós que os jogamos na Terra Gris, lembra? E não foi por um dia, ou pelo tempo que dura cada Convocação, qualquer que seja ele. Nós, irlandeses... Nós aprisionamos uma raça inteira no *inferno* pela eternidade pra roubar a terra deles. Você encontra isso no *Livro das conquistas*. Os tuatha dé danann, o Povo da Deusa Danú... Eles estavam aqui havia milhares de anos, vivendo em um lugar que amavam tanto que o chamavam de Terra das Muitas Cores. Aí chega esse outro grupo, bem parecido com eles, fala a mesma língua até. Só que esses caras, no caso nossos ancestrais, são os primeiros do mundo a manusear armas de ferro. E achavam que isso dava a eles o direito de tomar absolutamente tudo pra si! Tudo!

A verdade é incontestável, mas não é uma opinião popular, e o clima animado da turma arrefece de imediato.

– Entendam – diz ele. – Não estou dizendo que alguém aqui mereça o que acontece com os jovens. Mas, pelo Caldeirão e pela Lança, eu treinava pra competir nas Olimpíadas quando aconteceu comigo! – Sua voz cede. – Eu tinha treze anos. – Ele respira fundo algumas vezes, e se nota que teve um ótimo psicólogo, porque logo se recompõe. – A questão é que nunca vamos derrotar os sídhes se não os entendermos. E pode ser que a gente não os derrote, mas chegue a algum tipo de acordo e faça as pazes. Os perdoe, até.

Isso é demais para Megan.

– Que Crom te vire do avesso! – berra ela. Seria o suficiente para pegar uma noite na Solitária, mas não na aula do Sr. Hickey. – Você... O *senhor* acha mesmo que a gente deve perdoar os sídhes?

Ele dá de ombros.

– Deixe-me perguntar uma coisa, senhorita Donnelly. Você quer que eles parem de fazer o que estão fazendo? Quer? Então, nesse caso, *eles* vão ter que nos perdoar.

– Vou mostrar o meu perdão dando com a mão na cara deles – diz Conan, e até Megan assente, com o maxilar cerrado. – Eles concordaram com o tratado, concordaram em deixar a Irlanda pra gente. Isso também tá no *Livro das conquistas*, não tá? Então eles têm que cumprir o combinado.

A única pessoa na sala que sobreviveu a uma Convocação balança tristemente a cabeça.

– Certo, turma. De volta ao trabalho. Quando vocês estiverem na mata na semana que vem, eu quero que se concentrem no seguinte...

CAÇANDO

A CADA QUINZE DIAS, O QUINTO ANO ENCENA UMA CAÇADA. NESTA noite específica, Nessa faz parte da turma das presas. Qualquer exercício para desenvolver a habilidade de se esconder é bem-vindo, embora a menina não seja muito fã do doloroso – ainda que não destrutivo – espancamento reservado àqueles que são pegos. Nem tampouco goste do banho miseravelmente frio que recebem os perdedores.

Mas, como o Sr. Hickey faz questão de lembrar, ser a presa é tão importante quanto ser o caçador. É uma maneira de se colocar na mente dos sídhes enquanto eles procuram a única coisa que ainda lhes traz alegria.

O Halloween se aproxima. As árvores estão encharcadas com a chuva da noite anterior, e a primeira geada do ano vai acontecer dentro de uma semana.

Nessa, como sempre, fabricou suas muletas, e é tão boa no manejo delas que dá vários passos sem tocar os pés no chão, o que praticamente faz das muletas pernas de pau. Se ao menos fosse capaz de manter o ritmo por mais alguns minutos… Se conseguisse ultrapassar pelo menos um dos colegas…

Nesta noite, precisa passar despercebida por meras seis horas enquanto times de quatro pessoas rastreiam a mata para obter o privilégio de um banho e uma refeição quentes; e de privar Nessa desse direito.

Não será por falta de luminosidade que os caçadores deixarão de encontrá-la. Uma esplêndida lua cheia derrama sua luz prateada por entre a copa das árvores – e este parece ser o mais próximo que o belo planeta Terra é capaz de chegar da palidez doentia da Terra Gris.

Nessa para aos pés de um grande pinheiro, arfando, o nariz tomado pelo cheiro de resina, os ouvidos aguçados captando os sons dos seres menores que fogem de sua presença. Logo em seguida, se sobressalta ao ouvir um grito vindo de algum ponto a uns cem metros de distância.

– Tudo limpo, vamos pro leste! – grita Bruggers. – Avançar!

A resposta audível de Conor vem de algum lugar à direita de Nessa:

– Estou vendo uns buracos no chão. São das muletas da Clipe-Clope. Ela deve estar perto!

Eles estão em muita vantagem. São as regras. Não faria sentido se não fosse assim. O Sr. Hickey tinha dado ao grupo de caçadores tempo para estudar o terreno e preparar armadilhas. Também puderam escolher as próprias equipes – de modo que, sem surpresa nenhuma, Conor está cercado de seus puxa-sacos. Eles estão munidos até mesmo de tochas – já que, diferentemente dos sídhes, sua visão não é adaptada ao ambiente. A luz que se infiltra pela vegetação ilumina a área ao redor de Nessa, porém cria mais sombras do que oblitera.

Nessa se controla para não correr para o interior da mata. Conor não é nada idiota. Ele sabe como não fazer barulho – então, se estão falando alto uns com os outros, é porque querem que ela escute e entre em pânico. Esperam que ela caia em alguma armadilha que os dois outros membros do grupo de caçadores prepararam. *De todas as equipes, por que bem a do Conor tinha que estar atrás de mim?!* Às vezes ele a devora com o olhar, e ela nunca entendeu o porquê, já que é Megan quem sempre bate de frente com ele.

A luz da tocha se move para a esquerda, depois para a direita. Nessa se agacha e tateia o solo à procura de uma pedra. Quando se ergue, uma distância equivalente a dez passos e o tronco do pinheiro são toda a proteção que tem.

– Ela veio pelas pedras, veja! – sussurra Bruggers em seu sotaque cantado. – É esperta, aquela vaca da Clipe-Clope. Mas ela não pode estar a mais de cem metros daqui. De cinquenta, aliás, ou seus braços já teriam caído.

Os braços de Nessa estão *mesmo* cansados. Brugges está à sua esquerda, e Conor, que apagou a tocha, deve estar por perto, porém não responde. É angustiante não saber onde ele está, pensar que pode estar olhando diretamente para ela. Entretanto, se ela ficar parada, vai ser encontrada de qualquer forma, então Nessa arrisca. Encostada na árvore, contorna-a. Bruggers está a dez passos, de costas.

Mas cadê o outro? O glorioso líder?

E então ela o vê, como um enorme predador, na copa de uma árvore próxima, movendo a cabeça de um lado para o outro para farejá-la.

Nessa tenta desacelerar o coração. *Eu poderia arrebentar a cabeça dele com essa pedra e falar que foi um acidente. Cedo ou tarde, ele vai tentar se vingar da Megan por ter zoado com ele mesmo...*, pensa.

Mas o impulso passa. Ela espera a atenção de Conor se desviar para longe e então joga a pedra em um ponto às costas dos perseguidores. Não é uma pedra grande, o impacto é mínimo, mas em um piscar de olhos Bruggers dispara em meio à vegetação baixa. Conor, que mal precisou flexionar os joelhos ao aterrissar, grita como um *lúdramán*, o termo em sídhe para "boboca":

– Sigam-me, cavaleiros! Pegamos alguém!

Dois outros vultos escorregam pelo aclive atrás de Nessa para se juntarem ao mestre, e ela dispara na direção contrária. *Só mais quatro horas*, pensa. Mais quatro horas para a liberdade. Ela está cada vez melhor. Nos últimos seis meses, Nessa evitou a captura duas vezes.

Passa voando por entre as moitas, sem se preocupar em fazer silêncio, desesperada para se distanciar dos Cavaleiros da Távola Redonda. Tropeça e desliza pela borda de um antigo buraco que alguém cavou, até parar, arfando.

A garota precisa voltar a se mover silenciosamente. Afinal, há outros seis grupos de caça, e qualquer um deles pode condenar Nessa a uma surra e a um banho frio se a encontrar. Mas e se ela trombasse com Anto? *Não conta pra ninguém que me pegou*, é o que ela sussurraria...

O pensamento é idiota e ao mesmo tempo delicioso demais e faz seu coração acelerar. A luz do luar o torna mágico. *Por que raios você não dá um beijo nele?*, sussurra a voz dentro dela. Todo mundo beija. Não só beija, aliás. Em breve, Nessa vai estar morta. *Todo mundo* sabe disso. Os pais dela, pobres coitados. Seus amigos. Sozinha na escuridão, ela pode admitir a verdade, não tem problema.

– Não! – diz em voz alta, e a palavra ressoa como um trovão na floresta até então silenciosa.

É um erro. Do nada, uma mão se enfia no buraco e cobre sua boca. Nessa se sobressalta, pronta para revidar, para lutar até a morte. Mas só por um instante. Foi pega de jeito, não há o que fazer. É a prova final – se é que precisava de alguma – de que devaneios de amor só levam à morte.

– Promete ficar quieta? – sussurra a voz.

Nessa concorda com a cabeça, sentindo o alívio inundá-la. Nenhum caçador pediria que ela ficasse quieta.

– Megan?

– Você é uma vadiazinha doida mesmo! Quem faz tanto barulho? Isso não é nada a sua cara! Agora cala a boca. A Emma Guinchinho tá na minha cola, junto com a Aoife, a Nicole e só Lugh sabe quem mais. Acho que vou mandar você pra ser pega no meu lugar, que tal? – Mas é claro que Megan não faria algo assim.

– Escuta – diz Nessa –, a gente precisa vazar desse buraco. Eu deixei um rastro por centenas de metros.

– Falou. Sem conversinha fiada. Vem.

Megan não é a garota mais em forma do Quinto Ano, nem a mais estudiosa. Mas gosta das caçadas, e a aula do Sr. Hickey é uma das únicas em que ela consegue seguir o ritmo da turma. Mesmo assim, Nessa se pega praguejando por dentro quando a amiga destrói samambaias ou quebra galhos conforme caminha.

Quem sou eu pra reclamar, com estas malditas muletas?

Em meio à vegetação, elas vislumbram tochas inspecionando o terreno atrás de pegadas, e às vezes gritos empolgados explodem ao longe.

Depois de dez minutos se esgueirando pela mata, o suor das duas é suficiente para encher o rio Shannon. Elas chegaram a uma das trilhas conhecidas da floresta. Avançando por ali, vão conseguir abrir uma boa distância sem deixar muitos rastros. Por outro lado, é certo que pelo menos uma das equipes de caçadores vai estar à espreita em algum ponto dos dois quilômetros de trilha.

Megan tampa a boca de Nessa com a mão, e ela assente. A amiga vai avançar alguns passos sozinha para avaliar os arredores. Nessa aponta na direção de onde vieram, para sinalizar que vai avaliar o progresso dos perseguidores. Ambas aquiescem e partem.

Nessa não chega muito longe antes de ver vultos se esgueirando entre as samambaias. Com o coração na boca, abaixa para sair de vista e volta à árvore em que se separou da amiga.

Mas não há sinal da outra garota. Nenhum sinal, exceto por uma forma indefinível no chão. Sentindo o sangue pulsar nos ouvidos, Nessa chega mais perto. Seu coração bate mais rápido do que nunca; as pernas estão à beira de ceder e fazê-la desabar. Ela agacha e toca o vulto. Seu pior medo se concretiza: é um casaco. O casaco de Megan. A Megan propriamente dita não está mais ali. Nessa cai de joelhos sobre o leito gélido e úmido de folhas mortas, a cabeça girando. A parte calma de sua mente já começou a contar os três minutos e quatro segundos, enquanto a bile sobe pela garganta e tenta abrir caminho até sua língua seca e inchada.

É quando Megan sai da floresta e se agacha ao seu lado.

A reação de Nessa é automática. Ela dá um tapa na cara da amiga. Um só, bem forte. E Megan, sendo Megan, responde à altura, revidando com tanta força que deixa a cabeça de Nessa zumbindo. Depois elas se abraçam, e Nessa se agarra a Megan como se a outra fosse uma boia salva-vidas.

– Por Lugh! – diz Megan. – Você achou que eu tinha recebido a Convocação? E depois me deu um tapão tão forte que esfolou minha bochecha?

– O seu... seu casaco.

– Foi mal. Foi mal mesmo. Eu achei que tinha ouvido os caçadores. Meu casaco ficou preso num galho e eu só o larguei para trás e corri para o topo do morro.

Embora as duas continuem abraçadas e sorrindo, Nessa ainda está enjoada. Encontrar o casaco de Megan foi mais do que um susto. Foi um anúncio do futuro inevitável. Ela sabe que, pelas estatísticas, pelo menos uma pessoa da turma vai receber a Convocação antes do Natal.

– Escuta só, Nessa – sussurra Megan. Sua voz fica tensa de repente.
– Eu encontrei uma coisa… uma coisa *incrível*. Você precisa ver!

– O quê?

Em vez de uma resposta, Nessa recebe a luz de uma tocha na cara.

– Duas? – diz Aoife. – Alguém já pegou duas de uma vez?

E Emma Guinchinho, realmente ofendida por ver as duas se abraçando, diz:

– Não é justo, Megan. Eu saí do armário pra *você*. Antes até de contar pra minha mãe!

E as duas amigas caem na risada.

No caminho de volta ao prédio da escola, Megan ainda está esquisita.

– O que foi? O que você viu quando subiu o morro?

– Preciso falar com o Nabil – diz Megan. – Preciso falar com ele agora mesmo.

Uma garota na pedra

As amigas mal bateram nelas. Mesmo assim, as duas foram pegas, e por isso precisam encarar um banho gelado e a comida mais fria e sem graça do mundo. No entanto, esse prazer dúbio vai ter de esperar.

– Preciso falar com o Nabil primeiro – insiste Megan. – Preciso. E você vem comigo.

Nessa ignora a fome e se deixa arrastar. Ela nunca viu a amiga tão agitada.

Encontram o francês na "caserna" – um corredor cheio de quartos pequenos mas confortáveis destinados a funcionários e veteranos. O homem é conservador demais para ficar sozinho no próprio aposento com duas garotas, e assim, para desgosto de Nessa – e talvez dele próprio –, chama a Sargento Taaft para se juntar a eles.

– Soube que foram pegas juntas – é a primeira coisa que Taaft diz. – Estava ajudando essa aí, Megan?

– Não, sargento. Ela que estava me ajudando.

– Não vai ter ninguém pra protegê-la lá, você sabe disso. Vocês precisam treinar como se estivessem trabalhando sozinhas. É o objetivo do treino!

Nabil intervém, com a voz séria:

– Sargento Taaft, por favor.

O quarto dele é tão vazio que parece quase estéril: há uma cama, um tapete de oração, uma mesa. Não há sequer uma foto de família maculando a parede. As prateleiras não exibem mais do que os livros do currículo escolar: *História dos sídhes*, de Dona Gluglu, os manuais de caça e os volumes equivalentes a todos os anos de Testemunhos dos sobreviventes – estes, escritos na língua do inimigo, que ele fala fluentemente. Entretanto, Nabil precisa recorrer ao inglês por conta de Taaft, e nessa língua ele tem dificuldade.

– Então, meninas. Não me importo de saber que vocês... trabalharam juntas. O que precisam reportar?

– Um corpo, Nabil – diz Megan. – A gente viu um corpo. Humano, talvez.

Nessa abre a boca para negar, dizer que não viu nada, mas o olhar cortante de Megan a contém. *Você quer ver ou não?*, parece ser a mensagem. Então, por enquanto, Nessa se deixa levar pela história. Quem não ficaria intrigado com a escolha da palavra "talvez" em relação a um corpo humano?

– Mas é mais do que um corpo – continua Megan. – Acho que... Acho que o senhor vai querer levar uns professores com a gente. O senhor Hickey, talvez. Ou a senhora Breen e a senhora Sheng.

– Vou pegar os lampiões – diz Taaft, empertigada.

Nabil assente. Ele coça as cicatrizes sob a barba. Sempre parece cansado, mas nunca poupa os modos.

– Megan, por favor, vá buscar a senhora Breen e quem mais você achar necessário. Nessa, diga ao senhor Hickey para interromper a caçada e se juntar a nós aqui. E pegue alguns sanduíches na cozinha. Se alguém perguntar, diga que são ordens minhas. Todos vamos precisar de energia.

Ele está certo. Uma hora depois, eles estão de volta à mata, trêmulos e úmidos, com o Sr. Hickey respirando tão alto que ninguém em volta consegue conversar. Megan, surpreendentemente, precisa de pouquíssimo tempo para encontrar o ponto em que saiu da trilha. Quando o grupo começa a subir o aclive, Nessa tem uma forte sensação de familiaridade.

Será que já estive aqui antes? Durante o dia?

Nuvens cobrem a Lua, mas logo os lampiões são espalhados ao redor da enorme pedra coberta de limo, e todos os presentes abafam uma exclamação.

Há uma garota na pedra. Ou, melhor dizendo, um cadáver em estado de putrefação, e a visão da carne brilhante faz Nessa querer vomitar o sanduíche. Na verdade, é só metade de um corpo – do quadril para baixo, a menina se mescla à rocha, e suas mãos estão posicionadas de forma a parecer que estava tentando se içar quando morreu.

– É uma aes sídhe – diz a Sra. Breen, e o Sr. Hickey concorda.

Ainda arfando, ele aponta para as órbitas vazias do cadáver.

– Ela morreu há menos de quinze dias. – Cospe no chão. – Faz vinte anos que não vejo um desses monstros.

– Ela está aqui há mais de duas semanas – discorda a Sra. Sheng, a esquelética professora de Medicina de Combate. – Acredite em mim. – Sua voz então fica uma oitava mais aguda. – Isto é um monte! Estamos no topo de um!

E os outros professores olham para a superfície abaixo dos pés como se ela fosse venenosa.

– É um Forte Feérico? – pergunta Megan. – Um Forte Feérico pra valer?

Mas ela é ignorada.

– Nabil – diz a Sra. Breen. – Sargento Taaft. Sem exercícios por aqui nos próximos dias. Vamos manter todos os estudantes no perímetro até uma equipe vir de Dublin.

E é isso. As duas garotas e os instrutores são levados às pressas de volta à escola, sem respostas para suas perguntas. Quando Megan insiste em obter mais informações, alegando que foram elas que encontraram a cena, a Sra. Breen responde:

– Sua função, garota, é sobreviver. Pela Nação. Se conseguir fazer isso e depois decidir que quer trabalhar com algo mais profundo, venha falar comigo. Até lá, precisa descansar.

– A senhora acha que eu vou conseguir descansar depois de ver isso? O cadáver de um sídhe? *Mesclado* à pedra?

– É melhor conseguir, garota. – A diretora se esforça para esconder o tremor na voz. – É com os sídhes vivos que você tem que se preocupar. Agora vá. E não conte para ninguém o que viu, ou vai passar o resto da semana na Solitária.

. . .

– O que era? – pergunta Emma Guinchinho na manhã seguinte. – O que vocês viram?

As duas garotas de Donegal chegaram cedo para o café da manhã e pegaram uma mesa só para elas, mas Emma parece não ter captado a mensagem.

Megan, gostando da atenção, dá um sorriso enigmático.

– Bem que você queria não ter pegado a gente, hein, Ems? Talvez eu tivesse te contado na hora…

– E você, rainha de gelo? Vai contar? – A pergunta é dirigida a Nessa, que só dá de ombros e mantém a atenção focada na gororoba em forma de mingau em sua cumbuca.

Megan e Emma Guinchinho são boas amigas, e, quando Nessa ergue os olhos, vê a troca de piscadelas que faz a garota mais baixa sorrir e parar de perguntar. Emma Guinchinho volta para a mesa de sempre, onde o restante das meninas está terminando a refeição.

– Espero que você não esteja planejando contar pra ela, Megan Donnelly.

– E por que não? – O rosto rosado de Megan parece ter saído de uma gravura de uma lata de biscoitos da época vitoriana. – As pessoas estão morrendo de curiosidade.

– Mas você vai pra Solitária se a história se espalhar. E a história *sempre* se espalha.

– Bom, não é como se eu nunca tivesse ido pra Solitária, Nessa, como você bem sabe. Tô até começando a gostar. – Ela sorri e aperta a mão da amiga. Depois, muda de assunto de forma tão descarada que Nessa revira os olhos. – E aquele Triplo F, hein, Nessa? No território da escola!

– Triplo F?

– Forte Feérico Fodido. – Megan sorri, o rosto sujo de mingau. Por pior que seja a comida, elas comem até a última migalha. – Achei que já tinham encontrado todos os Triplo F do país.

Todos conhecem a frase n'*O livro das conquistas* que diz que os aes sídhe peregrinaram "por sob os montes" até o exílio. E a ilha tem muitos outeiros não naturais que batem com a descrição: fortes da Idade do Ferro, cemitérios da Era da Pedra, currais medievais. Por séculos, esses locais deram origem a histórias de belas e maliciosas criaturas que roubavam crianças. As pessoas sempre os chamaram de Fortes Feéricos – um mero Duplo F, se tanto.

– Achei que já tinham encontrado todos – diz Megan. – Foi o que o tetudo do Harvey disse na aula de Arqueologia, não foi? Que todos os Triplos F foram escavados e destruídos, e que não encontraram nada neles além de quinquilharias e ossos mofados?

Nessa dá de ombros.

– Eles precisavam ter certeza. As lendas têm um fundo de verdade.

– E também um monte de baboseira! Pelas tetas sagradas de Danú! Toda aquela conversa fiada sobre o mundo dos sídhes ser um paraíso! As Ilhas Abençoadas! A terra da juventude eterna!

Terra da juventude, é o que o refeitório parece conforme mais e mais estudantes chegam e se juntam à fila para pegar as cumbucas de mingau ressecado.

– Os sídhes *são* jovens, Megan. Eternamente jovens, até onde a gente sabe.

– Verdade, Nessa. Isso é verdade. – Os olhos de Megan assumem uma expressão distante e obstinada. – E a nossa garota é bem nova, não é? Por Crom, queria poder vê-la durante o dia. Uma sídhe de verdade!

– A gente não pode, Megan.

– É um direito nosso! – Ela dá um soco na mesa. – O único objetivo das escolas de sobrevivência é nos ensinar sobre essa escória. Todo mundo deveria ter a chance de ir até lá e dar uma boa cuspida nela. Quem sabe até uma mordida!

– Megan!

Megan sorri.

– Não, você está certa, Nessa. Ela já está toda podre. Não deve ser muito melhor do que esse mingau fedorento!

Suas palavras despertam algo em Nessa.

– Espera! – Ela segura a mão da amiga. – Ela não estava fedendo, né? Eu já vi uma ovelha morta. O cadáver deveria estar fedendo, não deveria?

– Isso! – diz Megan. – Curiosidade. Isso é muito bom. Então você vai voltar lá comigo?

– Você sabe que eu não...

– Se *você* não quiser, a Emma Guinchinho com certeza vai querer.

Nessa, ainda segurando a mão de Megan, a aperta o bastante para monopolizar a atenção da amiga.

– Escuta. Só escuta, pode ser? A gente é do Quinto Ano agora.

– Grande coisa!

– A gente não pode arriscar ir pra Solitária. Nenhuma de nós. Mais da metade da turma vai receber a Convocação e...

O grupinho de Conor entra pela porta e caminha até a mesa dos garotos, o rosto ainda corado e com aspecto saudável por conta dos exercícios matinais. Normalmente são barulhentos e ostensivos, mas hoje param de falar assim que as portas se fecham, e seus olhares vão direto para as duas garotas. Obviamente a história se espalhou, e a mesa dos garotos quer saber o segredo tanto quanto os demais alunos. Entretanto, Conor ri de repente e aponta para Nessa.

– A gente quase te pegou ontem, hein, Clipe-Clope? – diz ele. – Mas a gente preferiu ir atrás de algo mais desafiador! Não é, pessoal?

Nessa nem ergue o olhar da cumbuca. Está tremendo – mas de tentação, e não de ódio. Ouve Conor e os outros garotos se chamando de "cavaleiros". Ridículos! Como moleques de sete anos com suas es-padinhas de madeira.

Com o conhecimento que tem, ela poderia humilhá-lo. Sua respira-ção fica mais pesada, e ela abre a boca para falar. No entanto, ele é um risco real para ela, e ela *não* vai ceder ao impulso só para conseguir uma vitória sem sentido. Nessa fecha a boca. Seu autocontrole é excelente.

O de Megan, não.

– Au, au – diz ela, para lembrar Conor de seus insultos recentes.

Ele ri e finge estar confuso, mas seus olhos se estreitam. Nessa sabe que Megan vai pagar por aquilo mais cedo do que imagina.

CURIOSIDADE

O S ESPECIALISTAS DE DUBLIN, PESSOAS DE MEIA-IDADE COM LÁBIOS sempre franzidos, passam uma semana na floresta. Alexandra, do Sexto Ano, recebe a Convocação e milagrosamente escapa. É a primeira sobrevivente da escola desde Ponzy; ao contrário dele, parece inalterada – pelo menos fisicamente. Todos comemoram! Embora as Badaladas Fúnebres ainda soem duas vezes na semana, a esperança reina.

Nessa, porém, não sente a menor alegria. Sua única amiga está passando tempo demais na companhia de Emma Guinchinho – as duas estão como unha e carne e com certeza planejam uma visita à garota na pedra. É evidente! Mesmo com a mata lotada de instrutores e pesquisadores e com a Solitária à espera dos que forem pegos. Pelo Caldeirão, elas são malucas? Entretanto, Nessa sabe que não vale a pena tentar fazer Megan mudar de ideia e se concentra nos estudos. Pratica técnicas novas no ginásio. Vira de cabeça para baixo os manuais de caça em busca de dicas, enquanto risadas indicam que Anto está entretendo os amigos com histórias sobre o "ratinho curioso demais" ou a "tia bêbada".

Nessa luta contra os músculos do pescoço, que insistem para que ela olhe na direção do garoto, que desejam que ele esteja retribuindo o olhar. Na maior parte das vezes, porém, quando seu autocontrole falha, não são os olhos de Anto que encontra, e sim os de Conor.

Chega a sexta-feira, o dia de folga de Nabil. Nesta manhã, o Quinto Ano fica com a biblioteca inteira para si; um amplo salão com corredores apertados e prateleiras mofadas. Em recantos escondidos, computadores antigos emitem um zumbido quase inaudível, e cabos de rede se conectam a soquetes que não se comunicam com nada.

Nessa prefere os livros, de toda forma. Especialmente os infindáveis volumes de Testemunhos dos sobreviventes – que, por definição, são histórias de sucesso. Desde que chegou à escola, preencheu dezenas de cadernos com garranchos ilegíveis. Dicas sobre a Terra Gris. Estratégias para lidar com os vários riscos com que vai se deparar quando a hora chegar. Esperança.

Sentada em seu nicho preferido, na mesa diante da janela, tem à sua frente uma edição caindo aos pedaços d'*O livro das conquistas* e dos Testemunhos mais recentes. O único outro lugar está vazio, a não ser pela caneta e pelo caderno aberto de Megan. A página – uma página típica de Megan – está quase toda em branco, e os poucos escritos são em sua maioria em inglês. Nenhuma anotação faz sentido: "Agarrar o calcanhar", "ficar à direita".

Não pela primeira vez, Nessa perde minutos preciosos pensando na amiga. Inadvertidamente, permite que a preocupação cresça. É normal que os jovens considerem a morte dos amigos sempre que levam um bolo. Sempre que eles passam muito tempo no banheiro – como Megan agora. Essa atitude não vai levar Nessa a lugar nenhum, e ela consegue se concentrar de novo no livro. A atenção recai como um holofote sobre a história de Rose Smyth, que apunhalou um príncipe sídhe no rosto com um osso afiado. Mas o que realmente desperta o interesse de Nessa é o fato de que Rose é uma das poucas sobreviventes que testemunhou o fenômeno das "janelas" na Terra Gris. Entretanto, a atenção da garota logo se esvai de novo, pois cada linha lida é mais uma que termina sem que Megan retorne.

Nessa solta o ar com força e se levanta. Vai ser igualzinho à última vez, quando bateu na porta do cubículo e Megan respondeu:

– Qual é, quer entrar aqui e arrancar meu cocô com a mão? Cara, depois daquela lasanha, isso aqui não é muito diferente de dar à luz…

Mas Nessa se levanta mesmo assim, atravessa um corredor cheio de prateleiras com livros e segue até o espaço estreito entre a seção de Arqueologia e as janelas que dão para o banheiro feminino. É quando vê a amiga, ou as costas dela – pois a biblioteca dá para o lago e para a trilha que adentra a floresta, pela qual Megan corre com Emma Guinchinho e uma garota loira, com certeza Aoife.

Elas somem da visão de Nessa, que sente um caroço de ciúmes entalado na garganta. *Eu devia ter ido junto*, pensa, apoiando a testa no vidro frio, que embaça com sua expiração. Só resta estudar. Precisa ler mais alguns Testemunhos. Cinco por dia é a meta, mas, no dia de biblioteca, ela consegue facilmente dobrar a meta e ainda encontrar tempo para um poema ou dois.

As meninas desaparecem no meio das árvores, e Nessa está prestes a se virar quando vê outro grupo pegando o mesmo caminho. Os Cavaleiros da Távola. Ou alguns deles: Conor, Liz Sweeney e Chuckwu. Eles avançam com mais cautela do que as garotas, e Nessa percebe de imediato que o segundo grupo está seguindo o primeiro. E é claro que não é por uma boa razão! Conor enfim vai se vingar de Megan pelas piadinhas sobre os cães.

Não se envolva. Ela fez a própria cama…

Mas isso é apenas a inveja falando, e, quando dá por si, Nessa já está seguindo para a saída dos fundos, onde uma escadaria pouco usada leva ao exterior da construção.

– Você vai precisar de ajuda.

Ela toma um susto com o sussurro. É Anto. Ele é só um palmo mais alto do que ela, mas tão esbelto e musculoso quanto os demais garotos, apesar da dieta estranha.

– E como *você* sabe o que estou fazendo?

– Ué. – Ele sorri, sem vergonha de mostrar o espaço deixado pelo dente que perdeu no ano anterior. – *Ninguém* nunca sabe o que você está aprontando, Nessa. É o seu objetivo, né? Mas a Megan… Aí é outra história. Ela foi ver o que vocês duas encontraram na noite da caçada. E os altivos Cavaleiros da Távola Redonda… Bem, eles querem descobrir o que é.

Ela tenta resistir ao sorriso mágico do menino. Quer dizer que ele sabe sobre os "cavaleiros"?

Talvez ela realmente precise da ajuda de Anto. Não que tenha um plano, ou mesmo motivo para se preocupar. Afinal, Conor pode estar apenas querendo descobrir o segredo. Mas ela duvida disso. Ele tem contas a acertar com Megan, e Nessa sabe que a garota não vai denunciá-lo caso volte com um braço quebrado ou coisa pior. Dedos-duros nunca se dão bem na escola.

– Vem – diz Nessa, virando-se para esconder o rubor em seu rosto.

A biblioteca está cheia de colegas, mas as estantes repletas de livros dão cobertura.

A terceira semana de outubro trouxe um vento gelado que os faz se ressentirem da falta de casacos e, especialmente, de sapatos. A grama está coberta de geada, e em todos os lugares há montes escorregadios de folhas úmidas.

Anto ignora o desconforto e se ajoelha com o rosto perto do chão.

– A gente não precisa encontrar o rastro deles – diz Nessa. – Eu sei pra onde eles estão indo, lembra?

– Você sabe o destino final – corrige Anto. – Mas eles vão tentar evitar os instrutores e quem mais estiver incumbido de manter a gente longe da mata.

– Ponto pra você – responde ela, sentindo-se boba.

Ela o deixa trabalhar, escolhe galhos que possa usar para fazer muletas e, com o mínimo de ruído, os quebra com a força dos braços que tanto malha.

– Sempre me pergunto por que você não faz um par permanente de muletas – diz Anto.

– São as regras – responde ela, removendo os excessos do galho. – A escola proíbe a gente de usar tênis porque não tem tênis no lugar pra onde a gente vai quando receber a Convocação, não é? Então.

Anto assente. Ele já viu como ela se move com perícia com as muletas que fabrica. E a prática de fazê-las é útil, porque ela acaba de produzir um novo par em menos de dois minutos: escolheu instintivamente galhos jovens, fortes porém suficientemente flexíveis, com a grossura ideal para aguentar seu peso, nada além disso.

– Eles foram por aqui – diz ele.

– Os cavaleiros ou as meninas?

– Os dois grupos, acho.

É a última coisa que falam por um tempo. Eles sabem como é estar no papel tanto dos caçadores quanto das presas. Sabem se comunicar por meio de vários tipos de sinais e gestos, embora o Quinto Ano seja tão experiente que essa forma de comunicação quase não se faz necessária.

Nesta época do ano, durante o dia, com poucos locais para se esconder e alvos tão descuidados, os dois mal precisam diminuir a velocidade. Nenhum dos grupos sabe que está sendo seguido, mas Nessa não consegue ignorar a sensação de que há alguém atrás dela também. Ela olha para trás tanto quanto para a frente. E se Taaft estiver ali, pronta para surpreender os dois? Mas não. Não é assim que a sargento age. Por que se esgueirar e pegá-los no pulo se a mera presença deles nesse lugar já é suficiente para condenar o casal à Solitária?

O fato é que Nessa sente mais e mais calafrios conforme avançam pela mata. Anto também, ao que parece. Aperta com tal força o crucifixo que ganhou de presente da mãe que os nós de seus dedos estão brancos.

Por Crom, pensa ela, *ele é uma gracinha. Até o jeito como se move é mágico − o equilíbrio perfeito, os passos tão leves que mal mexem as folhas caídas.*

Os dois avançam num ritmo bom e trabalham bem em dupla. Ainda assim, Nessa exibe mais habilidades do que a situação pede − é mais forte do que ela. A certa altura, arriscando quebrar as muletas ou torcer o calcanhar, ela salta por cima de uma árvore caída, a qual Anto precisa escalar para ultrapassar. Enquanto o espera se juntar a ela, como quem não fez nada de mais, finge inspecionar uma marca na lama.

Ele sorri quando a alcança. Usa as mãos para simular o voo dela, as sobrancelhas erguidas em admiração pelo feito. Está tão perto que Nessa quase pode sentir o calor emanado por sua pele. Ela o puxaria para si agora mesmo se não fosse aquela sensação incômoda de que não estão a sós. Cada pelo de seu corpo está arrepiado.

Foco, diz a si mesma. Foco. Ela precisa pensar no que uma garota de muletas e um pacifista podem fazer para deter o grupo de Conor. E é melhor pensar logo, porque, um pouco mais à frente, uma voz − a voz de *Megan* − berra:

− Ai, por Crom! Cuidado!

FORTE FEÉRICO

—**I**SSO VAI SER INCRÍVEL — DIZ MEGAN.

Mas foi como falar sozinha. Ela sente seu humor azedando. *Olha só as duas de mãozinhas dadas!* Aoife não está nem aí para a maravilha que está prestes a presenciar. Ela exibe aquele sorrisão de quem ganhou na loteria sempre que está perto de Emma.

— Só falta começar a cantar — murmura Megan.

— O que você disse? — pergunta Emma.

— Que é pra gente ir logo. Está silencioso demais aqui.

Elas que fiquem se lambendo, pensa Megan. Mas, por Crom, que falta de educação agir assim sendo que deveriam estar juntas, e é ela quem está fazendo um favor para as duas. E Nessa, o que ela vai dizer? Vai bancar a certinha quando Megan voltar à biblioteca? Vai fechar a cara? Um pensamento injusto, percebe Megan, porque Nessa é leal até a morte e vai inventar o melhor álibi do mundo para a amiga, sem demonstrar o menor sinal de que está mentindo.

— Como assim, silencioso? — pergunta Emma. A garota parece estranhamente desconfortável. Megan nunca viu a amiga suar tanto depois de tão pouco esforço.

— Eles deviam estar desenterrando o negócio lá. Tentando manter a gente longe, com instrutores e tal.

— Eles pararam pro lanche da tarde — diz Aoife. — Eles lancham todo dia mais ou menos nessa hora. A gente andou prestando atenção.

Eu andei prestando atenção, você quer dizer!

Por incrível que pareça, foi Emma quem percebeu o padrão. Aoife é um peso morto. Sim, é uma alma generosa. Sempre com aquele sorrisão no rosto quando está no dormitório. Dá lindos bolos de presente, todos decorados à perfeição pela caprichosa avó polonesa. Mas dormiria vinte e quatro horas por dia se pudesse, e até um galho velho tem mais iniciativa do que ela. A única coisa que a mantém conectada ao mundo é Emma.

Elas estão ajoelhadas sob algumas folhagens, onde o solo está seco e os galhos as protegem do vento e da visão de algum instrutor que possa estar pelos arredores. Não mais de vinte metros à frente, há um aclive súbito que leva ao local que agora todos chamam de Forte Feérico.

– Sorte nossa não ter cães de guarda por aqui – diz Emma. Sua voz está rouca. Aperta a mão de Aoife com tanta força que chega a machucá-la.

– É porque os coitadinhos ficaram loucos – diz Aoife. – Lembram da primeira noite? A barulheira que fizeram? Não tem mais como deixá-los soltos. É bizarro que até o cadáver de um sídhe mexa tanto com eles.

Megan confere o relógio de bolso do avô.

– Só mais dez minutos até o lanche da tarde acabar – diz ela. – É agora ou nunca.

No entanto, Megan reluta em deixar a cobertura das árvores, o que não é nada típico dela. *Tem alguém ali*, pensa. Mas não sabe muito bem onde é "ali". É uma sensação.

Ela sai rastejando das folhagens e escuta Aoife se movendo atrás, mas não Emma. Ninguém nunca escuta Emma, a menos que ela queira. Ela só pode estar vindo também, caso contrário Aoife não teria saído do lugar.

Meio agachada, Megan corre de uma árvore a outra, recriminando-se pelos ruídos que faz ao pisar nas folhas secas e pela respiração ofegante – que lhe parece tão barulhenta quanto um alarme de incêndio em uma noite silenciosa. Mas ela sente um sorrisinho tomando seu rosto. *Eu amo aprontar!*, pensa. *Pelas tetas peludas de Danú, como amo!*

Sobe o aclive aos trancos e barrancos, até que vê a garota na pedra. Por pouco não deixa escapar um grito de satisfação, porque a visão é muito, muito melhor do que achou que seria.

Os pesquisadores não são como os arqueólogos de antigamente, cuja paixão pelo campo de estudo os fazia perder semanas espanando com cuidado cada grãozinho de terra de pedaços mofados de cerâmica. Esses caras vieram de Dublin numa missão de guerra. Vidas – o próprio futuro da nação – podem depender tanto de sua velocidade quanto de sua diligência. Por isso, não hesitaram em talhar de uma vez a pedra pela qual a jovem sídhe estava tentando se libertar. Agora ela está exposta do quadril para baixo, o que é extraordinário por duas razões. A primeira é que a pedra evitou que o resto da carne da jovem apodrecesse. A pele salpicada de sardas douradas está exposta a quem quiser ver. Ela é um belo espécime, exceto... exceto...

– Ela encolheu! – diz Aoife, um pouco sem fôlego, tanto por causa da corrida quanto da bizarra visão da sídhe morta.

A parte inferior do corpo é muito menor que a de cima, muito desproporcional. Quanto mais próximo dos pés, mais evidente é o encolhimento: o quadril é de uma pré-adolescente; os joelhos, de uma criancinha; as canelas, de uma recém-nascida, e os pés... os pés são do tamanho do polegar de Megan, com dedos tão pequenininhos que mal dá para ver.

– Não gosto nada disso – sussurra Emma. Ela tem um sotaque leve de Galway, que fica mais intenso quando está com medo. E nos últimos minutos ele se tornou bem acentuado. Seus ombros mirrados tremem ao vento. – Tem alguém aqui – diz ela. – Eu... eu tô sentindo. Com certeza tem alguém aqui.

O GLORIOSO ATAQUE
DOS CAVALEIROS

CONOR ESTÁ SORRINDO. ELE E MAIS DOIS CAVALEIROS SE ESCONDEM debaixo da mesma árvore que o grupo de presas usou como abrigo alguns momentos antes. A maior prova de que as garotas são fracas é o fato de que nem sequer olharam para trás para saber se estavam sendo seguidas.

Elas subiram a colina juntas. Megan, Emma Guinchinho e a inútil da Aoife. Conor considera que todas são desperdício de recursos – exceto Emma, talvez, que é sortuda demais.

Chuckwu está deitado de barriga para baixo e masca sabe-se lá o quê. Liz Sweeney, à direita dele, abre mão da disciplina por um instante para sussurrar:

– Esquece o segredo idiota. Vamos só arrebentar elas na porrada enquanto temos chance.

Conor pensa na sugestão. Ele não sente nenhum prazer específico em ser cruel e, no fim das contas, só Megan tem culpa. Mas poderia ser uma boa prova de sangue para sua tropa.

– A gente devia voltar – diz Chuckwu.

Conor quase se engasga.

– Como é?

O garoto é um dos poucos negros da escola. Conor percebe o nervosismo pela tensão em seu maxilar e pela forma como seus olhos piscam rápido, como se Chuckwu estivesse prestes a vomitar.

– Você tá *com medo*, Chuckers?

A resposta é sim. O medo está estampado no corpo robusto do jovem.

– Não… não daquelas três… Por Lugh, não! Mas você não está sentindo isso?

E acontece que ele está. Conor está sentindo. Não tão forte quanto Chuckwu, ou quanto Emma Guinchinho ao passar ali antes deles, ou quanto Anto, que ainda está alguns passos atrás dos cavaleiros. Mas ele sente algo. O que quer que seja esse *algo*. Um calafrio desagradável. Uma pressão no ar.

É um desafio, pensa ele. Uma provocação à sua autoridade, ao seu futuro grandioso. Ele decide enfrentar.

– Gosto da ideia da Liz Sweeney – diz o jovem. – Vamos correr até lá, e cada um pega uma delas. Podem descer o sarrafo, mas sem causar dano permanente, ok? Estou falando com você, Liz Sweeney! Eu sei que a Emma tirou sarro de você numa caçada. Mas não faça nada que atrapalhe as garotas caso elas recebam a Convocação. Elas vão morrer de qualquer jeito, mas não quero ninguém botando a culpa na gente.

Eles assentem. Liz Sweeney, porém, com o rosto ruborizado por causa da bronca, pergunta:

– E o tal segredo? A gente precisa descobrir o que elas estão escondendo.

– A gente vai saber quando subir a colina, pode apostar. Mas, independentemente do que for, a gente vai investigar *depois* de ensinar uma lição a elas. Entenderam? Milhares de pessoas já foram mortas na Terra Gris por distração. Se concentrem na tarefa principal. – Suas palavras são firmes como as de um comandante.

Ele espera até que ambos assintam, mas Chuckwu parece mais infeliz do que nunca.

Saem rastejando da cobertura da árvore e, como atletas magníficos que são, correm sem fazer ruído por sobre as folhas secas e pelo aclive. As meninas estão de costas, porém Megan se vira a tempo de alertá-las – mais alto do que deveria, dadas as circunstâncias.

– Ai, por Crom! Cuidado!

Assustadas, elas se espalham entre os equipamentos dos arqueólogos e atrás da pedra.

Liz Sweeney salta para pegar Emma, mas o pé da caçadora se enrosca no fio que liga uma furadeira a um pequeno gerador a diesel e ela se arrebenta no chão. Chuckwu e Aoife somem de vista, o que Megan mal percebe, pois Conor vem correndo em sua direção, com os punhos tais quais os pistões de uma locomotiva.

A garota tropeça em algo – não tem ideia do quê – e, como já está na beira do platô, despenca pelo declive, rolando pela vegetação, e o contato com cada rocha leva apenas o tempo necessário para ela se esfolar e nada mais.

Ela para quando bate num tronco destruído por um raio. Está completamente atordoada, mas foi bem treinada e não demora a se levantar. Conor já está em seu encalço, correndo na direção dela. Ele só não a pega porque ela tropeça em um freixo, e a inércia o faz dar vários passos além da presa. Nesse meio-tempo, Megan se recompõe e dá a volta na base do monte, fugindo na direção da escola. As duas amigas que se virem. Ninguém pode negar que Conor é o maior desafio que o Quinto Ano tem a oferecer, e ele está esperando por uma oportunidade como essa há muito tempo...

Conor tem vontade de bater em si mesmo. Permitiu que as emoções tomassem conta – desembestou pelo declive como um touro desgovernado, dando à vítima a oportunidade de desviar com elegância de seus socos. Ele se apoia num galho e gira para voltar a persegui-la.

Fatos são fatos. Ele é um dos corredores mais rápidos da turma, diferentemente de Megan. É o melhor lutador da escola, um líder natural, um ótimo caçador. Ela nunca será nada disso.

Megan tem só uns cinquenta metros de vantagem, e, embora ele tenha precisado correr morro acima na direção daquela estátua esquisita na pedra, ou o que quer que seja aquilo, simplesmente não tem como a garota escapar do futuro rei.

O único talento de Megan é a língua afiada, e a ideia de ver essa mesma língua cuspindo medo e sangue enche o garoto de prazer.

Ele logo diminui a distância entre os dois para vinte metros.

• • •

Estão passando por baixo da árvore sob a qual os dois grupos se esconderam mais cedo. *Ela está correndo bem*, pensa Conor. Não gasta energia à toa com o pânico, não olha para trás para ver se ele está perto. Tudo pode acontecer. Se ele tropeçar, se torcer o tornozelo, ela vai alcançar a trilha antes e chegar aos campos de treinamento, de onde se ouve a gritaria do Primeiro Ano.

Mas ele é bem treinado demais para desistir. Parte de sua atenção está no solo. Evita montes escorregadios de folhas, pedras afiadas e galhos quebrados. Vinte metros viram quinze, depois cinco…

Até que, à sua esquerda, surge Nessa. Nessa! Ela nunca correu tão rápido com as muletas, que se assemelham a pernas muito longas, proporcionando-lhe – à custa de muito esforço! – uma passada de gigante. Ninguém seria capaz de manter tal ritmo por muito tempo valendo-se apenas dos braços, mas ela não precisa.

Conor a vê aterrissar no topo de uma elevação próxima, à esquerda, equilibrando-se nas pernas fracas e depois lançar as muletas adiante. A garota parece voar na direção de Conor, os pés esticados à frente do corpo, como uma flecha humana. As muletas se estilhaçam, mas já não importa. Conor sente a explosão de dor na barriga e no quadril. Em seguida, sua cabeça bate com força no tronco de uma árvore, e ele cai no chão.

Passa-se uma eternidade.

– Ele está… Você o matou, Ness?

Duas garotas entram em foco acima dele.

– Ele vai ficar bem – diz Nessa. – A gente precisa dar o fora. E encontrar o Anto. Ele está por aqui…

– Você tem certeza de que o Conor vai ficar bem?

Nessa deve ter assentido com a cabeça, porque Megan suspira antes de cuspir – nele! A saliva escorre pelo rosto do garoto, que se senta, com ânsia e ódio. Cada pedaço de seu corpo dói.

– Fica na sua, meninão – diz Megan. – Ou vou tacar esta pedra na sua cara.

Ouve-se o grito de Aoife. Conor pensa que pelo menos Chuckwu foi bem-sucedido em sua missão.

Mas não é o caso.

Emma

EMMA NUNCA FOI PEGA NAS CAÇADAS SEMANAIS. ELA SE ORGULHA tremendamente de sua habilidade de se esconder. É a primeira coisa da qual se gaba sempre que, tarde da noite, sobe na cama de Aoife.

– Eles nunca vão me pegar – sussurra.

E Aoife sempre responde:

– Bem, você caiu na minha teia agora!

Isso quando Aoife está acordada, é claro. Caso contrário, sua saudação é bem menos sedutora – com xingamentos.

Elas nunca vão voltar a se beijar.

Não é todo mundo que tem a sorte de estar isolado quando chega à Terra Gris. Emma Guinchinho surge nua diante de um grupo de sídhes, postados como se estivessem prestes a entrevistar uma artista de cinema. Ela arqueja e recua devagar. E descobre que há outros atrás, que surgiu no meio de um círculo de feéricos.

Em seguida, uma princesa de pele cintilante sob a luz prateada e olhos incomumente grandes, a garota mais bela que Emma já viu, levanta-se e, com uma única passada, percorre a distância que as separa.

– Por favor... – diz Emma.

Ela sente calafrios em cada centímetro de sua pele, e cada pelo de seu corpo está arrepiado. A princesa coloca uma mão acima do seio esquerdo da garota.

– Oh, o coração dela! – exclama a sídhe. – Tão acelerado! Que coração maravilhoso!

– Por favor…

– *Preciso* experimentar. – E os dedos da princesa mergulham no peito de Emma como se ele fosse feito de queijo macio.

Passa-se muito tempo, muito mesmo, até terminarem com ela.

Anto e Chuckwu

ANTO VÊ NESSA DISPARAR NO SEGUNDO EM QUE ELA IDENTIFICA QUE é Megan quem corre desesperada entre as árvores. Com seu superpoder movido a muletas, talvez consiga se mover rápido o bastante para atrapalhar Conor em sua perseguição. Mas vai ficar exausta, e aí estará em apuros.

Todos na escola acham que Anto é um pacifista, e estão parcialmente certos: ele não come nenhum animal que não esteja tentando devorá-lo. E prefere levar uma surra a se rebaixar ao nível dos valentões.

Mas, se Conor tocar num fio de cabelo de Nessa, Anto não sabe do que será capaz. Ele corre atrás do outro rapaz, a floresta passando como um borrão por ele. Vê a garota subindo ao topo de um monte...

E de repente Nessa desaparece! Anto solta um grito, certo de que ela recebeu a Convocação.

Mas não foi ela, não foi Nessa. O mundo ao redor de Anto derrete e então se refaz em tons de cinza, prateado e preto. O ar é tão acre que sua garganta arde. O azedume força a passagem até seu estômago, onde se instala como uma mão doentia a misturar preguiçosamente os restos de seu café da manhã.

Pelado e com os olhos lacrimejando, ele cai de joelhos. Como é possível?

À frente, onde um momento antes estava Nessa, há o cume de uma colina, recortada por capim-cortante e jovens aracnoárvores sedentas de vida em meio ao solo árido e às pedras soltas.

Ele precisa correr. Os sídhes sempre sabem quando há visita, e o ponto exato da chegada. A qualquer minuto vai aparecer um grupo para lhe dar as boas-vindas – se ele quer ver Nessa de novo algum dia, é melhor vazar dali o quanto antes. Mas para onde?

É quando escuta o grito – humano, não tem dúvida – vindo do outro lado da colina. Pode ser um truque, mas Anto precisa verificar; rasteja até o topo do aclive, onde avista uma cena espantosa. A encosta é repleta de troncos destroçados de árvores – só Crom sabe como foram parar ali – e, mais para baixo, Chuckwu brande um galho: ele luta pela vida, desesperadamente, inutilmente, contra uma dezena de sídhes às gargalhadas.

Os sídhes dançam ao redor do garoto enquanto desviam dos ataques, saltando, rolando pelo chão e se reerguendo graciosamente, fazendo esvoaçar a trama de seda cinzenta e diáfana de suas roupas.

Anto não hesita, tampouco sente medo. Tudo ainda parece um sonho para ele. Pega um longo tronco apodrecido e, segurando-o na horizontal contra a barriga, corre colina abaixo. Ossos se quebram e sídhes rolam em todas as direções. A violência deveria causar repulsa no garoto, mas, em vez disso, Anto simplesmente deixa cair a arma e continua a corrida entre os inimigos dispersos, gritando de satisfação.

Como esperava, Chuckwu o segue num pinote, mas os sídhes não. Com um breve olhar por cima do ombro, Anto nota que os inimigos não têm pressa para se recompor, vadiam empolgados.

Os garotos seguem descendo a encosta, sem saber quão terrível é essa decisão – mas quem tem tempo de pensar em meio às surpresas e aos horrores da Terra Gris?

Eles passam por um pântano em que bolhas do tamanho de cabeças se erguem no ar e estouram, liberando gritos suplicantes em uma miríade de línguas. Veem criaturas deformadas, antes pessoas, caçando umas às outras em florestas tão pequenas que batem em suas canelas; bebem de riachos cujas águas têm gosto de lágrima, e de fato cada gole os preenche com uma tristeza profunda.

Parecem ter deixado os perseguidores para trás, e então Chuckwu pega Anto pelo ombro.

– Obrigado – diz.

Anto assente.

– Você teria feito o mesmo por mim.

– Não teria.

A confissão deixa os dois constrangidos, mas a verdade sempre importou para Chuckwu. Ele é um palmo mais alto do que Anto, quase tão forte quanto Conor e mais resistente do que qualquer outro adolescente do Quinto Ano – Anto percebe que o outro não está nem sequer ofegante.

– Nem mesmo depois de a gente ter passado pelo que passou?

– Não. – Chuckwu dá de ombros. – Não sou tão corajoso assim. Sempre vou tentar salvar minha pele antes, e é justo que você saiba disso.

Um silêncio estranho se instala entre os dois.

É Anto quem o quebra:

– Você é mais corajoso do que acha. Estava lutando sozinho contra uma dezena de sídhes! E estava descendo o sarrafo neles.

– Não estava, cara. – Chuckwu abre um sorriso tímido. – Eles nem estavam se esforçando. Estavam de palhaçada, tipo quando você pega um livro de uma criancinha do Primeiro Ano e fica brincando de bobinho.

Eles voltam a andar e se afastam do riacho, atravessando uma mata tomada de ruídos amedrontadores e gavinhas escorregadias, contra as quais eles lutam para não serem presos pelos calcanhares.

– Fiquei surpreso quando te vi descendo a colina pra me ajudar, Anto. Lutar não é contra... sei lá, seus princípios? Tipo, você manda bem nas aulas de combate e tal, mas eu ouvi ossos quebrando, cara!

Anto também ouviu, e agora o pensamento começa a deixá-lo enjoado. Mesmo assim, ele diz:

– Eu vou sempre lutar pelos meus amigos. Sempre.

– Mas nós não somos amigos, né, Anto?

– Claro que somos, Chuckwu! Ou eu não teria te ajudado.

Chuckwu solta uma risada, não consegue evitar – e, nesse momento de vulnerabilidade, Anto enxerga a criancinha que chegou à escola cinco anos antes, com um ursinho de pelúcia debaixo do braço, o qual só largou depois de dois anos do mais terrível bullying.

– Os sídhes não desistiram da gente, e eles conhecem este lugar melhor do que a gente jamais vai conhecer – diz Chuckwu. – Então, cadê eles?

– Na nossa frente – arrisca Anto.

– Beleza, na nossa frente. E atrás, provavelmente. A gente tá aqui faz quanto tempo? Uma hora?

Anto sente um arrepio, e não é por causa do frio da Terra Gris. A provação deles mal começou. Um dia inteiro de luta os espera. No céu, dezenas de espirais de luz prateada se revolvem. Não existe o conceito de dia ou noite aqui, mas alguns livros propõem a teoria de que a velocidade de rotação ou a posição relativa dos redemoinhos podem ser usadas para calcular a passagem do tempo. Quem sabe.

– Vamos fazer assim – diz Chuckwu. – Eu sei que falei que não lutaria por você, mas não tem motivo pra gente não trabalhar em equipe. Quando eles saírem da tocaia, você corre pra esquerda e eu pra direita. Independentemente de qualquer coisa. Esquerda e direita. O mais rápido que a gente conseguir.

– A menos que eles estejam vindo da esquerda. Ou da direita.

– Verdade, verdade. Então talvez seja melhor a gente se separar agora, Anto...

Talvez devessem, mas é tarde demais. Um grupo de sídhes vem a toda velocidade da direção do pântano, forçando os garotos a se apressar pelo declive. Eles descem, descem sem parar. A sensação de ambos é de que estão correndo há horas. Talvez estejam. Estão ralados, sangue escorre dos ferimentos provocados pelo capim-cortante e pelas pessoinhas do tamanho de pássaros que se jogam contra eles. Testemunham horrores inimagináveis, mesmo tendo lido os Testemunhos por anos. O ar parece corroer seus pulmões e o canto dos olhos. No entanto, os sídhes não chegam perto deles.

– Eles vão ter que atacar logo – diz Chuckwu.

Anto não precisa perguntar o porquê. O inimigo vai querer "brincar" com os adolescentes antes de matá-los. Ele começa a pensar que talvez devessem dar meia-volta e tentar abrir caminho por entre o grupo de caçadores que os segue, mas flechas disparadas fazem com que sigam em frente. Acabam sendo conduzidos até o que, para todos os efeitos, parece ser uma trilha pavimentada.

Ela leva a um vale muito estreito, com encostas íngremes dos dois lados. O espaço lhes permite correr lado a lado. Mais rápidos do que os preguiçosos caçadores, eles parecem começar a abrir vantagem de novo.

É só quando chegam à metade do vale que percebem que não estão sozinhos. Diminuem o passo até pararem por completo. Anto, arfando, apoia os braços no joelho, o suor gelado escorrendo pelo corpo, enquanto Chuckwu olha para o topo de ambas as encostas.

– Tá ouvindo? – pergunta.

Anto apura os ouvidos e, sim, ouve algo. Risadinhas. Ele analisa as laterais enlameadas do vale. É uma escalada de algumas dezenas de metros até as rochas e árvores no topo da elevação, mas o aclive é muito íngreme e não tem mais do que algumas gramíneas onde se agarrar. Mas isso não importa, porque os garotos compreendem que estão onde os sídhes queriam que estivessem. É ali que vão morrer.

A trilha segue adiante, onde parece se alargar.

– Vamos correr pra lá – propõe Anto, muito embora pareça não ter forças para isso.

Chuckwu nega com a cabeça, determinado.

– A gente tem que subir – diz. – Eles vão estar esperando a gente lá na frente. O comitê de boas-vindas está inteirinho…

– Cuidado!

Uma rocha rola pela encosta, e os dois mergulham para fora da trilha no exato instante em que ela é atingida. A rocha sobe alguns metros na outra encosta antes de cair novamente. Os garotos não têm tempo de recuperar o fôlego, porque mais rochas rolam de todos os lados. Bolas gigantes de sinuca se chocam umas com as outras, e as lascas atingem e rasgam a pele exposta dos rapazes.

Uma pedra vem na direção de Chuckwu – é do tamanho da cabeça dele. O garoto consegue se salvar, mergulhando atrás da pilha formada pelos pedregulhos que caíram antes. Anto já está ali, o rosto coberto por uma máscara de poeira pintalgada de sangue.

A avalanche para. Aplausos e risadas irrompem do topo do aclive. Quando Anto olha para além da trincheira de rochas, vê que os sídhes lá no alto estão empurrando e posicionando novas pedras.

– Eu vou correr – diz, apontando para o fim do vale.

– Não! – responde Chuckwu. – Você vai ser esmagado! Aqui a gente tá protegido. A gente só precisa esperar as pedras deles acabarem. E depois a gente luta. Se a gente conseguir resistir...

– Não, não! – Anto aperta o braço do outro com tanta força que machuca. – A gente não pode esperar. Eu sei que a gente consegue, cara! Vamos...

Mas ele é impedido de continuar falando porque outras rochas começem a cair. Anto puxa Chuckwu, mas o garoto mais forte se desvencilha.

– Qual é, Chuckwu? – começa Anto, mas logo precisa sair do caminho de um projétil.

Seguindo o próprio plano, Anto começa a correr, enquanto Chuckwu o chama de tolo. As rochas lançadas pelos inimigos rolam e despencam ao longo de todo o trajeto percorrido pelo garoto. Porém... porém nenhuma o acerta. Ele sempre tem tempo suficiente para evitar os ataques – e enfim Chuckwu entende o que Anto estava tentando dizer: os sídhes os querem vivos. Óbvio!

Ele começa a seguir Anto, mas é tarde demais. Os inimigos, belos homens e mulheres, estão deslizando pelas encostas do vale, aos risos. Sua intenção claramente é caçar Anto, mas isso também os coloca entre Chuckwu e a única saída. Outros caçadores se aproximam por trás, o que significa que ele já era. Não há mais saída, e a única coisa a fazer é encontrar uma forma de tirar a própria vida antes que botem as mãos nele.

Chuckwu sempre foi medroso. Quando lhe tomaram o ursinho de pelúcia, ele se abraçou a um travesseiro. Mais tarde, foi nos sermões de Conor que passou a se agarrar para se proteger dos pesadelos e acreditar que poderia sobreviver.

Mas isso não acontecerá. A única esperança a que Chuckwu pode se apegar agora é evitar a dor. Esmagar a própria cabeça. Cortar a própria garganta com uma das lascas.

Em vez disso, ele dispara tão rápido quanto suas pernas musculosas permitem.

— Pelo futuro! – grita, e tromba com os sídhes que perseguem Anto, lançando-os contra uma rocha. Dois caem mortos de imediato. Ele atropela um terceiro e soca um quarto na lateral da cabeça.

Quando os seres enfim o capturam e começam a contorcer seu corpo em formas terríveis e agonizantes, o covarde Chuckwu não se paralisa horrorizado, como fizeram tantos antes dele. Não, Chuckwu morde, chuta, atrasa os inimigos.

— Corre, amigo! – grita, o som já mais bestial do que humano. – Corrrrrrrrrrrrrrrrrrrrrre, amiiiiiiiiiiiiiiiigooooo! Cooooooooooooorre.

Os sídhes ficam chocados e maravilhados em igual medida.

Anto ainda precisa escapar do vale. Rochas se estilhaçam à sua volta, fazendo tanto barulho que seus ouvidos doem. Ele ignora os projéteis, confiando no desejo dos sídhes de manter a presa viva até a captura. Uma lasca de pedra perfura seu ombro e se aloja nele. Fragmentos pequenos pinicam sua face esquerda. Mesmo assim, ele não para de correr.

Quando percebem a intenção do garoto, os inimigos começam a se jogar pelas encostas, sem medo de se machucar. Estão atrás dele porque ele não deveria ter chegado tão longe. Mas ainda há tempo para capturar a presa em fuga.

Eu não aguento mais, pensa Anto. *Não aguento!*

Então escuta Chuckwu gritando "Pelo futuro!", um grito de guerra ridículo como os daqueles filmes tão velhos que eram em preto e branco. Anto deveria voltar e morrer com o amigo, mas não: ele encontra nas lágrimas a força para acelerar.

A extremidade do vale estranhamente artificial está a apenas vinte passos dele. Ali, as encostas se transformam em paredões, o que impede os sídhes de escorregarem por elas. Mas no topo há um grupo às gargalhadas aguardando com uma última rocha, maior do que as cinco anteriores juntas. Eles a empurram, e ela despenca como uma marreta. Não importa quanto Anto seja rápido, a pedra vai atingir o vale antes que ele escape, e não há como escalar o obstáculo a tempo de evitar que os inimigos o capturem e comecem a derreter seu corpo.

– Cooooooooorrrrrrrrrrrrrrrrrrrrre! – Ele escuta atrás de si o grito de congelar o sangue de uma fera agonizante. – Corrrrrrrrrrrrrrrrrrrrr-re, amiiiiiiiiiiiiiiigooooo.

Anto mobiliza cada gota de energia e de coragem que tem.

A pedra bate na trilha como o punho de Deus – tão perto que, se Anto esticasse a mão, poderia tocá-la. Mas em vez disso ele mergulha para a frente e passa por baixo da rocha enquanto ela quica, antes de enfim se acomodar e bloquear o vale.

Ele se arrasta de quatro por alguns minutos, sem fôlego, escutando apenas o tambor de guerra que é o sangue pulsando em sua têmpora. Mas logo pensa que não pode se entregar. É difícil calcular quanto tempo se passou, porém ainda restam muitas horas de perseguição. Mais do que ele é capaz de aguentar. Seus músculos mal têm força para tremer, e ele está deixando um rastro ininterrupto de sangue. Provavelmente é nesse momento que eles soltam os terríveis cães.

No entanto, após mais uns cem ou duzentos metros cambaleantes, colinas e árvores se abrem, revelando um horizonte estonteante.

O mar da Terra Gris se estende diante de Anto: uma imensidão de um líquido preto parecido com melaço, agitado de leve por uma brisa preguiçosa e pútrida. Anto já leu sobre ele, é claro, mas não sobre essa parte. Ele se encontra acima de uma baía protegida, com uns quatro quilômetros de extensão, tomada de lado a lado por destroços: aviões caídos, barcos de pesca, veículos militares – e, bem ao longe no horizonte, vislumbra o vulto de um transatlântico naufragado, como se fosse a carcaça de um titã a repousar no ponto exato em que morreu.

Mais adiante na praia há algo igualmente inusitado na Terra Gris: pontos de cor – cor de verdade. Ele pensa que devem ser "janelas". Um fenômeno que fascina Nessa.

É incrível como consegue pensar nela mesmo estando ali, naquele lugar. A curvatura de seu rosto. Os maxilares cerrados no esforço para fingir que não está nem aí. Lá no fundo, ele sabe que ela vai estar morta em menos de um ano; ela jamais teria sobrevivido ao que ele passou. Por mais rápido que se mova com as muletas – isso se tiver tempo de fazer um par –, ela não vai durar.

– É por isso, Deus, que eu sei que você não existe. Se existisse, não faria algo assim para *ela*...

Anto está tão cansado e confuso que demora alguns minutos para reconhecer aquilo como uma oportunidade de salvar a própria vida. Deve haver milhares de ótimos esconderijos em um cemitério de embarcações. Milhões! E nenhum "cão" vai sentir seu cheiro em meio a tanta água. Mas ele precisa sumir de vista antes que os sídhes surjam do vale. Eles não devem estar a mais do que alguns minutos de distância.

Anto avança aos tropeços. Primeiro, caminha sobre uma estéril praia de pedrinhas que machucam seus pés feridos. Depois, há uma faixa de areia úmida e incômoda que bafora um cheiro pútrido de vômito a cada passo. Ele então alcança a água propriamente dita. Melequenta como mingau amanhecido, ela deixa um brilho similar ao de óleo em sua pele conforme o garoto lava o sangue. Entretanto, a não ser que os Testemunhos estejam incorretos, o líquido deve ser inofensivo.

O mar já está batendo na cintura quando Anto chega ao primeiro destroço, um jatinho. Ainda não há sinal dos perseguidores.

A água entra por uma abertura na fuselagem. Talvez seja um bom lugar para se esconder, mas ele ficaria mais confortável se o espaço tivesse uma segunda rota de fuga. Assim, continua avançando, até a meleca gelada bater em seu peito. Vê um pouco além o que deve ser um barco de pesca. Com os destroços da aeronave bloqueando a visão desde a praia, Anto pode levar o tempo que precisar para chegar ao barco.

Porém, enquanto pondera se tenta nadar os últimos trinta metros, o que parece ser uma lâmina flutuante de metal *se mexe*.

A água ao redor do rapaz tremula como gelatina, deslocando-se maciçamente conforme a lâmina se revela ser a carcaça de um monstro do tamanho de um tanque. Anto se paralisa – a resposta natural de presas menores desde o começo dos tempos. *Talvez ele não me veja, talvez não veja essa coisinha desprezível que mal vale o trabalho de ser devorada...*

Mas ele chama a atenção ao soltar um grito – que deixa escapar ao ver que a criatura não tem um rosto, e sim dezenas deles, espremidos sob a aba do casco que lembra a carapaça de um caranguejo. Todos são humanos, misturados uns aos outros, as bocas contorcidas pela fúria ou pela fome. A miríade de olhos, com traços de todas as etnias do mundo, lacrimeja e pisca.

A cabeça mais próxima de Anto, no nível da superfície da água, é a de uma mulher, parcialmente coberta pelos trapos de um uniforme de piloto, esmagada contra – e mesclada com – a pele calejada de um agonizante homem de meia-idade com um chapéu apodrecido de pescador.

De repente, todas as bocas se abrem ao mesmo tempo e começam a entoar em uníssono uma lamúria de raiva e fome. Punhos gigantes emergem da água – compostos de múltiplos torsos humanos, cujos nós dos enormes dedos são protegidos por uma camada de metal arrancada do casco de um navio.

Mas não é agora que Anto morre. A criatura não é a única de sua espécie: outra começou a se elevar acima da superfície, e está abrindo caminho violentamente em meio ao entulho conforme avança na direção do primeiro monstro. A força gerada pela passagem da criatura é tal que a água arremessa Anto contra a fuselagem do avião às suas costas. Em um piscar de olhos, todos os "caranguejos" estão digladiando entre si. Os cascos de metal se deformam e se danificam com ruídos que podem ser ouvidos num raio de quilômetros. As múltiplas vozes gritam de dor, e o sangue se derrama na água escura. Aterrorizado, Anto percebe que vários dos rostos que formam a fronte de cada titã já estão mortos.

Em algum momento, um dos punhos gigantescos consegue romper o casco do inimigo. O golpe lança punhados de corpos humanos pelos ares; a criatura os pega e os empurra com urgência contra a própria carne, o que a faz entumecer. Por sua vez, o perdedor, sangrando e desorientado, menor do que uma minivan agora, se arrasta na direção de Anto.

O garoto já viu o bastante. Sabe que, se não se afastar imediatamente, vai encontrar o fim dentro de um daqueles cascos. Se não ele inteiro, partes suas certamente vão.

Anto nada – ou melhor, abre caminho em meio à gosma – e passa por baixo da fuselagem do avião até sair do outro lado. O garoto precisa sair dali. Precisa.

Pelos gritos atrás dele, os dois gigantes ainda não terminaram. Estão produzindo mais ondas, e uma delas é tão grande que alça Anto e o lança de cabeça na direção da praia.

O ponto em que ele sai do mar não é o mesmo por onde entrou: é bem distante, na verdade. De fato, foi parar bem perto das "janelas".

Anto está sem forças, e com elas foram embora também sua determinação e sua imaginação. Ele não consegue nem mesmo se espantar. Ainda assim, seus olhos são atraídos para as cores.

O fenômeno das "janelas" é conhecido, mas pouco compreendido. São como buracos no ar. Cada um é duas vezes mais alto e três vezes mais largo do que um adulto médio, e por eles é possível ver cenas da Irlanda de décadas atrás. Nos Testemunhos, há relatos de oitenta cenas diferentes exibidas pelas "janelas". Todas, sem exceção, são alegres.

A mais distante de Anto exibe uma manada de potros brincando em um campo primaveril. O verde dos campos fica marcado na retina do garoto tal é o contraste com a tristeza da Terra Gris. Outra janela mostra um banquete, com baile e tudo, as pessoas vestidas com roupas antigas. Anto se pergunta que música é aquela que faz as pessoas se moverem de forma tão vigorosa que parecem prestes a trombar umas com as outras numa confusão festiva.

Já as pessoas na cena mais próxima estão todas, como ele, passando o dia na praia. Estão deitadas sob a glória do sol, indiferentes à beleza descomunal de seus baldinhos de areia, de suas roupas de banho, de suas toalhas. O garoto deixa escapar um soluço e, mesmo sabendo que não vai funcionar – não tem como funcionar! –, se levanta e estende o braço na direção da cena...

É quando os sídhes chegam. Um grupo de doze.

Anto é incapaz de correr. Não tem mais força. Não consegue sequer se levantar. Pela segunda vez em menos de vinte minutos, fica paralisado pelo medo.

O grupo se aproxima, e Anto percebe como a beleza das criaturas é uma ilusão. E elas também sabem disso –, pois, embora devessem estar procurando por ele, seus olhos são atraídos pelos cavalos e pelo verde e depois pelos dançarinos.

Ele vê a vontade tomar aqueles rostos perfeitos e se pergunta quem criou este inferno. Quem cometeria a crueldade de deixar aquelas janelas para mostrar aos sídhes o que lhes foi roubado? Para lembrar a eles de seus malfeitores em tons exuberantes de verde e dourado e vermelho, banhados pelo sol e pela chuva pura e cristalina?

Pela primeira vez, os sídhes não estão sorrindo. Batem no peito como gorilas enlouquecidos. Continuam se movendo, e agora se viram para Anto – até que cada um deles, todos os doze, esteja olhando para o garoto.

E passam reto. E então Anto compreende que eles acham que ele é *parte* da cena na janela. Sente o riso borbulhar dentro do peito, mas qualquer ruído poderia significar a morte, e ele reprime a ânsia de gargalhar. Três mulheres sídhes, vestidas com mantos de folhas pontiagudas, se aproximam, seguidas de quatro homens com arcos semiempunhados.

– Não temos tempo – diz um deles. – O ladrão escapou.

– Cada um que foge é outro pra lutar contra nós quando os mundos voltarem a se alinhar – diz um segundo. – Não vai demorar… Mas acho que ele ainda está por aqui. Senti sua chegada, e ainda faltam cem batidas do coração antes que possa ir embora.

Mais dois homens e duas mulheres passam por ele. Na cena, através da janela, uma garota está sentada ao lado de Anto. Agitados pelo vento, os cabelos loiros dela varrem seus olhos, e ela os afasta. Ele move a boca sem emitir nenhum som, fingindo que está falando com ela.

De súbito, uma mão se fecha ao redor de seu pulso, e, por um momento, Anto pensa que é a garota, que atravessou a janela para buscá-lo. Mas é a última sídhe: uma mulher alta com olhos enormes e brilhantes e um amplo, amplíssimo sorriso de triunfo.

– Ah, que esperto! O mais esperto dos ladrões – diz ela. Está *extremamente* feliz por encontrá-lo. Parece uma criança no Natal. – Mas notei que teu cabelo não está esvoaçando na mesma direção do dela. – E ela começa a apertar. E a dor é inacreditável. – Tu, vamos transformar em um gigante!

BADALADAS FÚNEBRES

NESSA E MEGAN NÃO NOTAM AS ROUPAS VAZIAS DE ANTO QUANDO passam por elas. Não sabem que ele recebeu a Convocação. Do outro lado do monte onde a garota na pedra está em sua luta eterna para se libertar, Aoife ainda grita.

O barulho atraiu alguns instrutores: Tompkins e Horner, que se materializam como dois fantasmas entre as árvores. Tompkins, o que fala, vira a cabeça na direção de Nessa.

– Voltem! Essa área é proibida.

Mas ele não espera para ver se ela obedece, e as duas garotas correm até uma rouca Aoife, cujas lágrimas molham os lamentáveis restos mortais de Emma Guinchinho. Liz Sweeney, agachada ao lado dela, tenta em vão não olhar.

– Eu... eu não sei se quero chegar mais perto *daquilo* – diz Megan, e Nessa apenas concorda.

Emma Guinchinho sempre foi meio estranha: misteriosa e ao mesmo tempo animada e irreverente. Era capaz de conversar por horas sobre receitas e pratos que nunca experimentou, mas tinha pouco interesse em comer de fato. E às vezes era divertida, quando estava no clima. Nessa não quer saber o que aconteceu com ela. As partes que vislumbra por trás de Aoife e Liz são escamosas e gosmentas. É mais do que suficiente.

Elas se viram e veem a Sargento Taaft marchando em sua direção por sobre as folhas secas.

– Ah, aí estão vocês – diz ela.

É quando outro grito se ouve:

– O Chuckwu! A gente achou o Chuckwu! *Acho* que é ele...

Taaft pragueja.

– Dois em tão pouco tempo? Voltem. Voltem pra escola. Já!

Elas se viram na direção de onde vieram. Não notaram as roupas vazias de Anto na ida, certamente não vão saber que ele está desaparecido. Restou apenas o crucifixo, quase invisível na escuridão da floresta.

As Badaladas Fúnebres tocam duas vezes no mesmo dia, ambas para pessoas do Quinto Ano. No refeitório, Megan tenta consolar a chorosa Aoife, mas gentileza não é uma de suas qualidades, e, além disso, ela própria tem o rosto úmido de lágrimas.

Nessa também não é de grande ajuda, já que Marya está correndo de um lado para o outro para avisar que Anto também recebeu a Convocação, mas voltou vivo.

Os pensamentos de Nessa são um turbilhão. O que vai acontecer agora? O que *pode* acontecer? Está aturdida, mas ao mesmo tempo não está – pois, cada vez que a porta se abre, sua cabeça se vira na direção da entrada à espera de ver o garoto, de ver Anto caminhando até ela para receber os parabéns.

Esse tipo de coisa já aconteceu antes: sobreviventes desfilando diante dos companheiros com os ferimentos tratados, o rosto lavado, em desconfortáveis roupas civis e até – pelo Caldeirão! – calçando sapatos. Com maior frequência, porém, eles precisam de "ajuda" para processar a experiência. Às vezes, demoram meses para retornar ao convívio da sociedade. Às vezes, para não se suicidarem, são mantidos em observação. Para sempre.

Apesar disso, os colegas que ainda não passaram pela provação celebram mais as raras vitórias do que lamentam as perdas.

No refeitório, os adolescentes cantam e comem o bolo servido com preciosas doses de café, que os deixam meio ébrios e barulhentos. Aproveitando a algazarra, Megan se inclina para perto de Nessa; está com os olhos vermelhos de tanto chorar por Emma.

– Você tá feliz? – pergunta ela. – Eu sempre sei quando você tá. É o seu garoto.

– Ele não é meu garoto.

– Mas pode ser se você quiser.

Nessa não responde. Mas Megan está certa, não está? Metade da fantasia impossível se tornou realidade. Nessa se pergunta se Anto vai voltar para o colégio como veterano. Muita gente volta. O pobre Shamey, por exemplo. Ou Diane Mallon, que saltou de um precipício em seu último instante na Terra Gris e voltou para casa pouco antes de se espatifar lá embaixo. Ambos parecem relutantes em começar uma vida nova, e Nessa se pergunta por quê. Há ainda a terceira veterana, a coitadinha da Melanie, cujo coração vai literalmente explodir se ela passar por qualquer tipo de estresse. E se esse for o caso de Anto? A Terra Gris mata de várias maneiras, nem sempre rápidas.

Por favor, Deus, pede Nessa – e olha que ela nunca reza! *Minha Nossa Senhora, que ele esteja bem.*

Pela segunda vez no mesmo dia, Taaft aparece atrás das garotas de Donegal. Ela segura as amigas pelo ombro.

– A senhora Breen quer ver vocês – diz. – Vocês não acharam que a gente tinha esquecido da presença de vocês na floresta hoje, né?

Nessa ergue os olhos e vê que Conor está sorrindo para ela da mesa dos garotos. O ódio especial que ele sente por ela é uma presença constante. Tanto que ela já mal o percebe. E, depois do episódio na floresta, ele tem alguma razão de ser.

Elas precisam puxar Aoife para tirá-la do calor do refeitório. Não é tarefa fácil. A pobrezinha caminha como se estivesse com a cabeça na lua, e Nessa imagina se ela própria estaria assim caso Anto, e não Emma Guinchinho, tivesse morrido. Com a diferença de que Anto é um namorado imaginário, não real. Ela não teria o direito de se sentir da mesma forma.

Taaft conduz as três até Liz Sweeney, que já está esperando do lado de fora do escritório da diretora.

– E o comedor de cachorrinho? – pergunta Megan. – Tá muito ocupado hoje?

– Quem?

– O cara de bunda. Seu chefe. O Conor ligeirinho.

– Que Crom te parta ao meio, sua vadia ruiva.

– Sério. Cadê ele?

– Os instrutores não o viram na floresta. Ninguém sabe que ele estava lá, e você não tem motivo nenhum pra contar, certo, Megan Donnelly?

Megan dá de ombros.

– Eu não sou dedo-duro, Liz Sweeney. A menos que ele tenha visto algo útil pros Testemunhos.

Liz Sweeney diz que ele não viu, e fim de papo. Megan bate na porta da Sra. Breen.

– A gente vai pra Solitária – diz Liz Sweeney.

E as quatro entram, espremendo-se entre pilhas de livros e montanhas de anotações amareladas que não devem ser consultadas desde que uma ordem religiosa cedeu aquelas instalações para o Estado, há um quarto de século. O lugar cheira ao tabaco sabor menta que a Sra. Breen usa no cachimbo, e ela coloca um pouco mais de fumo no fornilho enquanto fita as estudantes por cima do teclado do remendado computador.

– Vocês serão punidas – diz ela num tom casual. – Antes, porém, vamos tentar entender o que aconteceu, porque é estranho, não é? Três pessoas receberem a Convocação tão perto umas das outras, dentro de um período tão curto? Em um raio de quê? Vinte, trinta metros?

– Foi a garota na pedra – diz Nessa. É óbvio que ela estava pensando sobre a coincidência também.

Dona Gluglu assente.

– Mas por que *vocês* não receberam a Convocação? Você e Megan que a descobriram na semana passada. Vocês chegaram perto dela, não chegaram?

Elas concordam com a cabeça.

– E encostaram na… *garota?* A Emma encostou nela? Ou o Chuckwu, ou o Anto?

– Nem deu tempo – diz Megan. – Nós fomos seguidas por…

– *A gente* seguiu as duas! – intervém apressadamente Liz Sweeney. – Eu e o Chuckwu. Nós *dois*. É o que ela ia dizer. A gente… A gente ficou curioso, mas elas escaparam. Devem ter achado que nós éramos professores ou instrutores e correram.

A Sra. Breen endurece o tom de voz.

– Alguma de vocês tocou nela ou não?

– Eu acho que não – diz Megan. – Aconteceu como a Liz Sweeney disse, a gente deu no pé antes de conseguir chegar perto dela.

– O Anto com certeza não encostou – diz Nessa. – Não tinha como.

– Vocês estavam juntos?

Nessa sente o rosto ruborizar, mas mantém a voz firme.

– A gente estava na biblioteca, senhora. A gente viu… a Liz Sweeney e o Chuckwu e se perguntou o que eles estavam aprontando.

A diretora suspira.

– E aí todos os cabeças de vento decidiram subir o monte – diz. – Genial.

Bafora o cachimbo por um instante, alheia às garotas, absorta no próprio universo. Mas Nessa sente necessidade de falar.

– Eu acho que isso aconteceu porque o pessoal de Dublin cortou a pedra, senhora – diz a menina. – Tinha algo estranho na mata, uma sensação mais forte do que na primeira vez que a gente viu a… garota sídhe. E… o Anto ficou mais afetado por isso do que eu. Ele não parava de esfregar o crucifixo e de suar.

– Pelo Caldeirão! – exclama Liz Sweeney. – O Chuckwu também estava assim!

– E a Emma… – As palavras seguintes saem da boca de Aoife como um sussurro. – Ela nunca tinha medo de nada, mas… mas parecia mais nervosa do que a Megan. Mais do que eu, até.

– Bom – diz Dona Gluglu, a papada balançando devagar. – Bom saber. – O teclado imundo estala com suas anotações, o cachimbo pendurado precariamente nos lábios rachados. A única coisa bela nela é o domínio que tem do idioma sídhe. – Mais alguma coisa? Qualquer coisa?

Nessa tem uma pergunta. Várias, na verdade. Por exemplo: cadê o Anto? Ele vai voltar para a escola? Ele está bem?

Mas é Megan quem fala:

– Por que a garota sídhe parecia estar encolhendo, senhora? Quanto mais pra dentro da pedra, menor ela parecia.

A Sra. Breen dá de ombros, como se a pergunta não tivesse nenhuma importância.

– Vocês vão passar três dias na Solitária – é o que responde.

– Muito tempo, senhora! – protesta Megan. – Como a senhora sabe que a gente não está prestes a receber a Convocação, se a gente esteve perto da pedra hoje, com a Emma Guinchinho e o Chuckwu?

– Ninguém sabe, garota. Ninguém nunca sabe. Mas temos que manter o sistema pelo bem de todo mundo, e…

– E as coisas estão piorando – interrompe Megan. – Não estão? Chegando no limite. É o que todo mundo tem falado depois que a escola inteira de Mallow foi pro saco! Mas nenhum de vocês admite. Eu acho…

– Já chega! – A voz de Dona Gluglu é tão fria que interrompe até mesmo o arroubo de Megan. Ainda assim, Nessa tem a impressão de ver uma pontada de insegurança na expressão da mulher. – A senhorita, minha cara jovem de Donegal, vai ficar um dia a mais de castigo pela insolência.

Até Megan sabe que, neste caso, é melhor engolir o sapo e calar a boca.

– Nessa – continua a Sra. Breen –, você não vai pra Solitária.

– Eu… não vou?

– Você foi a mais tola de todas, indo atrás dos outros sem motivo nenhum. Eu tenho em mente algo muito pior para você. Espere aqui. Quanto às demais – ela brande o cachimbo fedido apontado para a porta –, espero que tenham aproveitado o bolo. Procurem o Tompkins e peçam que ele as leve lá para cima.

E elas saem, abandonando Nessa à própria sorte.

– Vamos dar alguns minutos para elas – diz a Sra. Breen, a voz mais gentil. – Você nunca foi para a Solitária, não é, Nessa? – Ela espera a aluna confirmar. – Bom, não é agora que vou te mandar pra lá.

– E qual vai ser a minha punição?

– Ah, nenhuma. Eu só não queria constranger você na frente delas. Digo… você não pode ficar mais frágil bem agora, não é? – E ela dá uma piscadinha. Uma *piscadinha*. Uma piscadinha do tipo: "Estou te fazendo esse favorzão porque você é uma aleijadinha inútil".

Nessa precisa empregar cada partícula de sua força de vontade na tarefa de manter o rosto sereno, de não virar a mesa e bater com ela na cara da Sra. Breen até a morte. Ela respira fundo algumas vezes – e isso também, percebe a garota, terá sido lido por sua algoz como um sinal de "alívio". De fraqueza.

Mas, na verdade, é um sinal de força. Ela vai usar a pena que a Sra. Breen sente por ela para conseguir o que quer. Assim, decide perguntar sobre Anto sem rodeios.

– O Anthony Lawlor vai voltar pra escola? – Ela faz a voz soar totalmente desinteressada. Talvez até demais; afinal, que aluno não ficaria curioso para saber sobre o primeiro colega do mesmo ano que sobreviveu à Convocação? Foi um acontecimento gigante para o Quinto Ano. Gigante.

– Ele viajou para Dublin.

– Ele tá bem?

O rosto da Sra. Breen se contorce ao redor do cachimbo, como se ela estivesse considerando dezenas de frases diferentes antes de enfim responder com uma:

– Os médicos estão… estão *confiantes*.

– C-confiantes? Confiantes em quê?

– Ah, meu bem. Foi um dia longo pra você, não foi? Volte ao refeitório e diga aos demais alunos que você recebeu uma punição horrível. Invente alguma coisa. Você é esperta. Vá.

De volta ao corredor, Nessa para no meio dele, diante de uma janela embaçada pela chuva. Está pensando sobre todos os Testemunhos que já leu, sobre as condições bizarras e terríveis infligidas a alguns dos menos sortudos dos sobreviventes. Tipo a garota sereia, Angela Hefferman. E o rapaz da cidade de Tuam, como é mesmo o nome dele? O que voltou com orelhas de morcego e a voz tão aguda a ponto de não ser ouvida por outros humanos.

Fora coisas muito piores! Como a veterana Melanie, da própria escola! Uma menina linda. Mas não é por isso que as pessoas falam dela – o Testemunho de Melanie é um dos mais populares da biblioteca porque todo mundo quer ver as ilustrações do incrível "ferimento".

"Confiantes", foi o que a Sra. Breen respondeu quando ela perguntou sobre Anto. "Os médicos estão…", começou ela e então hesitou, não hesitou? Hesitou justamente nesse ponto! Como se eles não estivessem nem um pouco confiantes!

Nessa se vira para retornar ao refeitório, a mente ainda perturbada por seus temores. Mas para de repente.

Conor está ali. À espreita em um nicho na parede que já foi ocupado pela estátua de um santo quando essa parte da escola era um monastério. O garoto está olhando para ela, e provavelmente estava ali enquanto ela olhava pela janela.

– Acho que você quebrou minha costela – diz. Ele é como uma assombração nesse momento, não pertence a este mundo agora que a mente de Nessa está focada em outras coisas. – Você correu um risco idiota pra defender a Megan. Era meu dever ensinar uma lição pra ela, mas eu não ia machucá-la muito. Ela aguenta uma surra de leve, não aguenta?

Nessa nunca chega perto de Conor, a menos que sejam colocados como oponentes nos combates, e faz meses que isso não acontece. Ela tinha esquecido de como ele é grande, em todos os sentidos, e de súbito é tomada pelo pensamento de que, por mais peso que puxe ou por mais que coma a comida horrível do refeitório, nunca será tão forte quanto ele.

– O que você quer? – pergunta ela.

Ele não é burro, mas a simples pergunta o deixa confuso. Como se tivesse sido pego de surpresa. Olha para o corredor vazio e depois para ela, e sua respiração muda.

– Escuta – começa. A voz se transforma em um sussurro: – Escuta. É a sua chance. Ninguém precisa saber.

– O quê…? Do que você tá falando? – E, quando ela dá por si, ele está roçando os lábios nos dela. Assim, do nada, e ela precisa de toda a força que tem para empurrá-lo para longe. – Mas o quê…?! Conor!

– Não seja boba – diz ele. – Apenas aceite. É claro que vou te proibir de contar pros outros. Mas você não é que nem aquela idiota da Sherry. Eu dei um pé na bunda dela, e foi por você.

E ele a beija de novo. Áspero e inexperiente. Move as mãos calejadas por baixo da roupa de treino dela, em direção aos seios pequenos, pressionando-a com seu corpo parrudo.

– Você também pode – sussurra. – Todos nós que estávamos lá hoje vamos ser convocados. Então aproveita! Aproveita!

E ele grita.

Nunca, em um treino de combate, ela conseguiu acertar um golpe certeiro nele, mas, por algum motivo bizarro, ele não esperava ser atacado agora. Com certeza não esperava um soco entre as pernas. Nem o segundo soco antes que seus nervos tivessem tempo de comunicar ao cérebro que havia algo muito errado. Nem o terceiro. Ele não está esperando ter a orelha puxada, ou usada como a alça de um aríete conforme ela bate sua cabeça contra a parede. E a costela? A que foi machucada mais cedo? Ora, ela dói ainda, dói muito, especialmente quando Nessa a golpeia com a ponta dos dedos rijos.

Depois que o derruba, indefeso, Nessa cambaleia para longe dele. Mas Conor recebeu o mesmo treinamento que ela. Sabe que se prostrar significa a morte, independentemente do dano sofrido. Então se levanta num pulo e dispara pelo corredor atrás dela, parcialmente cegado pelas gotas de sangue. Ele a agarra antes que ela consiga atravessar a porta que leva de volta ao refeitório e a joga longe, como se Nessa pesasse tanto quanto um livro de bolso. Ela se esborracha no chão encerado e escorrega até se chocar com tudo na mesma reentrância na parede em que o encontro começou.

Ela não acha que vai pegar Conor de surpresa de novo. A Solitária, até a Solitária teria sido mil vezes melhor do que isto! Ela tenta se levantar, mas de repente a Sargento Taaft aparece e a mantém no chão com seu coturno polido.

– Os pombinhos estão brigando? – pergunta ela.

Nessa não consegue ver o rosto da sargento, mas uma ânsia genuína toma a voz de Taaft quando ela fala para Conor:

– Quer brigar comigo, garoto?

Não há sinal de medo no rosto machucado de Conor. Ainda assim, contra a sua vontade, ele responde:

– A senhora já treinou muito mais do que eu.

– Ah, jura?

– Mas vou ficar cada vez mais forte.

E Taaft responde como se estivesse cuspindo:

– Não na Solitária. Francamente, bater na aleijada! Você me enoja!

Mas é Nessa, que se esforça para reprimir as lágrimas de vergonha, quem está enojada.

A NEVE

A SEMANA JÁ NÃO FOI DAS MELHORES PARA LIZ SWEENEY, E AINDA POR cima veio a neve!

Todo mundo diz que os invernos estão mais frios do que costumavam ser, que antes ninguém precisava lidar com temperaturas tão baixas uma semana antes do Halloween. Mas agora os termômetros despencam depois de setembro, e os instrutores não veem nenhum problema em arrastar a turma para uma corrida antes mesmo do café da manhã, com os pés descalços sobre a neve derretida.

– Não me leve a mal – diz Aoife a Horner. – Não me leve a mal, senhor, mas eu e a Liz Sweeney acabamos de sair da Solitária. Aquele biscoitinho foi a primeira coisa que a gente comeu em dias, senhor. Senhor?

Horner raramente fala – em inglês, sídhe ou na língua que for. Não gosta nem mesmo de dar de ombros, mas consegue arrancar um gesto de indiferença do beligerante buraco negro que consumiu sua personalidade trinta anos antes. Ele tem um rosto estreito e inexpressivo, com cabelos grisalhos encaracolados e olhos grandes que dariam orgulho a qualquer sídhe. Liz Sweeney precisa desviar o olhar para não ser sugada pelo vazio absoluto. A garota treme só de olhar para o professor, independentemente do tempo frio.

A Aoife é uma preguiçosa de merda, pensa Liz Sweeney, mas pelo menos uma vez na vida mantém a opinião para si. A outra chorou todos os dias na Solitária – e não foi pela falta de comida, embora todas estivessem com dor na barriga por não comer nada. Quando olhou para aquelas lágrimas, Liz Sweeney, diferentemente de Conor, não enxergou fraqueza. Não, ela sentiu vontade de chorar também. Por ela. Por Chuckwu. Pela irmã que perdeu. Pelo irmão Kieron, aluno do Sexto Ano de outra escola e que ainda não recebeu a Convocação.

Ela vai receber notícias dele em breve. Sim, porque mais para o norte, perto de Bangor, Kieron Sweeney também recebeu ordens de correr na neve. Está nevando mais forte lá, praticamente uma nevasca, e dentro de meia hora as roupas abandonadas do garoto vão passar três minutos e quatro segundos se encharcando.

Liz Sweeney não sabe disso. Como parte da Távola Redonda, constantemente repete a si mesma que é forte. Que não tem sentimentos – além de desprezo – por pessoas como Aoife, e que sente admiração por pessoas como Conor.

Mas a vida dela está prestes a virar de ponta-cabeça.

A história de Kieron

KIERON SOBREVIVEU À CONVOCAÇÃO. AGORA ESTÁ DE VOLTA, E TUDO mudou. Está pelado em cima das roupas molhadas, e a neve cai ao seu redor. Seu corpo treme violentamente, e ele cai de joelhos, a boca aberta, bramindo como um animal. Viu coisas que nenhum ser humano deveria ver.

Vergões paralelos marcam seu peito no local em que um "cão" dos sídhes o arranhou, mas os ferimentos não estão sangrando. Os sulcos têm uma aparência antiga e nodosa.

– Eu queria que vocês tivessem me matado! Por que não me mataram? – grita ele.

Mas é só o choque. A descrença. Ele será perturbado por pesadelos pelo resto da vida, mas vai lutar contra eles – vai lutar para viver, para ser feliz.

Foi treinado para isso e, apesar do que acabou de passar, é um dos sortudos.

Kieron bate os dentes. *Não morra de frio*. O pensamento o faz gargalhar como um maluco. Ele gastou toda a energia que tinha na Terra Gris, mas ainda assim pega as roupas encharcadas e cambaleia pela camada de neve que lhe bate nas canelas. *Quase lá, quase lá*. Não tem ninguém por perto, é claro. Todo mundo está tomando um café da manhã preguiçoso, mas ele foi idiota o bastante para zombar de uma das instrutoras, Sicari, e ela acabou ouvindo.

– Pra fora, Sweeney! Pra fora! – gritara ela. – Uma volta completa no parque.

– Como você vai saber que eu dei mesmo a volta? – Ele não conseguiu segurar a língua, e os olhos da mulher se estreitaram até a cicatriz de guerra em sua testa ficar esbranquiçada.

– Você acha que eu não vou ver os rastros naquele tanto de neve? – Ela apontou com a cabeça a coberta congelante que se acomodara sobre Bangor durante a noite. – Você tem sorte de eu não te mandar pra Solitária, seu merdinha. Vocês do Sexto Ano gostam de botar as asinhas de fora. Todo mundo sabe, vocês são uns crianções. Agora vai, filhotinho, vai logo. Uma volta inteira. E juro por Deus que, se não me obedecer, você vai ficar uma semana sem comer.

A conversa parece ter acontecido há tanto, mas tanto tempo… Numa outra vida – o que, de certa forma, é verdade. Uma vida inocente, em que ele ainda não tinha visto as… as *frutíferas* árvores da Terra Gris. Ah, Danú! Ah, Lugh! O pensamento o faz cair de joelhos e ter ânsia de vômito, mesmo com o estômago vazio.

Foi puro azar ele ter recebido a Convocação na metade da volta no parque. Conhece o lugar como a palma da mão, mas a neve está caindo com mais força do que nunca, e os pontos de referência estão todos encobertos – a estátua, os teixos, tudo. Ele não sente os dedos. Não consegue pensar direito. Mas logo à sua direita há pegadas – deixadas por pés descalços como os dele. Talvez um garoto de outro ano tenha sido punido também. Provavelmente um garoto, porque as pegadas são grandes demais para pertencer a uma das meninas. E para onde esse outro garoto poderia estar indo senão para a escola?

– Graças a Lugh – diz ele, uma oração vazia para o deus do inimigo.

Ele se levanta com esforço. As pegadas só vão ser a sua salvação se as seguir antes que a neve as esconda por completo.

Kieron começa a avançar. O rastro o leva para fora da pista, para o meio das árvores silenciosas. *Talvez alguém que não tem medo da Sicari veio atrás de mim pra saber como eu estou*, pensa.

A rota leva diretamente aos fundos da cozinha, que ele avista através da cortina de neve.

Os alunos são proibidos de entrar por ali, mas ninguém vai impedir um sobrevivente de fazer o que bem entender! A aproximadamente cem metros do destino, ele perde preciosos segundos decidindo se deve vestir as roupas molhadas para esconder dos cozinheiros as partes baixas – e percebe que sua condição é pior do que imaginava, porque os dedos dormentes derrubaram as roupas em algum ponto do caminho.

Não importa. Nada importa, a não ser chegar às luzes cálidas. Kieron se pega chorando. Não precisa mais das pegadas. Mas, quando as olha de novo, pensa que, afinal, devem pertencer a uma garota, pois são menores do que tinha imaginado. *Não, seu idiota. É que a neve tá preenchendo os buracos, só isso.* Ele continua.

Quando se aproxima da entrada, está preparado para gritar pedindo que lhe abram a porta, ou talvez bater nas janelas embaçadas com as mãos amortecidas. Mas não, a porta já está entreaberta. E mesmo assim está tão quente ali! Ele solta um gemido de prazer. Fecha a passagem atrás de si e cai sentado, murmurando os trechos que ainda lembra das orações da infância.

Demora certo tempo até perceber a completa ausência de vozes. O corpo inteiro dói à medida que o formigamento cede, e é quando do Kieron nota algo estranho: há pegadas no assoalho de linóleo, uma óbvia continuação da trilha na neve. Ele estreita os olhos para enxergar melhor, pois as marcas, secas pelo calor, já não passam de manchas de sujeira.

E, com toda a certeza, quem quer que seja o dono das pegadas não pode ser maior do que uma criança de oito anos.

Será que ele realmente viu pegadas grandes como as de um homem na neve? Ele estava exausto. Estava tremendo de terror e congelando lentamente. Só pode ter imaginado que as pegadas eram maiores.

– Que diferença faz? – diz em voz alta.

Os casacos dos cozinheiros estão pendurados logo acima de sua cabeça. Ele se segura em um para se levantar, sem se importar com o dano que pode causar no processo, e pega o maior deles para cobrir o corpo. O esforço é quase extenuante, e sua vontade é se deixar cair e dormir sob uma coberta de casacos velhos. Mas já chegou tão longe.

– Kieron – murmura. – Kieron, o Sobrevivente. – Ele vai ser um herói. Vai se casar. Pode fazer o que quiser. – Kieron, o Sobrevivente. Kieron Sweeney.

E adentra a cozinha, onde todas as pessoas – todas – estão dormindo. De olhos abertos.

É uma cena tão insólita que ele passa reto, como se estivesse sonhando, e vai em direção ao refeitório. Diferentemente da escola da irmã, a Escola de Sobrevivência de Bangor é construída ao redor de um "casarão". Estábulos do século dezoito foram conectados por puxadinhos improvisados, de forma a criar uma longa e confusa série de aposentos, lotados de mesas dos mais variados tipos e tamanhos.

Os alunos estão todos ali para recebê-lo – Kieron, o herói. Estão espalhados, deitados, com a boca aberta e os olhos arregalados, braços e pernas moles como bonecas de pano. A mente do garoto se recusa a funcionar e explicar o que está acontecendo.

Ele se lembra de algo sobre outra escola, mas o que era mesmo?

É quando escuta o mais leve dos ruídos às suas costas. Segue o barulho até a cozinha.

Um homenzinho menor do que a mão do garoto está sentado diante de um caldeirão cheio de mingau. Kieron se aproxima em poucos passos e percebe que a criatura está tendo um acesso de riso.

– Não fui eu quem fez isso – guincha o homenzinho. – Mas uma promessa me permitiu vir para cá, e eu queria ver! – O serzinho está nu como o rapaz, mas suas feições – a pele brilhante e os olhões avantajados – são de um sídhe.

Kieron solta um berro e agarra o homenzinho, mas uma dor lancinante o força a soltá-lo – e de imediato surge uma marca na palma de sua mão, que ele vai carregar pelo resto da vida. O ser diminuto dispara para longe. Furioso, Kieron o persegue por entre os balcões, e a criatura parece diminuir a cada passo.

O minúsculo sídhe se lança sobre o fogão com um salto, mas já está menor do que o polegar de Kieron. Isso se prova ser a perdição do homenzinho, pois ele cai em uma das bocas do fogão, e o rapaz consegue prendê-lo sob uma panela emborcada.

Sentindo um prazer animal – já que a palma da mão ainda dói –, Kieron acende a boca do fogão e remove a panela.

O homúnculo em chamas, ainda menor, cambaleia por alguns instantes. Depois, como se coreografado, tanto o assassino quanto a vítima caem: um transformado em cinzas, o outro adormecido.

MEGAN RETORNA

À EXCEÇÃO DE CONOR, MEGAN É A ÚLTIMA A SAIR DA SOLITÁRIA. JÁ condenada a passar um dia a mais do que as colegas no castigo, ela ainda encontrou meios de aumentar a sentença ao provocar Tompkins quando ele foi liberar Aoife.

Ela se arrasta para fora da cela, curvada como um idoso.

– E se você receber a Convocação agora? – pergunta Nessa. – Por que você faz esse tipo de coisa comigo?

– Com você? – Megan sorri. Os cabelos ruivos estão longos demais, há um tufo considerável em um dos lados. E ela obviamente continua falando quase tudo em inglês. – Aliás, Ness, o que você está fazendo aqui? Achei que estaria lá na biblioteca escrevendo um poema de amor… Ah, não faz essa cara, não tem ninguém ouvindo. Eu não falaria se tivesse.

Nessa sabe disso. Megan é um terror, mas é o terror preferido de Nessa.

– Vem – diz a Megan. – Falaram que posso te levar pro refeitório. Você pode tomar sopa. E precisa cortar o cabelo.

Megan revira os olhos, mas segue Nessa. Embora seu passo seja mais lento do que o claudicar da amiga enquanto descem a escada, ela não está atordoada a ponto de não notar que há algo errado.

– Desembucha – diz.

E Nessa desembucha em um sussurro:

– Outra escola foi dizimada.

– O quê? Tipo… tipo aquela de Mallow?

– Sim. E tem mais… – Nessa respira fundo, ainda chocada com a magnitude do fato. – O irmão da Liz Sweeney estava lá, foi o único que sobreviveu. Ele… ele recebeu a Convocação na mesma hora. *Exatamente* na mesma hora. Ou é o que dizem. E supostamente viu um *deles*, um sídhe. No *nosso* mundo.

– Não acredito! – Megan para, cambaleando ao chegar ao pé da escada. – Então quer dizer que aquelas histórias toscas sobre espiões são verdadeiras?

– Bom, mais ou menos. As histórias dizem que os sídhes andam por aí disfarçados de pessoas, ou até vestindo a pele de um humano. Mas esse… ele… foi encolhendo cada vez mais enquanto estava aqui.

Ambas pensam na garota na pedra – embora, no caso dela, só a parte de baixo do corpo tenha encolhido, pelo menos até onde puderam ver.

– Uau – diz Megan. – Nem dá pra acreditar. Uau.

A Solitária – na verdade, uma série de celas – fica logo acima dos aposentos dos funcionários, ou caserna, como é conhecida a ala, ao norte do refeitório. Elas precisam sair no sereno para chegar ao complexo principal de prédios, e Megan treme a cada passo. Mas o cheiro fraco do café da manhã já as alcança, assim como a voz rouca da Sra. Fortune berrando ordens por sobre o tilintar de utensílios de cozinha.

– Você não devia estar na aula, Nessa? Ou é dia de combate?

– Os professores convocaram uma reunião. E… Espera que você vai ver.

Com um floreio, Nessa abre a porta do refeitório. Tompkins está bem ali, de guarda. Outros três ou quatro instrutores, todos armados, fazem uma ronda para verificar o abastecimento de alimentos. E, pela primeira vez, os cães estão naquele salão, farejando os cantos e balançando o rabo de empolgação.

– A Taaft foi até a vila pra… garantir que nada seja envenenado antes de chegar aqui. E tudo vai ser provado antes pelos porcos.

– Bom… – Megan pisca um olho –, agora entendi por que me deixaram sair. Estou aqui para provar a sopa. Não que eu esteja com fome, como você deve imaginar.

Elas conversam enquanto Megan devora o café da manhã. Nessa ludibria um doberman tão rabugento quanto lindo e consegue coçar sua orelha.

— E o Anto? — pergunta Megan. — Alguma notícia?

— Não.

— É isso? Isso é tudo o que você tem pra falar sobre esse assunto?

Ou sobre qualquer assunto. Nessa quer muito contar o que aconteceu entre ela e Conor, mas não sabe por onde começar.

Ela o machucou pra valer, mas só por causa do fator surpresa. Assim que ele conseguiu colocar as mãos nela, a força do garoto se mostrou aterrorizadora. Nessa costumava pegar no sono com facilidade, mas agora fica revivendo o momento: pendurada por um dos braços dele como uma erva daninha arrancada do jardim e então jogada na composteira. E o sentimento horrendo de impotência durante todo o processo. O sentimento de ser um nada. De estar condenada. O treinamento, a determinação de Nessa, suas improvisações inteligentes e seus truques — tudo aquilo não tinha valido de nada e continuaria assim da próxima vez que ele conseguisse colocar as mãos nela.

— Está tudo bem, Ness?

Ela assente. E sorri.

— É bom te ver, Megan.

— Pra caceta.

— Você é minha guarda-costas.

— A melhor.

O cumprimento das duas é tão espontâneo e perfeitamente coordenado que o barulho das palmas faz o doberman se sobressaltar e voltar a rosnar. Mas as garotas apenas riem.

O almoço é servido no horário normal, mas o refeitório está mais lotado do que nunca, já que todos os professores e veteranos estão presentes. Os funcionários trazem cadeiras extras, e alguns alunos do Sexto Ano e os dois remanescentes do Sétimo — um garoto e uma garota — são realocados para que a mesa no tablado seja estendida.

Até Frankenstein foi arrastado da toca, os olhos arregalados como os de uma coruja no rosto encovado. Ele apenas remexe a comida, como se não estivesse convencido da qualidade do trabalho dos porcos. À sua direita, o Sr. Hickey engole a comida com uma eficiência militar.

– Pelas tetas de Danú! – diz Megan. – Alguém arruma um funil para aquele homem antes que ele morra de fome!

Diane Mallon enfim deixara a escola, de modo que, dos veteranos, só sobraram Shamey e Melanie. Ambos bebem algo que mantêm escondido sob a mesa – muito embora haja boatos de que ela esteja grávida e ele seja o pai. Uma idiotice, claro. Todo mundo sabe que, por causa da condição do coração dela, uma gravidez seria mortal.

Mais para o lado, a Sra. Breen ergue o queixo para varrer o salão com o olhar, e cada aluno sente a mirada desconfiada. Nem uma palavra, nem umazinha, é dita na mesa dos funcionários até que a última colherada do horroroso "pudim de pão" se acomode no estômago de Dona Gluglu.

Só então ela se levanta e faz um gesto para os funcionários da cozinha, que já estão colocando bules fumegantes de chá de urtiga nas mesas do Primeiro Ano.

– Escutem – diz a diretora, e todos param para escutar. Nem Megan ousa abrir a boca. – Nós sabemos que, a essa altura, vocês já estão cientes do que aconteceu na Escola de Sobrevivência de Bangor. E, antes disso, na de Mallow, é claro. Muitos de vocês devem estar se perguntando por que isso está acontecendo. Por que os sídhes, inimigos do nosso povo, não continuam nos matando aos poucos. Por que, depois de milhares de anos, eles ficaram tão… *impacientes*. Bom, as principais mentes de todo o país estão dedicadas a encontrar a resposta. Mas, se querem saber a minha opinião, essa impaciência é um sinal do nosso sucesso. Do sucesso *de vocês*. Nós aprendemos mais a respeito deles com cada sobrevivente, que são cada vez mais numerosos. – Ela abre um sorriso miserável, num esforço para acreditar nas próprias palavras. Como se perder continuamente nove a cada dez pessoas de uma nação pudesse ser bom de alguma forma. – Mas as coisas devem mudar por aqui. Então, vamos logo para as boas notícias: outro de nossos maravilhosos veteranos, nosso Shamey aqui, vai voltar para casa.

O rapaz ergue a cabeça sobressaltado e confuso. A afirmação também é uma novidade para ele. Mesmo assim, não protesta.

– Provavelmente vão interná-lo num hospital para parar de beber – sussurra Marya.

Nessa concorda, e seu coração dispara de empolgação, pois sabe o que vem a seguir.

– E nosso Anthony Lawlor, que a maioria de vocês conhece como Anto, vai voltar para a escola. Para compartilhar suas... hum, suas memórias mais frescas e estratégias de sobrevivência.

Nessa sente o rosto ruborizar. Era isso que queria, mas, assim que sente o estômago revirar e a mente desorientada entre a alegria, o medo e a confusão, percebe como vai ser difícil se manter focada com o rapaz de volta à escola. Seu retorno vai representar um perigo se ela não for capaz de controlar as próprias emoções. E é óbvio que ela não é capaz. Ela sabe. Sua única habilidade é esconder o que sente. A primeira prova disso acontece dentro de segundos, quando Marya diz:

– O Anto é um gato, né? Tem um corpo de nadador, como minha mãe diria. Eu não ia ligar nem um pouco de tirar uma casquinha, viu?

– Você nunca reparou nele, Marya! – É Megan quem fala, ela que não tem tempo para garotos – nem garotas, que seja.

– Ah – os pulsos finos e as mãos pequenas de Marya dramatizam tudo enquanto ela fala –, ele tem aquele lance bizarro de ser vegetariano, de não lutar... – Leia-se: ela esperava que ele fosse morrer. – Talvez a gente devesse tentar também! Pelo jeito funcionou pra ele.

Conor nunca daria uma chance para o pacifismo. Liberado da Solitária para ouvir a declaração de Dona Gluglu, está sentado no seu lugar de sempre, entre Fiver e Keith. Liz Sweeney está na mesa dos garotos – depois do que aconteceu com o irmão dela, nenhum dos professores ousa mandá-la mudar de mesa. É como se ela fosse uma espécie de milagre, ou então de doença. Alguns funcionários sussurram entre si na mesa e olham para ela. Outros parecem nem se dar conta de que ela está ali.

Conor se vira, e seu olhar encontra o de Nessa. Ela achava que ele a detestava antes... Quanta ingenuidade. É só agora que enxerga o verdadeiro ódio dele: uma corrente elétrica que se origina nos olhos e se alastra por todo o corpo do garoto, fazendo-o ficar rijo como uma tábua, com o queixo baixo para que a testa aponte na direção dela tal qual um touro prestes a desferir uma chifrada. Não é o olhar de um garoto. Nem de um animal selvagem. Nem de uma serpente. É o espírito materializado da Convocação. Mortal, inevitável, iminente.

Nessa pula no lugar quando Megan fala bem perto do seu ouvido:

– Pobre Conor, parece que está com prisão de ventre.

É só o que ela consegue ver?, Nessa se pergunta conforme a amiga vai despreocupadamente buscar a sobremesa. *É só o que as pessoas conseguem ver nele?*

SE ESCONDENDO

É DIFÍCIL EVITAR OUTRO ALUNO DO MESMO ANO, ESPECIALMENTE SE FOR Conor. Seus autoproclamados Cavaleiros da Távola Redonda estão por todo lado e parecem prestar uma atenção especial em Nessa. Tony, com suas sobrancelhas de idoso e a pele cheia de perebas; Bruggers, o mais baixinho de todos, mas com os reflexos de um réptil capturando uma mosca; Keith e Liz Sweeney, e mesmo membros dos outros anos, como a agora desolada e abandonada Sherry, desesperada para voltar a ser rainha.

A habilidade de Nessa de esconder suas emoções a deixou sem outros defensores a não ser Megan, que não tem como estar em mais de três lugares ao mesmo tempo.

Assim, alguns dias depois, durante a aula de combate corpo a corpo, Bruggers derruba Nessa e bate a cabeça dela com força contra o chão. Ela ainda está tentando fazer sumir o zumbido em seu crânio quando ouve o pedido de desculpas:

— Por Crom, foi mal, Nabil. Achei que a gente ainda estava no tatame.

Na hora do almoço, Liz Sweeney derruba uma xícara de chá escaldante, e é por pura sorte que o líquido não cai no colo de Nessa.

— Ops! — exclama a garota maior.

Nessa agarra o pulso dela.

— Qual é a sua, Liz Sweeney?

— Eu já falei "ops". Não se fala mais inglês em Donegal?

– Isso é sério, Liz Sweeney. – Nessa está orgulhosa da calma em sua voz. – A gente não... a gente não *machuca* ninguém pra valer.

– Bom, você devia ter pensado nisso antes de fazer o Conor parar na Solitária. E ainda saiu contando mentira por aí! Até parece! Até parece que ele ia querer dormir com a deformada da *Clipe-Clope*! – exclama ela. Nessa nunca a viu tão irritada, e olha que o irmão de Liz acabou de sobreviver à Convocação. – Você é tipo *O homem elefante*. Então, sim, Nessa, isso é sério. Você procurou, e quem procura acha.

Liz Sweeney se engasga, e seus olhos se arregalam. Nessa se dá conta de que ainda está agarrando o pulso da colega de classe, mas agora com tanta força que sente os ossos se friccionando uns contra os outros.

– Eu poderia quebrar seu punho – diz Nessa. Ossos quebrados são coisa séria no Quinto Ano. Uma potencial sentença de morte. – Seu braço não passa de um graveto.

– Vai em frente, sua vaca. Eu não vou gritar.

– Mas eu não *preciso* quebrar. Basta você dizer que vai me deixar em paz.

– Eu falei pra ir em frente. Machucar outra pessoa de propósito significa expulsão. O Conor vai amar.

– Você correria esse risco só pra se vingar de mim?

– Já que você não vai fazer nada, vou lá pegar mais chá.

E Nessa, com um dar de ombros fingido, solta a outra garota – e se sente tranquila.

Dois dias se passam sem ataques da Távola Redonda. As Badaladas Fúnebres soam várias vezes, mas para ninguém do Quinto Ano. Também não há novos sobreviventes a serem celebrados pela escola. Ao menos a neve parou, e derreteu depois de uma chuva gelada.

Shamey consegue ficar sem beber por tempo o bastante para se despedir – em especial de Melanie, sua companheira veterana, e de Anne-Marie, a última aluna do Sétimo Ano, que ainda espera a Convocação. Com as roupas doadas e os sapatos desajeitados, o sobrevivente parece um garotinho triste de mudança para Boyle. Ninguém chegou para ocupar o lugar dele. Não ainda.

O Halloween é no dia seguinte. Para comemorar, os sídhes deixaram um presente no dormitório masculino: Keith, um dos membros da Távola Redonda. Esculpiram em seu rosto uma delicada flor de sangue e pele.

A indignação e a insegurança consomem os cavaleiros remanescentes.

– Nós somos a elite. – É o que Conor sempre diz. – Nossas chances são maiores do que as de qualquer outro.

Mas Keith, Cahal e Chuckwu foram pegos, e por tempo o bastante para os sídhes se divertirem com eles. Rodney também se foi, lento demais para desviar de Cahal. Até o momento, o único sobrevivente do Quinto Ano é o coelhinho comedor de mato, Anto.

Quando o grupo se encontra antes do café naquela manhã, Conor sabe que corre o risco de perder o controle sobre ele.

– É estatística, simples assim – continua dizendo. – Pelo menos três de nós vão sobreviver. Isso eu garanto.

Mas eles precisam de mais do que isso – ele próprio, por mais estranho que pareça, também precisa. Um sorriso se insinua em seu rosto antes de continuar:

– Pelo menos a gente vai pegar a Clipe-Clope. Eles já tiraram a sídhe da floresta e cercaram o monte. Ou seja, as caçadas semanais vão voltar. O que significa – prossegue ele, com o físico imponente e o gestual de um sábio – que precisamos colocar a garota no lugar dela.

– O lugar dela é no chão – diz Bruggers, ainda se gabando de ter derrubado Nessa no combate corpo a corpo.

Conor assente e encara um a um para mostrar que está falando sério, para incitá-los a se juntarem a ele no novo desafio.

– A gente devia pegar a Megan também – diz Bruggers.

Conor, como um pai exasperado porém orgulhoso, nega com a cabeça.

– Aquela vadia ruiva bem que merece. Mas só pode haver um... *acidente*. Estão entendendo? Mais do que um atrairia muitas suspeitas. Então... o plano é o seguinte.

• • •

Nessa evita os amigos de Conor tanto quanto possível: finge um mal-estar quando descobre que vai lutar com um dos Cavaleiros da Távola, fica no campo de visão dos instrutores a maior parte do tempo. Mas, numa escola tão pequena, essas estratégias não funcionam por muito tempo.

Uma semana inteira de novembro se passa até ela perceber que *eles* a estão evitando. Por quê? O que estão aprontando? Só pode ser algo pior do que uma surra. Algo muito pior.

A ficha começa a cair, e ela entende que precisa ser transferida de Boyle. Viu bem o jeito como Conor olhou para ela outro dia, e não havia nada na expressão dele que sugerisse a mais remota possibilidade de ser contido pela racionalidade.

A Sra. Breen certamente providenciará a transferência se ela pedir, mas, na única vez que Nessa se vê diante da porta do escritório da diretora, ergue o punho, mas é incapaz de bater. É isso. A garota que prioriza a sobrevivência acima de tudo se deixa ficar cercada de inimigos na esperança de ver Anto de novo, nem que seja só mais uma vez.

Ela se imagina conversando com ele, conversando de verdade, e se sente como quando saiu pela janela do banheiro pela primeira vez – zonza, com vertigens, feliz.

Nessa vai pedir desculpa por ter duvidado dele, como todo mundo duvida dela. Ambos são bem mais fortes do que aparentam, e seu destino é ficar juntos. Isto é, depois que ela também provar que é merecedora.

Na mesmíssima tarde do dia em que ela não tem coragem de pedir a transferência, Anto retorna. Marya, que não resiste a um escândalo (ela chama de "escands"), testemunha a chegada do garoto e vai voando até o dormitório para contar para as outras.

Já está escuro, e, exceto por Aoife, as alunas remanescentes do Quinto Ano estão apinhadas em volta de um dos dois radiadores que saem do chão e ficam à mesma distância de todas as camas.

– O que foi, Marya? – pergunta Nicole com seu jeito sabichão. A cabeça avantajada está sempre inclinada, e os lábios abundantes curvados num sorrisinho sarcástico. – Ganhou na loteria?

Marya sorri, os braços inquietos de empolgação.

– Quase isso, meninas! Quase! Eu vi o Anto! – Ela conta sobre o miniônibus que o deixou nos fundos da escola.

– E o que você estava fazendo lá? – quer saber Nicole, mas as outras vozes a mandam calar a boca se não quiser ficar sem dentes.

Não há no quarto uma garota que não seja capaz de cumprir a ameaça, mas Nicole também é durona.

– O ônibus freou com um guincho – diz Marya, os olhos castanhos arregalados e as mãos espalmadas como se ela mesma tivesse mandado o veículo parar –, e um vulto saltou dele. Mas escutem só: ele estava usando uma capa, tipo a do Drácula. E, assim que encostou os pés no asfalto, saiu correndo, *correndo muito rápido*, para a porta dos fundos do prédio dos instrutores. Nunca vi nada parecido. Ele corria meio esquisito, como se estivesse mancando. Quando chegou, a entrada estava trancada ou coisa assim, então ele começou a esmurrar a porta desesperado.

– É, parece algo que o Anto faria mesmo – diz Liz Sweeney, revirando os olhos.

Marya brande o indicador na direção dela.

– Não fale assim de um sobrevivente! – As garotas ao redor concordam com a cabeça, e Liz Sweeney baixa os olhos envergonhada. – Enfim – continua Marya –, eu não tinha como saber que era ele, certo? Estava escuro, e a Ji... quer dizer, eu estava sozinha. Estava sozinha e tive que forçar a vista. Daí ele se virou, e eu vi que era ele mesmo. Acenei e chamei: "Ei, Anto!". E comecei a andar até ele. E... – Ela engole em seco. Nessa, que sorve avidamente cada palavra, percebe que a garota está um tanto chateada.

– Continua! – diz Megan. – Pelo Caldeirão, desembucha!

Marya respira fundo.

– Eu fui chegando devagar. O chão ali é de brita, vocês sabem, machuca o pé.

– É por isso mesmo que é de brita – começa a explicar Nicole, mas as outras a mandam calar a boca de novo.

– Aí ele me viu e... ficou assustadíssimo. Ele... começou a bater na porta e a berrar pra abrirem. Socou a madeira até alguém abrir e desapareceu lá dentro. E eu só fiquei parada, com o pé todo perfurado.

– Ele achou que você fosse uma sídhe – diz Megan.

– Que Crom te carregue, sua vaca do cabelo ruivo!

Megan espalma as mãos em sinal de paz.

– Não, Marya, eu não estava zoando.

– Pela primeira vez na vida! – diz Nicole.

– O que eu *quis dizer* – continua Megan – é que deve ser o estresse pós-traumático, não?

Marya relaxa de imediato.

– Ah, nossa. Onde eu estava com a cabeça? Tem razão. Na empolgação, acabei esquecendo. – O alívio inunda a voz da garota, e todas as outras assentem com grande sensatez, como se fizessem alguma ideia do que estavam dizendo. – Enfim, o Anto voltou.

O LUTO DE AOIFE

NÃO É QUE AS PESSOAS NÃO ESTEJAM FALANDO COM AOIFE ULTIMA-mente: a garota é simplesmente invisível para elas. Porta a Peste da Desgraça aonde quer que vá, e ninguém quer se contaminar.

Ah, apesar da lendária preguiça e da indulgência excessiva com que encara os próprios vícios, Aoife não é idiota. Tem consciência do risco que corre saltando de uma experiência vazia para outra: dos apáticos treinamentos de combate no ginásio para as corridas nas colinas para aulas de fabricação de lanças. Ela não carrega nenhum peso extra no treino de circuito e, durante as flexões, apoia a barriga no tatame. Apenas Taaft, de todos os instrutores, tem coragem – ou ausência de – para gritar com a garota até extrair algo que vagamente lembre obediência.

– O problema – diz alguém (Nicole, na verdade) – é não termos funerais. Eu gostava da Emma Guinchinho. – Ela coça o cabelo casta-nho rente à cabeça. – Também tenho saudades dela. A gente precisa ter a oportunidade de passar pelo luto, só que isso nunca acontece, né?

Liz Sweeney responde com uma careta de desprezo:

– E a gente ia ter tempo de fazer outra coisa com dois ou três fune-rais por semana? Além do quê, a versão da Emma Guinchinho que os sídhes mandaram de volta não ia caber em nenhum caixão.

Aoife coloca o travesseiro sobre a cabeça. É uma necessidade. Pre-feria a Solitária. Uma cela tão gélida quanto a morte todinha para si, com paredes pretas pintadas pela imaginação – um talento nato da garota, capaz de sonhar com qualquer coisa. Mas é difícil, e os sonhos desmoronam à mais ínfima menção ao que aconteceu na floresta.

Ela não sabe quantos dias se passaram desde então. Tempo o bastante para que todo mundo parasse de perguntar sua opinião, para que Marya deixasse de tentar contar para ela o "escands" mais recente, ou para que Nicole começasse a assaltar o armário da garota bem debaixo do nariz dela. Será que Nicole sempre fez isso? Sempre roubou das companheiras de quarto? É o primeiro pensamento que atrai o interesse de Aoife em algum tempo. No entanto, não é suficiente.

Ela só desperta para a vida dois dias depois do retorno de Anto, quando Sherry vai ao dormitório e encontra Liz Sweeney sozinha. Bem, exceto pela própria Aoife, claro, que já não conta.

O travesseiro sobre a cabeça abafa os sons da conversa.

– Você não tem autorização de entrar aqui. Você é do Quarto Ano, caso tenha esquecido.

– É rapidinho. – A voz da garota mais nova soa cheia de ressentimento e um pouco trêmula. – Preciso falar com você.

– Então fala.

Sherry deve ter feito um gesto, pois Liz Sweeney bufa.

– Ah, ela só está aqui de corpo. Essa aí vai continuar dormindo mesmo se receber a Convocação. Ela já faz parte do time dos mortos.

– Eu prefiro…

– Que Crom engula suas preferências, garotinha. Você precisa superar. O rei não quer mais você.

– Mas… ele *precisa* querer. Você precisa obrigá-lo.

– Obrigar? Obrigar Conor a falar com você? Por que raios…? *Ah.*

Ah, é claro! Nenhuma pessoa grávida jamais sobreviveu à Convocação. Logo no começo, algumas engravidavam de propósito na esperança de que aquilo fizesse delas adultas, não mais "adolescentes". Era a teoria, mas na prática não salvou ninguém. Quando o Estado enfim criou o sistema de escolas de sobrevivência, muito se argumentou a favor de separar por completo os garotos das garotas. Aoife não se lembra por que isso nunca aconteceu. E não importa para ela: alunos homossexuais são ignorados. Podem fazer o que bem entenderem até que sobrevivam à Convocação. Depois, a sociedade pressiona os que voltam para que tenham filhos, quer queiram quer não...

– Eu vou dar um jeito – diz Sherry. – Eles vão me deixar dar um jeito nisso. Mas ele merece saber. E não vou falar pra ninguém que é dele.

– Acho bom mesmo! Ou eu arrebento essa sua carinha de biscate!

– Nossa! – A voz de Sherry fica mais dura. – Nossa! De todas as pessoas, você vai me chamar de biscate, Liz Sweeney?

– O que você quer dizer com isso?

– Você quer o Conor pra você, é o que eu quero dizer. Como se ele fosse encostar em você, Liz Sweeney, com essa sua cara de homem, esse seu corpo de homem. Talvez você faça mais o tipo do pederasta do Bruggers!

As molas da cama soltam um ruído: Liz Sweeney deve ter se levantado num pulo para bater na garota mais nova – muito embora alguns do Quarto Ano já sejam bem capazes de revidar.

No entanto, Liz Sweeney parece ter se detido.

– Você... você trouxe uma *faca*? Você é doida?

– Eu faço o que tiver que fazer – diz Sherry. – Não foi o que o Conor ensinou? Os melhores precisam agir. É o que eu estou fazendo, agindo. Agora, escuta bem: ele não quer você e também não me quer, não por enquanto. Ele quer a Clipe-Clope.

– Ele... o quê?

– Você acredita no que estou falando, dá pra ver na sua cara. Eu vou cortar a garganta dela. Juro pelo Caldeirão que vou.

– Não. – Talvez Liz Sweeney esteja negando com a cabeça. – Ele não quer a Nessa, e você vai ter a prova disso amanhã. As caçadas vão recomeçar.

– Vocês têm um plano? Um plano pra pegar ela?

– O Conor tem. Na floresta, ela... – Talvez Liz tenha pensado melhor no que vai dizer, já que Aoife está no quarto. Talvez esteja fazendo algum gesto. – Só digo que ela já era.

No fundo do peito, Aoife sente o espírito se agitar. Não é que não goste de Nessa, apesar de Emma sempre ter tido certo interesse nela. "Uma pena que você não faz o tipo dela, Emma", Aoife lhe disse certa vez, fingindo não estar doída. E ela precisa admitir que a garota de Donegal tem lá seus charmes: o olhar sonhador, a postura régia. O ar de tragédia que paira sobre ela, que lembra as heroínas que lutavam contra um câncer nos livros que Aoife tanto gostava de ler nos primeiros anos na escola. A própria Aoife tem algumas fantasias com Nessa, mas elas sempre se estilhaçam contra aquele exterior arrogante.

Mas mesmo assim. Mesmo assim. Estão planejando *matar* a garota?

– Eu… eu posso ajudar – diz a menina mais nova.

– O quê? Aí você pode se exibir pra ele, né, Sherryzinha? Sherry, a idiota *grávida*. – Pelo tom de voz, Liz Sweeney está com um sorriso insano no rosto. – Você é do Quarto Ano e não vai estar na caçada amanhã, vai? Vocês vão estar na caminha, abraçando seus ursinhos de pelúcia e morrendo de medo dos cães no corredor.

– E se eu for pra floresta antes?

– Deixa de ser idiota!

E a voz de Liz Sweeney se transforma em um sussurro. Baixo demais para que Aoife escute. Não que ela esteja se esforçando.

Sherry vai embora, as portas se fecham.

Por um momento, Aoife pensa que deveria avisar Nessa que estão planejando algo horrível contra ela. Mas a imagem do cadáver de Emma se sobrepõe a qualquer pensamento, e é o bastante para manter a menina no fundo do poço da apatia.

Os Testemunhos são repletos de imagens dignas de pesadelo. E, ao longo dos anos, os alunos foram escondendo, no meio dos tomos de enciclopédias na biblioteca, fotografias proibidas das piores vítimas dos sídhes. Mas Aoife nunca viu nada pior do que fizeram com Emma! Nessa muito em breve vai ser pega e sofrer algo parecido. Não há dúvida. Mãos horríveis vão virar o crânio da garota do avesso com ela ainda viva.

A turma de Conor vai lhe fazer um favor. Eles vão se sentir vingados por alguma bobagem que acham que sofreram e ela vai estar livre.

Além do quê, Aoife não tem condições de interferir. Já está lutando uma batalha insuportável: precisa reforçar as muralhas da própria imaginação contra os horrores que a aguardam do outro lado. Se ela se esforçar, vai ser capaz de imaginar a excursão ao sítio arqueológico da Idade do Ferro na qual Emma, do nada, tascou-lhe o primeiro beijo. Ela nem ouviu Emma chegando! A garota se aproximou como um ratinho, o que garantiu a ela aquele apelido idiota. E o beijo! Com a Sra. Buckley separada apenas por um monte de pedras! Ela sente aquelas mãozinhas nas suas, e lembra de como seu corpo se inclinou por vontade própria para que os lábios pudessem se encostar...

É quando o travesseiro é arrancado de seu rosto, e a luz do sol fere seus olhos.

– Se você abrir a boca – diz Liz Sweeney –, se falar uma palavra pra qualquer pessoa, vai desejar que o próprio Crom tivesse vindo te buscar!

– Me deixa em paz – responde Aoife, ultrajada com os pezões de Liz Sweeney sapateando em cima de suas memórias mais preciosas.

Talvez sejam os olhos vermelhos. Ou o peso que Aoife perdeu. Ou os lábios trêmulos. O fato é que Liz Sweeney simplesmente bufa, solta o travesseiro e sai do quarto.

Horas mais tarde, Aoife se sobressalta com uma badalada. Mas é apenas a sineta do jantar, e ela percebe que tinha caído no sono. Antes costumava comer muito bem, e é o hábito que a faz descer a escada e percorrer dois corredores até o refeitório. Avança tão devagar que está entre as últimas pessoas a chegar. O resto do Quinto Ano já está acomodado. Vários dos alunos riem, com o rosto corado e os cabelos brilhosos depois da corrida da qual certamente acabaram de voltar. Está chovendo lá fora, as janelas estão embaçadas, e o cômodo inteiro reverbera o tilintar de talheres, as vozes e os gritos.

Aoife não consegue evitar olhar para os lugares vazios às mesas. Ainda não há muitos: os sídhes mataram menos de dez dos sessenta estudantes do Quinto Ano. Se a média se mantiver, haverá uma morte por semana até a chegada do verão.

Ela caminha até seu lugar entre Marya e Megan. Daí, vê uma cadeira vazia pela qual não esperava. Por um momento se pergunta se não escutou as Badaladas Fúnebres, mas depois se lembra que, dependendo do percurso, Nessa sempre termina a corrida dez ou vinte minutos depois dos colegas.

Megan dá de ombros.

– Você está parecendo mais acordadinha.

– Estou? – À sua frente, em uma das mesas dos garotos, Liz Sweeney está zurrando como uma besta, e Aoife se surpreende consigo mesma quando exclama: – Que fome!

O despertar da menina é lento como a primavera – mas, em seu interior, um novo propósito está germinando e buscando a luz.

Aoife esquece a fome e se levanta de repente.

– Aonde você vai? – pergunta Megan.

– Eu… preciso ver uma pessoa. Já! Mas também preciso falar com você, Megan. Mais tarde.

E sai, deixando a garota ruiva de queixo caído.

A VISITA

A CHUVA DIFICULTA O AVANÇO PARA A MAIORIA DOS ALUNOS, PORÉM Nessa, com sua incrível coordenação e seus excelentes reflexos, sempre se move mais rápido quando há um pouco de lama no chão. Ela gosta de escorregar. Tira vantagem de cada característica do terreno: desliza pelos declives usando as árvores para mudar de direção, dispara com as muletas improvisadas pelas áreas rochosas. Isso quando as muletas não se quebram, é claro. Mas é exaustivo, e ela logo fica para trás.

Entretanto, hoje, em vez de avançar sem hesitar, ela simplesmente para e espera. A essa altura, Nabil e Horner já se juntaram ao grupo principal de corredores. Quando chegarem ao final do percurso, tanto instrutores quanto alunos vão se apinhar para tomar a ducha antes de descerem para o jantar. Nessa não vai ser nem sequer um ponto no radar deles – é sempre a última mesmo.

Ela caminha serenamente por um tempo, tremendo um pouco, ouvindo os mil e um farfalhares da vegetação enquanto repassa o plano.

Depois da partida de Shamey, o quarto dele na ala dos funcionários está livre para Anto, e Nessa vai contar a mentira que for necessária para entrar e ver o rapaz. Assim, ela pode se despedir antes de conseguir sua transferência com a Sra. Breen.

Enquanto caminha, já luta contra a tristeza que sente ao pensar em se separar de Megan. Anto pelo menos é um sobrevivente; já a única amiga, é provável que ela nunca mais veja.

Pode parar!, ordena a si mesma quando as lágrimas ameaçam cair. *Só para.*

Ainda são cinco horas quando ela sai da mata e atravessa a dolorosa área de brita na entrada da construção. Nesta época do ano, e por causa da chuva, as luzes da escola inteira ficam acesas, e são elas que a guiam até a porta, iluminando os sinais que anunciam uma temporada na Solitária para quem seja pego entrando ali desacompanhado. Apesar de tudo, Nessa, que já está sujeita a ser punida por ter evitado correr, hesita.

Não é a Solitária que a detém, entretanto.

Ela sabe que Anto não vai ser o mesmo depois do que passou. Ela sabe. Para no degrau da entrada, tremendo com a chuva que escorre pela gola da roupa de treino. E se ele não quiser vê-la? Afinal, ele fugiu de Marya como se a garota tivesse uma doença contagiosa.

A porta se abre facilmente, e Nessa a empurra para adentrar o familiar corredor ladeado pelos quartos dos instrutores, cada um com um nome na porta. Ela avança na direção da extremidade mais escura, onde o cesto de roupa comunitário transborda de uniformes sujos e ainda úmidos da corrida. Como esperava, encontra uma placa escrita à mão em uma das portas: ANTHONY LAWLOR.

É quando ela perde a coragem! As palmas das mãos suadas, o nó na garganta. Nessa fecha o punho e o aproxima da porta. Pensa melhor e, em vez de bater, apoia a orelha na madeira. Não escuta nada, absolutamente nada.

Quem ou o que se encontra ali dentro? E, sim, o "o que" é importante, já que alguns dos adolescentes que retornaram tiveram o corpo tão danificado quanto a mente. Como Eithne Fitzgerald e suas pernas nodosas. Como Ryan McMurty e a marca dos dedos de um sídhe estampada na testa. Pelo resto de sua curta vida, o garoto sofreu com dores de cabeça e visões bizarras que alegava serem proféticas. Todas foram fielmente registradas, mas jamais decifradas.

Devia ter trazido um poema. Ela poderia passar uma cartinha por baixo da porta. Um lembrete para Anto de que há alguém ali que se importa com ele. Independentemente do que ele tenha se tornado. E então

Nessa compreende que precisa dizer isso a ele em pessoa. Antes que receba a Convocação e seja enviada para a Terra Gris.

E de repente a porta principal se abre – a porta pela qual ela entrou, no fim do corredor. Nessa se mete debaixo da pilha fedorenta de roupas, sem tempo nem mesmo de abrir uma fresta decente para espiar. Reza para que o movimento não tenha sido notado.

Ouve o som de passos se aproximando e espera que alguém a descubra. Em vez disso, escuta uma batida quase inaudível na porta e um sussurro:

– Anto? Anto, você está aí?

– Vai embora.

Nessa não consegue evitar um sobressalto quando ouve o som abafado da voz do garoto. O vazio ressequido que ela carrega.

– É a Aoife. Posso entrar?

Aoife? De todas as pessoas, é a última que Nessa esperaria encontrar ali. Não que ela e Anto sejam inimigos – muito pelo contrário. Aoife quase nunca guarda um dos bolinhos da avó para a mesa dos garotos, mas a gentileza de Anto já o fez merecer um ou outro ao longo dos anos.

– Anto? É sobre a Nessa.

Em seu esconderijo, a garota se retesa. Nunca se esforçou tanto para escutar algo, mas a pilha de roupas, a distância e a madeira da porta frustram sua tentativa. Até onde consegue ouvir, ele não responde.

– Escuta – continua Aoife. – Vai ter uma caçada amanhã à tarde, e a turma do Conor... A turma do Conor vai... Eu *acho* que eles estão planejando matar a Nessa.

O quê?, pensa Nessa. *Estão planejando o quê?* Mas não se surpreende de fato, e percebe que desconfia disso desde que Liz Sweeney derrubou chá em cima dela.

A resposta de Anto não passa das próprias batidas do coração de Nessa, porém a garota permanece agachada, como o gato na caixa, esperando infinitamente para descobrir se está viva ou morta.

E então as possibilidades se desfazem em um único resultado, que é uma sentença de morte.

– Não me interessa! Me deixe em paz, Aoife. Eu quero que todo mundo me deixe em paz.

– Então por que raios você voltou? Você não precisava trabalhar como veterano!

Mas Anto, ao que parece, não tem mais nada a dizer.

Aoife vai embora, e Nessa deve ter ido logo depois, pois se pega vagando sob a chuva, sem saber para onde está indo ou por quê. É ela quem deveria rejeitar Anto, e não o contrário. Pela segurança dela própria. É ela quem deveria lutar contra aquela fantasia tóxica, quem deveria se arrepender de gestos românticos, quem deveria sentir pena e temer por ele.

Sempre que ela o encontrava, quando ele a fitava com aqueles olhos líquidos, ela dizia:

– Ah, não, obrigada! Não tem como!

E em troca do quê? Do quê?

A fazenda em Donegal se dissolve em sua imaginação e se transforma numa camada de poeira em alguma cidadezinha onde Nessa vive só.

Depois de um tempo, é o frio que a faz entrar, pela segunda vez no dia, por uma porta proibida e se largar ao lado de um dos radiadores antigos, tremendo e vazia até de lágrimas.

Os cães a encontram pouco depois.

Sempre há uma matilha vagando, uma mistura bizarra de cães de raça e vira-latas, dos mais diferentes níveis de agressividade ou amistosidade – quando um jack russel terrier rosna para ela, é um doberman gigante que o espanta. Depois, o cachorro deita o corpo quente e fedorento ao lado de Nessa e se acomoda. Alguns outros fazem o mesmo, até haver um bando deles enrodilhados ao redor da garota, arfando, bocejando, peidando. E ela cai no sono.

Na manhã seguinte, Nessa está na sala da Sra. Breen.

– Seu comportamento, Nessa… Seu comportamento está ficando cada vez mais estranho. Você sabe, não sabe?

No aposento tomado pelo fedor de menta, a menina responde com o mesmo entusiasmo de um cadáver.

– Deus é testemunha de que estou tentando te manter longe da Solitária, mas você não colabora. Ficar com os cachorros...! E no corredor do Sétimo Ano, ainda por cima!

A Sra. Breen a encara com expectativa, esperando um pedido de desculpas que nunca vem. Ela enfim suspira.

– Certo. Pode procurar o Nabil amanhã depois do café da manhã.

Enfim um sentimento abre caminho pelo desalento da garota: perplexidade.

– *Amanhã*, senhora?

– Acha que eu ia deixar você perder a caçada desta tarde? Sendo que o seu ano não teve nenhuma nas últimas três semanas por causa da sídhe encontrada na pedra? Não, não. Você vai passar duas noites na Solitária, mas só a partir de amanhã.

É a oportunidade perfeita para Nessa pedir uma transferência, para explicar como sua vida – ou ao menos sua integridade física – está ameaçada. No entanto, momentos depois, ela está de volta ao corredor, com a luz cinzenta do dia entrando pelas janelas no alto e drenando sua força de vontade.

Ela precisa dar meia-volta. Ainda não é tarde demais. Porém, como aconteceu com os cães na noite anterior, uma matilha a encontra, desta vez de meninas, com Megan na liderança. Nessa é de novo envolta por calor e, sim, por amor.

– A Aoife me contou tudo – diz Megan. Ela abraça Nessa, que está um caco, e a puxa para seu corpo musculoso. – Não vou deixar aqueles lambedores de vômito te pegarem. Está entendendo?

– Ahã.

É quando Megan dá um tapão tão forte em Nessa que Aoife, Marya e Nicole dão um salto no lugar.

– É isso mesmo, Nessa! Hora de acordar pra vida, minha filha! Vamos. Agora tem aula do Frankenstein, depois tem uma hora de pura satisfação com a Dona Gluglu. E depois disso a gente vai planejar uma humilhação para o rei Conor e seus súditos. Está me escutando? Mais uma mancada dele, e até a Liz Sweeney vai ser obrigada a largar o garoto como se ele fosse uma meia podre.

Nessa sente um sorriso tomar seu rosto, e pela primeira vez na vida não se esforça para reprimi-lo. Em vez disso, dá um abraço em cada uma das garotas. Sabe que Megan faria qualquer coisa por ela, e Aoife é gentil a ponto de ajudar até mesmo uma inimiga. Mas a presença de Marya e de Nicole é uma surpresa.

E ela se permite ser conduzida à sala de aula.

Para não levantar suspeitas, as garotas não se sentam juntas.

Aoife, mais magra do que Nessa jamais a viu, apoia o rosto nos braços e dorme, mesmo estando na primeira fileira. Se Frankenstein percebe, não diz nada. Os olhos ocos e úmidos de coruja piscam, e a voz desanimada ecoa pela sala. Ele está sempre suando nessa época do ano, como se o calor intermitente dos aquecedores o fizesse derreter.

– É claro, os sídhes têm outras formas de arte. Música e dança são as óbvias. Eles também esculpem ferramentas incríveis feitas de osso... – Ele morde os lábios descascados; se os rumores forem verdadeiros, certamente adoraria molhar o bico com uma vodca barata. Até os alunos da terceira fila fazem uma careta por causa do bafo de bebida. – Mas reservam a maior inspiração para suas obras com carne humana. É o único tipo de magia de cuja existência temos provas científicas concretas.

– Como isso foi provado? – pergunta Bruggers, chocando Frankenstein ao fazer uma pergunta pertinente.

Depois de mais algumas tentativas patéticas de umedecer os lábios, o professor murmura algo sobre a estrutura celular dos corpos – tanto vivos quanto mortos – que voltaram da Terra Gris, porém Nessa não está mais prestando atenção em sua fala. De repente, ela se vê examinando o rosto de Frankenstein. Tem algo de estranho nele, mas ela não consegue identificar o quê.

Ele atua como professor desde antes da chegada de Nessa. Quando ela o conheceu, suas aulas sobre a estranha biologia da Terra Gris estavam entre as mais interessantes para a garota. Mas foi nessa época que a coisa com a esposa dele aconteceu. Uma morte ruim para os padrões deste mundo, e ele não deve ter tido muitos amigos que o ajudassem a se recuperar, pois chegou tão ao fundo do poço que a Sra. Breen foi flagrada dando-lhe um ultimato.

Nessa sempre achou a história triste, embora romântica, mas nunca pensou muito nela até este momento.

Ela ergue a mão.

– Hã... Frank?

Ele interrompe a explicação resmungada, e Nessa continua:

– O senhor está... hã... doente, senhor?

– Doente?

– O seu rosto, senhor. Ele está... amarelo. – Não por completo, mas pequenas faixas amareladas estão começando a aparecer debaixo do suor que escorre pelo rosto.

– Por Deus, de novo isso... – Sua voz soa triste de um jeito que Nessa jamais ouviu. – É... Não que seja da conta de vocês, mas é icterícia. Eu... tive que cobrir com...

– Maquiagem, senhor?

É Bruggers quem pergunta, e nem dissimula o sorriso. E então Frank O'Leary empurra a mesa e sai correndo da sala.

Um pedido de desculpas

As Badaladas Fúnebres soam mais duas vezes no almoço. Anne-
-Marie, a última estudante do Sétimo Ano, enfim encontrou seu
destino, da mesma forma que um garoto do Sexto Ano. Assim, é uma
escola desanimada a que se senta para comer.

– Imagina – diz Marya. – O Sétimo Ano já era!

Aoife, que voltou a comer, nem sequer ergue o olhar. Já Nessa imagina os dois dormitórios minúsculos, agora com camas vazias e silenciosos até setembro.

– O aproveitamento deles não foi nem de um em dez – continua Marya.

Ela vem de um lar onde ninguém vê problema em falar com a boca
cheia, de modo que a comida é ingerida e generosamente compartilhada
ao mesmo tempo.

– A gente vai ser melhor! – diz Nicole, mas ninguém gosta de falar
ou mesmo de ouvir esse tipo de coisa, então ela fica quietinha quando
as garotas desviam o olhar dela.

– Eu ia odiar ser a última – diz Marya, agitando as mãos. – Imagina
que horrível.

E as outras imaginam. De todos os piores resultados, é nesse que
mais pensam. Ver os amigos viverem ou morrerem enquanto as chances
de acordar na Terra Gris aumentam. Muito melhor receber a Convocação logo. Mas não agora. *Jamais* agora!

– Escuta, como a gente vai fazer? – pergunta Megan, enfim. – Eu
estava pensando: e se a gente esperar a lista de caçadores e presas sair?

As chances de a gente cair no mesmo time são menores do que os olhos de porco do Conor, certo? – Todas concordam. – Então, se a Nessa for uma das presas, ela pode combinar com uma das *nossas* caçadoras pra ser "pega" logo e sair da floresta no começo da caçada. Ou vice-versa.

É um plano tão óbvio que há regras e penalidades específicas para coibir tal conduta. No entanto, Megan acha que, mesmo que se metam em uma enrascada, pelo menos terão salvado a vida da amiga por mais quinze dias. E talvez esse tempo seja o suficiente. Quem sabe o que pode acontecer em duas semanas? Conor pode ser chamado. Ou Nessa.

– Eu morro de medo da Solitária – diz Nicole, mas Megan revira os olhos.

– É o melhor e único tempo livre que se tem nesse lugar. Pelo menos lá eu não sou obrigada a aguentar o seu ronco, Nicole.

– Eu não ronco!

– Ah, então tem uma britadeira embaixo do seu travesseiro!

Marya bate palminhas e Nicole grunhe, porque não há nada que possa fazer: a piadinha idiota de Megan terá se espalhado pela escola inteira até o fim da noite.

Nessa também sorri, até que percebe que ainda não pensou em Anto desde que acordou. Mas ele já está invadindo seus pensamentos. *Ele disse: "Não me interessa".*

Megan logo traz a amiga de volta à realidade com um apertão em seu braço.

– Preciso que você se concentre – diz ela. – Pelas tetas de Danú, você é uma vaca dorminhoca! – É Megan em sua versão gentil.

– Achei que você gostasse de vacas dorminhocas! – diz Nicole, enfim dando uma dentro. Ela não está na melhor forma. Talvez esteja com medo do que pode acontecer à noite se participar do plano para evitar que Conor pegue sua presa.

E ela deveria ter medo mesmo!, pensa Nessa.

Todas se sobressaltam, pois Liz Sweeney surge ao lado delas.

– Ora, ora – diz, passando o olhar por cada uma das garotas antes de fixá-lo em Aoife. – Quer dizer que você não conseguiu ficar de bico calado.

Liz Sweeney sorri como se não ligasse. O que significa que Conor também não liga. Nessa pode considerá-lo muitas coisas, mas bobo ele não é. O rapaz já sabe do plano-mais-óbvio-do-mundo, e o levou em consideração para se planejar.

— Posso me juntar a vocês? — diz Liz Sweeney.

— Não mesmo — responde Megan, mas a outra apenas sorri e se esgueira para o assento vazio de Emma Guinchinho.

A Sra. Breen não está na mesa dos professores, e sim presa em sua sala, diante da ruína humana que se apresenta como Frank O'Leary, encolhido na cadeira dura. O rosto dele nunca esteve tão magro, as pernas são longas demais para o espaço entre o assento e a mesa da diretora, e os olhos vazios estão brilhando.

— Frank, Frank — diz ela. — Você não está me dando muitas opções.

— A senhora prometeu… — começa ele. É a voz de uma múmia egípcia: vem de muito longe, e suas palavras se transformam em poeira assim que chegam ao ouvido da mulher. O bafo dele também fede a túmulo. Tudo o que ela pode fazer é controlar a ânsia de vômito. — A senhora disse que… depois que ela… depois que perdi minha esposa. A senhora disse que eu iria me aposentar dignamente no fim do ano… Depois do Natal, a senhora disse.

Ela suspira e esfrega os olhos, que, pensa, não devem estar com uma aparência muito melhor que os dele. Ela dorme mal, sempre na expectativa de escutar as Badaladas Fúnebres, mesmo sabendo que os sinos só tocam depois de sua autorização, e nunca durante a madrugada. Mas a mente tem um limite: ano após ano, ela assiste a suas queridas crianças serem assassinadas na escola. Ano após ano, finge ter sabedoria e calma enquanto tudo o que quer é se trancar em um lugar silencioso onde não precise tomar decisões.

Mas, ao contrário de Frank O'Leary, ela reencontra sua força a cada manhã. Joga esse jogo há tanto tempo que, mesmo nos dias mais complicados, o hábito por si só basta para mantê-la de cabeça erguida.

— Escute, Frank — diz ela. — Você saiu correndo de uma aula. Eu sei que você teve uma crise nervosa. Não teve? O que significa que está vulnerável. Vulnerável demais para esse tipo de trabalho. – Ela tem consciência da crueldade de suas palavras, de que o trabalho a transformou em um monstro, mas não as evita: – Para sobreviverem, os alunos precisam receber o melhor.

– Ninguém sabe mais sobre a Terra Gris do que eu.

– Eu sei. Seus artigos são brilhantes. Por que não se concentra neles?

Ele arranja forças para erguer o queixo.

– Alanna – diz, chamando-a pelo primeiro nome, o que não faz há anos. – Me escuta. Eu... – E ele a choca ao deslizar da cadeira e cair de joelhos diante dela, agarrando a extremidade da mesa com os dedos longos e úmidos. – Só falta... um mês. Seis semanas, que seja. Me deixe... me deixe sair com dignidade. No meu tempo. Eu consigo. Eu só... – Ele para de falar, e Alanna Breen pensa consigo mesma que ele é a coisa mais patética que já viu.

Mas depois se lembra da risada de Frank nos bons tempos, uma risada retumbante que preenchia a sala dos professores. E talvez esperar até o Natal não seja a pior ideia. Os alunos vão passar duas semanas com a família, a oportunidade perfeita para apresentar um novo professor. Um processo bem mais tranquilo em geral.

Ela suspira.

– Levanta, Frank. Certo. Até o Natal, mas só, e eu vou repetir: *só se* você conseguir se controlar na frente dos alunos, está entendendo? Se você pisar fora da linha de novo, vou ser obrigada a arrumar outra pessoa. Agora, se me der licença, preciso falar com os alunos.

Ela atravessa a porta às pressas, antes que ele tenha tempo de balbuciar um agradecimento. E, no corredor, a Sra. Breen esbarra com Horner, outro homem destruído. Ele se detém para lhe dar passagem; como sempre acontece quando está na presença dele, a mulher precisa se conter para não sair correndo.

Tompkins é o único que consegue lidar com aquele homem – o único que tolera o olhar de peixe morto e os silêncios eternos. Não pela primeira vez, a Sra. Breen imagina o que os dois passaram juntos para que o inabalável e extremamente... *normal* Tompkins se sujeite àquilo.

Enfim, a diretora adentra o vaporoso calor do refeitório. Os estudantes já estão tomando o chá, de modo que ela não perde tempo pedindo silêncio.

– Certo! – diz, e faz uma breve pausa quando seu olhar recai sobre a mesa vazia do Sétimo Ano. Ela se lembra do ano em que uma pobre garota precisou resistir sozinha naquela mesa até março. – Escutem. Falo com o único intuito de que a Nação sobreviva. – Essas palavras sempre acalmam até os mais arruaceiros alunos do Quarto Ano. – Nós, funcionários da escola, gostaríamos de pedir desculpa a vocês, nossos alunos. – Ela nota os olhares confusos. – Algumas semanas atrás, durante uma caçada, algumas adolescentes do Quinto Ano encontraram... Bom, a essa altura todos vocês já sabem o que elas encontraram, não sabem? As nossas tentativas de manter segredo se provaram não apenas inúteis como também perigosas. Sim. A curiosidade de vocês é natural. Especialmente quando envolve sobrevivência. O resultado da tentativa de esconder de vocês a garota na pedra foi a Convocação de três estudantes do Quinto Ano ao mesmo tempo. – Ela não menciona Anto, o rapaz que voltou vivo e que se nega a sair do quarto e se sentar à mesa ao lado da outra veterana, Melanie.

Os médicos de Dublin enviaram um relatório sobre a "condição" dele, e ela não vê a hora de lê-lo. Mas, por ora, a Sra. Breen precisa lidar com o que está ali.

– Peço desculpa por termos mantido segredo – continua. – E acreditem quando digo que a garota foi removida da floresta junto com cada fragmento da pedra em que ela morreu. Nós acreditamos que o... poder do lugar também foi eliminado. Mas, como não temos certeza, cercamos o espaço. Enfatizo que a cerca não está lá para impedi-los de ver algo; estou dando a minha palavra de que não há mais nada para ver. E mais: prometo que, se os cientistas descobrirem novas informações sobre a garota na pedra, vamos compartilhá-las com vocês na mesma hora.

Esta parte é mentira.

Ela não conta para os adolescentes que, desde o primeiro momento, alguns dos pesquisadores foram contra cercar o lugar. A estranha sensação mencionada pelos estudantes depois que a pedra foi cortada gerou fascínio entre os investigadores.

– Nós poderíamos aprender muitas coisas – sugeriu um homem de barba grisalha – se mapeássemos essas sensações. Se pudéssemos, quem sabe, provocar deliberadamente as Convocações.

Na ocasião, ela calou furiosamente os pesquisadores, para proteger seus meninos e meninas dos monstros de Dublin. Seu temor é que alguns setores do governo tentem obrigá-la.

Por ora, ela está convicta de que o problema foi resolvido.

A CAÇADA FINAL

E LÁ ESTÁ NESSA, DE VOLTA À FLORESTA, DEPOIS DE RECEBER UMA VAN-tagem que mal é suficiente para fabricar suas muletas. A caçada não foi planejada para ser noturna. As sombras das árvores em meados de novembro são tão escuras que bastam para dar a sensação de estar na Terra Gris, ou é o que os professores acham.

Assim que termina de fazer as muletas, Nessa corre direto para o Forte Feérico.

Ela teve a ideia após ouvir o discurso da Sra. Breen.

– Gente, escuta – disse às aliadas assim que a lista de caçadores e presas foi pregada ao mural do Quinto Ano. – Agora todo mundo vai ficar com medo do monte. Medo de receber a Convocação.

– E é pra ter mesmo! – exclamou Nicole.

– Talvez – respondeu Nessa. – Sei que é assustador, mas só tem duas possibilidades: ou o poder ainda está lá, ou não está mais. Certo? E, se estiver e a gente for mesmo receber a Convocação, quer hora mais adequada do que no começo de uma caçada, quando está todo mundo descansado, alimentado e concentrado? Não tem momento melhor.

Nicole parecia não concordar, mas Megan interveio:

– Por Crom! A garota na pedra não está mais lá, e a gente não vai nem conseguir chegar perto da porcaria do monte. É só um ponto de encontro que a galera vai evitar procurar. Nessa, a gente se encontra ao sul dele e "caça" você lá. E aí vamos todas pro banho mais cedo.

– Gelado, no meu caso – respondeu Nessa.

E sorriu – não só para a melhor amiga, mas também para Aoife, Marya e Nicole. Apesar da frieza com que ela tratou a grande maioria das pessoas ao longo dos anos, lá estão quatro garotas – jovens mulheres – dispostas a correr o risco de ir para a Solitária, ou de virar alvo de Conor, para mantê-la a salvo.

O único problema é que Conor com certeza imagina o que elas estão tramando. Vai estar de olhos atentos a Nessa, às pegadas fracas com os dedões apontados para dentro, às marcas das muletas improvisadas. E vai rastrear suas amigas se elas não tomarem cuidado.

Nessa tem um plano para evitar que a Távola Redonda a encontre, mas não vai ser fácil. Está chovendo granizo, e o vento leste que se esgueira por entre as árvores suga qualquer calor de seus ossos.

– Por Crom – murmura ela. – Por Crom…

Ela joga as muletas sobre uma pilha de pedras antes de atravessá-la de quatro, evitando musgos e liquens para não deixar rastros. Do outro lado, há um riacho congelante.

Vários Testemunhos falam de sobreviventes que caminharam pela água para esconder seu rastro. Mas, sem "cães" a temer e tendo o verão acabado há tanto tempo, ir pela água não é algo que uma pessoa sã faria.

– Ai, por Crom! – repete Nessa quando a água começa a agir sobre ela, a dor se espalha pelos calcanhares e faz seus dentes baterem tanto que ela teme morder a língua.

É quando ouve a corneta que autoriza os caçadores a começar. A Távola Redonda vai encontrar o ponto no qual ela adentrou a mata e vai segui-la até ali. Ela tem cinco minutos, talvez dez, antes de os cavaleiros chegarem – e é melhor que esteja bem longe quando isso ocorrer. Suas aliadas, por outro lado, vão direto para o monte…

– Oiê.

Nessa dá um salto no lugar, em choque. As presas já deveriam estar muito à sua frente a uma hora dessas e os caçadores, ainda muito atrás. Entretanto, Liz Sweeney surge do meio das rochas que ela acabou de atravessar.

– O q-que *você* tá fazendo aqui?

Os lábios de Liz Sweeney se retorcem em um sorriso mais gélido do que o riacho que anestesia as pernas de Nessa.

– Eu sou uma presa, igual a você. Posso muito bem estar aqui, ué.

– A garota robusta é uma excelente atleta, e alcança a outra margem com um único salto. Depois se vira para encarar Nessa. – Não é contra as regras trabalharmos juntas, sabia? Eu trouxe um negócio pra você.

Mas tudo o que Liz Sweeney tem para Nessa é uma emboscada: ela pega uma das muletas e a quebra ao meio. Tudo acontece muito rápido, e o sorriso que abre em seguida seria capaz de engolir a Irlanda.

– Aposto que você não esperav…

Nessa a golpeia no rosto com a outra muleta, água espirrando da ponta. Depois, usa-a como uma lança, acertando com força o plexo solar de Liz Sweeney, que ainda não tirou as mãos da boca. A garota despenca, atordoada e ofegante.

Nessa foge tão rápido quanto consegue com apenas uma muleta – o que não passa de uma caminhada vigorosa –, deixando um rastro tão evidente que até sua vovozinha seria capaz de seguir. A única esperança de Nessa é que Liz Sweeney demore para se recuperar, e que Megan a capture antes que a Távola Redonda a encontre.

Dez minutos agonizantes se passam conforme ela arrasta as pernas inúteis com mais esforço do que nunca. Apesar do frio, a garota arfa e transpira tanto que as roupas estão grudadas ao corpo. A essa altura, a Távola Redonda já deve ter encontrado Liz Sweeney. Poderiam simplesmente "capturar" Nessa e voltar à escola para comer uma refeição quentinha e tomar um bom banho, porém Nessa duvida que façam isso hoje.

Ela teme ter se perdido, até que se depara com uma cerca de arame de uns quatro metros de altura. Uma sensação estranha paira no ar, como se alguém estivesse parado bem atrás dela. Nessa sentiu a mesma coisa da outra vez, o que a faz ter certeza de que está diante da cerca mencionada pela Sra. Breen. Por alguma razão, imaginava uma barreira de compensados de madeira com placas de "cuidado", e não algo tão neutro, tão fácil de atravessar.

Ela começa a contornar a contenção à procura de um lugar para se esconder até Megan e as outras chegarem. Consegue se segurar na grade, o que facilita o avanço pelo chão irregular, porém a sensação esquisita, a *presença*, parece ficar cada vez mais forte conforme ela avança, uma impressão horrenda de que não deveria estar ali, de que está prestes a receber a Convocação. É tão forte que Nessa deixa escapar um gemido, mas reprime qualquer outra reação de imediato.

Ela nunca esteve tão preparada e tão forte. Talvez nunca mais volte a estar. Não foi o que disse para Nicole? Que receber a Convocação naquele momento seria uma coisa boa? *Pode vir!* Ela repete o desafio várias vezes em sua mente. Como nada acontece, solta a grade e continua seu caminho.

Nessa se esforça para escutar ruídos de perseguição ou vozes amigas. Entretanto, na metade da volta, encontra uma brecha na barreira. Um poste de metal que sustentava a grade caiu. Como se uma rocha, ou um elefante, tivesse derrubado o suporte *de dentro para fora*, espalhando pedaços de arame no solo como pétalas de flores no verão.

Nunca uma geração de crianças irlandesas esteve tão ciente do próprio folclore, especialmente no que diz respeito ao inimigo.

No passado, fazendeiros morriam de medo de bloquear "Estradas Feéricas" – as rotas secretas pelas quais, diziam, os sídhes transitavam durante a noite. Nenhuma construção humana sobrevivia por muito tempo nesses locais! Por isso, antes de construírem uma casa, as pessoas cercavam o terreno com pedras soltas, para verificar se os sídhes já não o dominavam; se na manhã seguinte as pedras tivessem sido movidas, era melhor escolher outro lugar para construir.

Se isso não é uma Estrada Feérica, pensa Nessa enquanto olha para o metal destruído, *então não sei o que é*. E a sensação de que há alguém com ela fica ainda mais forte conforme ela avança pelo trecho derrubado da barreira. O sentimento é tão agudo que Nessa se vira duas vezes para olhar para trás. Mas não há ninguém, e a garota fica mais tranquila conforme se afasta.

Enfim chega ao lado sul do monte, e se agacha atrás de um rododendro. Ela percebe uma trilha já coberta de mato, percorrida em tempos mais felizes por amantes da natureza e por corredores.

Ainda não há sinal das amigas, mas a paciência de Nessa é infinita. Ela sabe que não podem estar a mais do que dez minutos dali; certamente só estão tomando cuidado para não serem seguidas.

– Elas não vão vir.

Nessa se sobressalta. É Conor. Seu tom e seu semblante cheios de pesar e dignidade. Ele não consegue vê-la – está olhando na direção errada! Mas está pronto para reagir caso ela mova um músculo. Três garotos surgem da mata e se colocam ao lado dele na trilha: Fiver e Bruggers pela esquerda e pela direita e Tony vindo por trás – embora este também seja uma "presa", como Nessa. Tony parece particularmente incomodado; como ela, deve estar sentindo o poder do monte. Já Conor não hesita.

Como na última caçada, ele faz uma varredura na vegetação com o olhar enquanto infla as narinas. Avança com um movimento súbito, esperando que a própria presença faça Nessa sair do esconderijo. Mas, embora esteja apavorada com o que ele vai fazer com ela – o que ele *precisa* fazer para manter o que resta de sua autoridade –, Nessa é uma garota que tem um grande objetivo: a sobrevivência. Vai lutar contra qualquer um que ameace roubar isso dela. Mais especificamente, vai lutar contra a parte mais fraca de si mesma. A parte que copia poesias de outras pessoas e anseia por um garoto que não se importa com ela. A parte que quer que ela corra como um coelhinho assustado para o deleite dos lobos. Ela acalma o coração disparado e arreganha as gengivas num rosnado silencioso.

– A gente já deu um jeito nelas – diz Conor para a vegetação. – Em todas as suas amiguinhas. – O sídhe dele é excelente e formal: a pronúncia do erre, cada lenição e conjugação no lugar certinho. – A Megan correu como uma ratazana ruiva. A Nicole gritou quando a gente ameaçou quebrar o braço dela. Só a Aoife deu trabalho. Né, Bruggers?

– Por Crom, você me deve uma – diz o outro garoto, cujo nariz está sangrando. – Você devia ter me deixado quebrar os dedos dela.

Mas o rei nega com a cabeça.

– Já falei, só tem espaço pra um acidente hoje. E é o seu, Nessa. O seu.

– A Clipe-Clope está se escondendo atrás daquele arbusto. – Liz Sweeney acaba de chegar, o rosto inchando no ponto em que Nessa a atingiu com a muleta.

Todos se viram ao mesmo tempo na direção do rododendro.

– Aposta sua sobremesa nisso, Liz Sweeney?

– Você aposta a *sua*? Mas escuta, Conor, *eu* quero acabar com ela com minhas próprias mãos. Ela me arrancou um dente.

O rei balança a cabeça, pesaroso.

– Eu não sou um homem cruel, mas esta responsabilidade é minha, e não posso fugir dela.

E, sem aviso, ele dá um salto adiante, tão gracioso quanto uma cabra, e aterrissa na rocha logo acima do esconderijo de Nessa. Ela não perde tempo se assustando: tenta acertá-lo nas canelas com a muleta, o que o faz saltar novamente para trás, rindo e gritando:

– Deixem ela pra mim! – grita ele. – Eu devo isso a ela!

E teria sido o fim de tudo. Ele a pegaria num instante, não fosse Megan surgir da esquerda e dar uma cabeçada na barriga do garoto, derrubando-o no chão. Os aliados de Conor gritam de indignação. Megan se levanta rapidamente e dispara pela trilha.

– Vai! Vai, Nessa!

E Nessa vai. Larga a muleta que sobrou e se desloca só com a força dos braços, agarrando-se à cerca. Os anos de musculação e de determinação a fazem se locomover sobre o solo acidentado quase tão rapidamente quanto os outros. Ela ouve outras vozes gritando atrás dela agora: Nicole e Aoife. Todas as suas amigas foram até lá para lhe dar uma ínfima chance de escapar…

No entanto, nem Liz Sweeney nem Bruggers foram envolvidos na confusão causada por Megan, e cinco minutos depois Nessa se depara com os dois chegando pelo outro lado.

O CAMINHO SERPENTEANTE

ESSA SE AGACHA PARA FICAR FORA DE VISTA. OS DOIS CAVALEIROS ainda não a viram. Avançam com relutância, suor escorrendo pelo rosto. Um se assusta sempre que o outro faz um movimento súbito – Nessa não tem dúvida de que o monte os está afetando.

A aproximação iminente da dupla a deixa diante de uma escolha horrível: rastejar para o interior da floresta e torcer para que a parca folhagem outonal esconda seus rastros, ou passar pela brecha na cerca de arame.

A segunda não é uma opção. *Não pode* ser uma opção. Cada músculo de seu corpo – não, cada *célula* de seu corpo – reluta em tomar essa atitude. Mas Nessa sabe que é a sua melhor chance. Quem iria segui-la ali?

Ela passa sob o arame, ciente da voz rouca de Bruggers a menos de dez passos de distância.

– Pra mim, deu. Ela vai morrer quando receber a Convocação mesmo. Além do quê, não é problema nosso.

Liz Sweeney não perde a oportunidade de zombar:

– Está com ciuminho, Bruggers? Quer o Conor só pra você?

– E daí? Pelo menos eu não escondo. Como certas pessoas...

Liz Sweeney não gosta de ouvir isso, enquanto Nessa tenta se concentrar na própria situação. Precisa encontrar um lugar para se esconder antes que eles descubram por onde ela foi. Bem ao lado da abertura na grade, há o que parece ser o ponto de partida do rastro de um pequeno animal que ziguezagueou até o monte entre rochas, moitas e tufos de grama. Quase como se tivesse sido feito para esconder Nessa de qualquer pessoa do outro lado da cerca.

Ela rasteja de barriga para baixo, tentando ignorar os acessos de tontura. Assim que faz a primeira curva, ouve os perseguidores discutindo de novo.

– Não tem a menor possibilidade de ela ter entrado ali! Nem a pau! Não tem como!

– Você é um covarde de merda, Bruggers! Claro que entrou! O rastro dela acaba exatamente aqui. Exatamente!

– Então ela recebeu a Convocação! É daí que vem essa sensação! Pelos deuses! Por Crom. Você pode ficar se quiser.

A voz de Liz Sweeney, carregada de bravura e um pouco de medo, exclama:

– Então corre, cagão! *Eu* vou entrar.

Nessa aproveita a discussão para se arrastar pelo caminho. Está mais enjoada do que nunca; é uma sensação que vem em ondas, e ela se arrasta pelo aclive cada vez que a maré baixa.

Liz Sweeney não pode estar a mais do que cinco passos dela, porém sua voz é quase imperceptível quando grita:

– Estou chegando, Clipe-Clope! Nem o Caldeirão vai dar conta de consertar você depois que eu terminar.

Em seguida, Nessa ouve sons de vômito.

O percurso parece durar uma eternidade. A trilha deve ziguezaguear por cada centímetro do monte, pois, por mais que se arraste, ela nunca chega ao seu final. E as pedras! Como não notou as pedras quando subiu com Megan? São gigantes! A única explicação que lhe ocorre é que foram desenterradas pelos cientistas. O que, no entanto, não explicaria as samambaias do tamanho de árvores que a rodeiam.

Eu estou alucinando, percebe enfim. O enjoo, que parece um dedo podre alojado em sua goela, está afetando sua mente também.

Liz Sweeney continua em seu encalço.

– Eu vou pegar você... – diz, um pouco atrás.

Nessa poderia armar uma emboscada para a outra garota, mas por alguma razão esse pensamento nunca lhe ocorre. Seu único instinto é fugir. E ela segue se arrastando ao redor da base da colina artificial, até que o caminho enfim termina.

Ela se depara com o que só pode ser descrito como a escarpa de um penhasco muito mais alto do que ela — muito mais alto, aliás, do que o próprio monte. E há uma porta na rocha. "Porta" talvez seja uma palavra simples demais para descrever o que Nessa está vendo — é uma passagem alta e robusta, entalhada na pedra. Se estivesse aberta, um elefante poderia atravessá-la correndo sem roçar nas laterais, e pessoas montadas nele nem precisariam abaixar a cabeça.

A poucos metros da porta, Nessa para de súbito, incapaz de chegar mais perto, incapaz de suportar a visão dela. É quando vomita. Sente as pernas molhadas com a própria urina, embora não se lembre de quando isso aconteceu.

— Volte — diz alguém atrás dela.

É Liz Sweeney, já sem nenhuma agressividade. O rosto da garota está transparente, como o de uma anciã.

— Volte — repete a garota.

Nessa só consegue concordar. Sua morte já não tem importância. A mutilação, a vida. A vida de Liz Sweeney.

Juntas, dão meia-volta. Embora não estejam mais se escondendo, continuam agachadas — são as mais rasteiras das criaturas, menos dignas do que minhocas.

Quando alcançam a abertura na cerca, ambas estão morrendo de fome. Passaram um dia inteiro subindo o monte. Exatamente um dia — é o que parece. O céu está da mesma cor de quando começaram a trilha; as mesmas pedras de granizo tamborilam ao redor.

As pessoas devem estar se perguntando onde foram parar. O Primeiro Ano deve estar vasculhando a floresta em busca dos corpos das duas, pois elas só podem ter recebido a Convocação.

Assim, é uma enorme surpresa quando ambas encontram Conor, Tony, Fiver e Bruggers à sua espera, e Megan amarrada a uma árvore logo atrás. Ela parece estar dormindo.

— Muito bem, Liz! — Conor tem um sorriso largo no rosto, genuinamente cálido. — Você foi rápida demais!

Nenhuma das duas recém-chegadas fala. Não conseguiriam nem se quisessem. Só encaram enquanto Conor as separa. Então ele puxa Nessa para perto e sussurra:

– Queria que você não tivesse me obrigado a fazer isso. Eu devia te matar. E eu ia. Mas vou apenas quebrar seus braços hoje. Não sinto prazer em machucar as pessoas. – Entretanto, sua respiração está acelerada, como a de um garotinho prestes a receber o tão desejado primeiro beijo.

Ele agarra o braço esquerdo de Nessa, que não oferece resistência.

– Manda ver! – exclama Bruggers.

Keith e Tony concordam com a cabeça, embora o segundo desvie o olhar, meio envergonhado.

– E você, Liz Sweeney? – pergunta Conor. – Qual é o seu voto?

Mas Liz Sweeney está distante demais para expressar qualquer preferência. Está sentada ao pé de uma árvore, o queixo sujo de vômito.

– Bom, neste caso, com todo mundo a favor…

Conor se vira para que os outros possam ver seu rosto, para que possam ver como ele está lidando com a situação com maturidade e controle – e, sim, para que possam ver quão insignificante Nessa é para ele.

Nessa continua a não dar sinal de resistência. Está encarando o monte. Não se importa nem um pouco com os braços. *Eu consigo chegar no topo em dois minutos, sem nem correr!*, pensa. Não há pedras gigantescas. Nem tampouco samambaias pré-históricas. Há apenas moitas que batem na altura de sua cintura, as quais irrompem do solo em meio a pedras do tamanho de um punho.

– Deixa ela em paz.

Nessa é solta e cai aos pés de Conor. Não foi um instrutor quem os encontrou, e sim um estranho: um garoto enrolado em um lençol imundo, o cabelo curto desgrenhado, a barba falhada se esforçando para cobrir o rosto.

– Anto? – Conor parece surpreso.

Um arbusto da altura de um homem é a única coisa que há entre os dois garotos – um olimpiano, no ápice da perfeição física, o outro, um fantasma.

– Nessa? – murmura Anto. Ela consegue desviar a atenção do monte. Ele tenta evitar o olhar da garota baixando o rosto. – A Aoife bateu no meu quarto ontem. Disse que você estava... correndo risco. Você... você pode ir embora agora.

Mas ela não tem forças para se mover.

Conor apenas ri.

– Quer dizer que o poderoso conquistador voltou, é isso? Você? *Você* escapou dos sídhes? – Ele dá um passo adiante.

Anto recua com dificuldade, e Nessa pensa meio distraída que há algo esquisito na maneira como ele se move, no modo como o lençol cobre seu corpo.

– Conor... – pede Anto.

– Não temos um herói, então? – O rei sorri. – Eu derramei um litro de sangue seu da última vez. E vou derramar outro se você me obrigar. Agora vaza!

– Nessa? – sussurra Anto. – Vem. Vem logo. Só... só não olhe pra mim.

– Não! – grita Conor. – Ela não vai a lugar nenhum! Não tô nem aí se você é um veterano. Ela vai pagar o preço pelo desrespeito dela: dois braços quebrados. – Ele se inclina para agarrar os braços de Nessa. – E o seu único trabalho é assistir.

– Não... – diz Anto, um pouco mais alto. Quando Conor posiciona o punho em torno do cotovelo de Nessa, Anto grita: – Não! Não! – Lágrimas de angústia escorrem por seu rosto.

– Sim! – esbraveja Conor. – Eu...

E Anto dá um berro.

Agarra pelo tronco o arbusto que há entre os dois e o arranca do solo, com raiz e tudo, e o brande sobre a cabeça como se fosse um enorme porrete. Pedras voam na direção de amigos e inimigos. Megan volta a si e dá um grito aterrorizado. Bruggers e Fiver recuam, atônitos diante da proeza impossível. A proeza não é tudo o que os deixa atônitos.

Conor e os aliados, exceto a inerte Liz Sweeney, fogem em carreira. Devagar, a emoção de Anto arrefece, e a planta cai no chão. Ele se cobre às pressas com o lençol, mas não antes de Nessa ver seu braço esquerdo, duas vezes mais grosso do que o direito e tão longo que os dedos, cerrados em um punho gigante, quase tocam o chão.

– Não olhe – implora ele, com uma angústia que Nessa nunca viu.

E ele também vai embora, correndo desajeitado, com o lençol tremulando atrás de si como a capa de um super-herói.

Uma hora se passa até Megan conseguir se desamarrar, reunir as outras duas garotas e conduzi-las à escola. Já é noite, e Nessa, ao poucos, começa a vencer o torpor que a aflige.

– Era o Anto – balbucia.

– Sim – responde Megan. – Era… ele…

A cabeça de Megan está sangrando, e há diversos machucados em seu rosto e no pescoço. Nessa precisa reunir toda a sua força de vontade para dizer um "obrigada" à amiga por ter salvado sua vida.

Em algum ponto à frente delas, no caminho dos vestiários, a roupa de Tony cai no chão quando seu corpo desaparece.

TONY

OMO OCORRE COM A MAIOR PARTE DOS ADOLESCENTES IRLANDESES de sua geração, a história de Tony não é longa, e começa a se aproximar do fim não mais do que vinte minutos após sua chegada à Terra Gris.

Ele é capaz de correr tão rápido quanto qualquer outro aluno do Quinto Ano, à exceção de Anto, talvez. Também é bom na luta corpo a corpo e sente um grande prazer em rastrear os fugitivos quando cai no time dos caçadores, ou em enganar seus perseguidores com elaborados rastros falsos quando é caça. O foco intenso no chão, nos segredos da terra e dos galhos, acaba sendo sua perdição.

Ele disparou para longe da área onde apareceu, e agora se apoia em uma árvore para recuperar o fôlego. O que nunca vai acontecer – algo grande, macio e pesado cai em cima de Tony, com força o bastante para esmagá-lo contra o solo. Seus ossos se quebram, e seu rosto chafurda numa lama ácida. Ele não consegue virá-lo para respirar.

E então um fato muito estranho acontece: ele ouve alguém falando em inglês, com sotaque dos Estados Unidos:

– Ah, obrigado, obrigado! Graças a Deus!

– Quem...? – Tony consegue balbuciar.

– Silêncio! Silêncio! Você é a resposta às nossas preces. – Dentes afiados arrancam um naco das costas de Tony. Ele se contorce como uma enguia fora d'água e começa a berrar, até que uma garra imunda enfia lama em sua boca enquanto implora: – Ah, não! Por favor, não! Por Deus e por todos os anjinhos, você é tão delicioso... Sinto muito, eu preciso...

E Tony se contorce.

– Papai, papai!

– Aqui, meninas! Aqui! Corram, antes que venham atrás dele. Comam tudo o que conseguirem, entenderam?

Corpinhos pesados e peludos aterrissam sobre Tony com força, quebrando mais alguns ossos. Outros dentes rasgam sua carne, e sua visão fica vermelha...

Tudo o que retorna para o seu mundo é o esqueleto limpo, despojado até do tutano. O corpo de Tony não é o único a voltar para a escola no dia: outros dois, o de um aluno do Quarto Ano e o de outro do Sexto, contribuem para o silêncio no refeitório nesta noite.

O CARTÓGRAFO

DEZENAS DOS ÚLTIMOS TESTEMUNHOS JAZEM ABERTOS SOBRE A MESA estreita no escritório do Sr. Hickey. Ele morde a língua fascinado, e de tempos em tempos a mão suja de nanquim se ergue dos livros para empurrar os óculos de volta para o lugar.

– Interessante – murmura, a respiração formando nuvens no ar gelado.

Ele não está procurando evidências de plantas ou de novos perigos para documentar, como se esperaria. Em vez disso, o professor de Teorias da Caça, como milhares de pessoas espalhadas pela ilha, está se divertindo com o inútil passatempo de "mapear" o mundo do inimigo.

Os adolescentes se deparam com o horror e o caos. Precisam fugir de todo tipo de perigo, de flechas de sídhes a areia movediça, de tempestades colossais a "insetos" assassinos. Pensam exclusivamente em sobreviver, e os poucos que voltam não raro ficam tão traumatizados pelos eventos que psiquiatras experientes precisam de meses de trabalho para extrair deles algo útil. E são esses relatos capengas que formam a base da... diversão de Seán Hickey.

Digamos que, uma década atrás, uma garota tenha perambulado por um pântano cheio de "lagartos". E que no ano anterior um rapaz, aquele famoso de Cork, quase tenha afundado até a morte enquanto algum tipo de música tocava ao fundo. *Poderia* ser o mesmo lugar. E o rio que ele margeou poderia muito bem ser o mesmo que apareceu em centenas de outros relatos. E assim por diante. Uma missão desesperançosa, mas inexplicavelmente irresistível. Empolgante, até – de vez em quando, Seán acha que é o primeiro a reconhecer um acidente geográfico que depois vai aparecer no *Boletim informativo dos cartógrafos*.

– Pode entrar! – exclama ao ouvir as batidas na porta do pequeno escritório.

E a Sra. Breen entra.

A feiura da mulher é extraordinária. Parece uma prisioneira distorcida pelos sídhes – assim que chegou à escola, o homem se referia a ela pelos apelidos dados pelos estudantes, como Dona Gluglu ou Peruzona. Mas, hoje, não tem como negar que ela é muito mais inteligente do que ele, e tão dedicada à sobrevivência dos estudantes que já colocou a própria vida em risco por eles mais de uma vez.

Quando pensa nela agora, é o primeiro nome da mulher – Alanna – que lhe vem à mente, e ele o emprega com o mais profundo respeito.

Como sempre quando entra no escritório do cartógrafo, a diretora gasta alguns minutos examinando os desenhos nas paredes – folhas avulsas de papel em que se veem colinas e costas e cavernas e rios. Cada acidente é identificado pelo nome que o próprio Seán criou ou que retirou do *Boletim informativo dos cartógrafos*.

– Você sabe que isso é inútil, não sabe? – pergunta ela pela milionésima vez. – Tem um mundo inteiro lá. – Ela abre um sorriso, pois está apenas provocando o homem e sabe que, mesmo já tendo caído na armadilha em outras incontáveis oportunidades, ele vai argumentar.

– Não é o que diz o tratado. – Por "tratado", ele quer dizer o acordo lendário firmado entre os irlandeses e os tuatha dé danann, que os primeiros substituíram na Terra das Muitas Cores.

– Nós não sabemos se de fato houve um tratado.

– Sim, mas, *caso* tenha havido, faz sentido acreditar que a Terra Gris não é maior do que a Irlanda. Aliás, pode inclusive ter o mesmo tamanho e formato da Irlanda naquela época.

Ou não. O *Livro das conquistas* é mil e quinhentos anos mais novo do que os eventos descritos nele, e contém muitos elementos que são facilmente comprovados como falsos.

Seán suspira e se força a soltar a caneta que está apertando entre os dedos antes que ela quebre ao meio.

– Como posso ajudar, Alanna? – Ele nem cogita perguntar se a visita é informal. Ela não tem passatempos, e tem o mesmo número de amigos que ele. Sua vida se resume à escola e à Nação.

– Por que adolescentes? – questiona ela.

– Por que sempre a mesma pergunta? – responde ele, mas suspira, porque sabe que a diretora não vai deixá-lo em paz até que terminem aquela conversa. – Os sídhes levam os adolescentes porque podem. Porque os adolescentes são nosso futuro, e porque ficamos arrasados quando eles morrem. – Mas isso não responde à pergunta, e ele sabe muito bem. Então acrescenta: – Alanna, nós dois sabemos que não são só adolescentes que eles levam.

– Continue.

Eles não devem falar sobre os outros, mas não há ninguém por perto, e claramente ela veio ao escritório do cartógrafo para testar sua reação a alguma ideia. Então ele continua:

– Eles às vezes roubam recém-nascidos, contanto que tenham menos de um dia de vida. – Ele pensa no pânico que essa informação causaria na população! – Mas é uma tarefa mais difícil, bem mais difícil de fato, porque a janela de oportunidade para a... Convocação é muito curta.

– E quem mais eles levam?

– Os moribundos, às vezes. No caso deles, a janela é ainda mais curta. Precisam receber a Convocação dos sídhes poucas horas antes da morte, e esses casos são mais raros do que os de bebês. É a velha teoria do Umbral... Ficamos mais perto do mundo deles durante os períodos de transição em nossa vida. Como a adolescência é o mais longo desses períodos, é mais fácil pra eles... nos acharem.

A diretora sorri e puxa uma cadeira para sinalizar a ele que enfim está pronta para ir direto ao ponto. Alanna gira o cachimbo entre os dedos, mas nunca o acende fora da própria sala.

– Eu sou uma idiota – diz. O outro se remexe na cadeira; raramente escuta raiva na voz dela. – Ordenar aos alunos que ficassem longe do monte não foi o bastante. Eu deveria saber. Já fui adolescente, e mesmo *eu* nunca deixei de me meter em confusão. Deveria ter deixado instrutores de guarda dia e noite. Professores, até! Houve mais uma Convocação que pode ter sido resultado da presença dos estudantes na floresta. No entanto − ela umedece os lábios; a acadêmica que a habita está fascinada −, uma das alunas me procurou. Vanessa Doherty.

− A garota com poliomielite? Nessa?

− Ela mesma. Vai passar sua primeira noite na Solitária, aliás. Mas escute, Seán. Escute o que ela me contou.

Ele abre a boca em espanto quando ela descreve o caminho até o topo do monte e a porta que havia lá.

− Você acha que o caminho pode ser parte da Terra Gris? Não, não é possível! Mas as samambaias e tudo o mais… Por Crom! As samambaias que ela viu, será que eram iguais às nossas?

Alanna Breen sorri.

− Eu sabia que você iria captar, Seán. Assim como a Nessa captou, esperta que é, depois que se recuperou. É por isso que ela decidiu correr o risco de ir para a Solitária e me contou, porque sabe que isso é importante demais. As samambaias, como você falou, eram iguais às nossas, exceto pelo fato de que eram enormes. E ela usou as seguintes palavras, sem tirar nem pôr: "Foi como se eu tivesse encolhido". *Encolhido!*

Ele leva as mãos à boca e pensa na garota na pedra − que ficava maior à medida que emergia de sua prisão. E também houve o relato de Bangor sobre as pegadas que o irmão de Liz Sweeney viu, as quais pareciam ficar cada vez menores. E o homenzinho de dois dedos de altura que o rapaz alega ter incinerado, embora nenhuma evidência tenha sido encontrada.

− As pessoas contam histórias parecidas desde sempre − diz Alanna. − Sobre criaturinhas diminutas, embora nós saibamos que os sídhes não são pequenos.

Estupefato, o professor de Caça só consegue concordar com a cabeça. A conclusão é tão óbvia que nenhum dos dois ousa falar em voz alta: quanto mais perto estamos do mundo dos sídhes, menores nós ficamos. De fato, os dedos dos pés da garota na pedra eram invisíveis a olho nu, de tão minúsculos. Seán Hickey se levanta de um salto e arranca todos os mapas da parede – mais por maravilhamento do que desespero. Está imaginando um mundo pequeno o bastante para caber em uma gota d'água, ou em um cabelo humano, ou em um átomo.

Ele ri, assustando a visitante.

– Por Crom! – exclama. – Isso significa que, se encontrarmos esse mundo, poderemos simplesmente esmagá-lo com um pisão?

– Duvido. Duvido que nós *encontremos* esse mundo. Nabil e Taaft passaram a noite no topo do monte e, embora o buraco na cerca exista, não encontraram trilha nenhuma.

– Quer dizer que... só um aluno enxergaria o caminho?

– É o que achamos. Somente um adolescente, e somente antes de receber a Convocação.

A Solitária

Uma série de celas usadas para punição se alinham no terceiro andar do prédio dos funcionários. As instalações são precárias: o estrado duro e torturante deixa espaço apenas para um penico, o qual precisa ser tirado do caminho para que a porta seja aberta.

— Bom, você finalmente conseguiu ser mandada pra Solitária — diz Megan pelas grades. — Mas está perdendo tempo se acha que vai conseguir bater meu recorde.

— Você não devia ter vindo me visitar! Vai acabar presa! — Nessa não vê o rosto da amiga, mas sabe que ela está sorrindo.

— Eu até te traria um chocolate, mas faz uns dois anos que não vejo um.

— Por acaso você tá falando da barra de chocolate que eu ganhei da minha avó? — pergunta Nessa. — A que eu estava guardando e sumiu do meu armário?

— Essa mesma. Não foi de propósito. Uma noite, eu simplesmente acordei e minha cara estava lambuzada de chocolate.

Elas riem da imagem. Isso nunca aconteceu, é claro. A barra de chocolate *de fato* sumiu, mas a principal suspeita é Nicole.

— Estou feliz que você veio, Megan. Eu queria... queria pedir desculpa por ter corrido. Não achei que o Conor fosse atrás de você.

— Mas era justamente a ideia, sua besta.

— Eu sei. Mas ele é capaz de... qualquer coisa, e...

— E nada! Pelo Caldeirão cheio de bosta flamejante! Você sabe que isso tudo é porque ele está a fim de você, né?

Nessa sabe.

– Não dá para dar um mole pra ele só até o moleque receber a Convocação? Escreve um poema meloso pra ele!

– Você faria? Daria mole pra ele, por acaso?

– É claro que não! Eu vou comer o fígado dele. Comeria agora mesmo se você me servisse o fígado dele numa bandeja.

– Beleza, então. Me traz aquele chocolate e a gente faz uma troca.

Não era para ser engraçado, mas pela primeira vez é ela quem faz Megan rir, e Nessa se lembra do senso de humor que costumava ter – ou achava que tinha – na época em que ainda não sabia nada sobre a Terra Gris e os pais lançavam mão de todo o seu amor e criatividade para mantê-la sem saber.

Depois que Megan vai embora, Nessa abraça os joelhos e pensa nos pais e no irmão, o pobre Dómhnall. Ele não deixou Testemunho, é claro, já que morreu na Terra Gris. Mas em algum lugar na biblioteca há um relatório sobre o estado do corpo do garoto, um documento que Nessa nunca ousou ler. Ela se pergunta se os pais leram, o que talvez explicasse a fragilidade da mãe.

O dia passa, e ela observa a luz que entra pela janela se mover ao longo do estrado. Escuta Badaladas Fúnebres e se pergunta quem terá perdido a vida. E pensa obsessivamente em comida, embora não tenha se passado nem um terço da sentença de três dias.

Na maior parte do tempo, porém, pensa em Anto. Lembra do lençol que ele usou para cobrir o corpo inteiro e do fato de que ele implorou – *implorou* mesmo – para ela não olhá-lo. A angústia em seu rosto! A dificuldade para caminhar ao se afastar...

Ele salvou sua vida, mas ela, fora de si, não conseguiu agradecer nem mesmo dizer como estava feliz de vê-lo.

O mundo idealizado que ela julgava estar extinto voltou para atormentá-la, e está mais vivo do que nunca. Ela o combate heroicamente. Amaldiçoa os poetas, o veneno que escreveram e que agora não quer sair de suas veias. Mas já é noite, e, depois que Nabil passa fazendo a ronda – "Ainda tá aí, garota corajosa?" –, Nessa usa os dedos fortes para abrir a janela enferrujada e deixa o ar congelante encher o cômodo.

Ela nunca fez isso no inverno. Nunca fez isso de estômago vazio. Nunca saiu de cabeça por uma janela no terceiro andar, onde o vento fustiga seu rosto e adormece seus dedos antes mesmo que o quadril ultrapasse a abertura.

Não há luar para iluminar seu feito, e ninguém vai ver se ela cair. É nesse momento que a completa estupidez de sua aventura se torna óbvia. Ela sustenta todo o peso do corpo nos braços apoiados no estreito beiral da janela, e já não há como voltar para dentro.

Foi traída pela memória. Achava que havia um encanamento bem do lado da janela – ele de fato existe, mas meio metro mais longe do que imaginava. E ela já começou a se cansar.

Não entra em pânico! Não entra em pânico! Em sua defesa, não entrar em pânico é um talento nato de Nessa. Ela apoia os joelhos na janela e move as mãos dois agonizantes palmos para a esquerda.

Nessa tem uma única chance, uma chance mínima, de evitar pelo menos os ossos quebrados que não iriam sarar a tempo da Convocação. É uma atitude insana, mas é o que ela faz: deixa as pernas débeis se precipitarem da janela e, quando está prestes a despencar no abismo, usa a pouca força que elas oferecem para se impulsionar, ao mesmo tempo que se impele pelos braços, que desesperadamente arranham o nada até encontrarem a tubulação, fazendo seu corpo girar e se chocar contra a parede.

Nessa ignora o pavor. Ignora a dor e a vertigem aterradora quando os parafusos cedem e a tubulação despenca por três andares.

Quando sua visão clareia, ela vê que ainda está pendurada.

Eu devia voltar, pensa. Mas é fisicamente impossível. Nessas condições, é um milagre que, cheia de ralados e hematomas, tenha chegado ao chão.

Ela cai de joelhos, arfando e tremendo como uma folha de árvore moribunda. Não, desta vez não foi nada divertido. A única emoção que sentiu foi medo. Sua única vontade é se entregar e aceitar a punição. Ninguém nunca tinha sido idiota a ponto de fugir da Solitária.

Entretanto, quando consegue voltar a respirar, Nessa se lembra de que está a apenas algumas janelas do quarto de Anto, e que foi por isso que fez o que fez. Há uma vela acesa lá dentro, o que confere à cena um quê de filme de Natal em que ela é Scrooge fitando saudosamente o interior do cômodo. Não que ela consiga ver alguma coisa através das janelas fechadas. Antes que se dê conta, Nessa está batendo no vidro.

O rosto de Anto surge. Ele espreme os olhos para ver na escuridão, e a confusão que cruza seu semblante é logo substituída pelo desespero.

– Você precisa me deixar entrar! – diz Nessa, batendo os dentes.

– Mas você está na Solitária!

– Talvez eu seja um fantasma. Eu só quero te ver.

A janela está tão emperrada que a mão direita de Anto, a única que usa, quase não é capaz de abri-la; mas, entre as cortinas, ele a força até abrir uma fresta. Com isso, Nessa consegue somar sua força – que nesse momento é quase nula. Por fim, ele precisa puxá-la, porque ela fica entalada na passagem. Uma situação constrangedora do começo ao fim.

Mas o que importa é que o quarto dele é acarpetado e está quente – pelo Caldeirão! Tão quente que, quando ela enfim se senta no chão, as costas na parede, suas pálpebras parecem pesadas demais para se manterem abertas.

– Vão vir atrás de você – sussurra Anto, que enrolou um roupão no corpo, porém a peça não é pesada nem longa o bastante para esconder por completo o lado esquerdo deformado. Por isso, ele se encolhe. – Eles fazem rondas a cada duas horas ao longo da noite.

Ela pisca para despertar.

– Sério?

– Sim. Você nunca tinha ido pra Solitária, mas pensa: e se alguém voltar da Convocação e precisar de ajuda? Eles *têm* que ficar de olho.

Nessa ergue a cabeça e vê que ele está sentado na cama, tão longe dela quanto as dimensões do quarto permitem. E se pergunta se ele quer que ela vá embora. Anto treme mais do que Nessa. Seu rosto, sob a luz da vela, está corado, e os olhos, antes belos, se acomodam num poço escuro.

– Você vai deixar o cabelo crescer, Anto?

– Oi?

– Eu ia gostar. Comprido o bastante pra fazer tranças de novo.

Ele não sabe o que responder. Muito menos o que fazer quando ela usa suas últimas forças para se levantar, embora suas mãos estejam tão inúteis quanto as pernas. Com apenas três passos, Nessa se coloca diante dele.

– Eles vão te encontrar. Nessa...

Ela se inclina e o beija. Ele tenta se afastar, mas tudo bem, porque ela sabe a razão e sabe como lidar com isso. Coloca a mão por dentro do roupão e segura o enorme braço esquerdo do garoto.

– Por favor, Nessa. Não quero que você...

Tirando o fato de ser duas vezes maior do que deveria, parece um braço normal ao toque. Se Anto ficasse irritado, poderia usá-lo para matá-la. Poderia arrancar sua cabeça ou abrir buracos na parede com socos. Por que os sídhes fizeram isso com ele? No que queriam transformá-lo? O que quer que fosse, o trabalho foi interrompido quando a Terra Gris o cuspiu de volta.

Anto não resiste quando ela desnuda o braço e o acomoda sobre os próprios ombros. Nessa está sentada ao lado do garoto agora, e sente o calor do braço, a pulsação maciça.

– Eu sou um monstro – diz Anto.

– Eu poderia dormir bem aqui – é o que ela responde.

E é verdade. Nessa sempre imaginou esse momento. O primeiro beijo deles desde a morte de Tommy abriu os olhos de ambos um para o outro. Ela achava que haveria tesão, paixão, roupas sendo arrancadas, esse tipo de coisa. Mas o que sente é conforto. Como se enfim tivesse tirado os sapatos extremamente apertados que se forçava a usar. Aqueles que ninguém mais notava ou gostava.

Anto também começa a relaxar, com a pulsação se tranquilizando e a respiração voltando ao normal.

– Eu sei que foi você – diz ele. – Os poemas.

– Aposto que não conseguiu ler.

– Pode não ter muitas pessoas em Dublin que saibam falar irlandês, mas até a gente sabe usar a biblioteca.

Ela quase tem cãibras de tanto que sorri. Ele continua:

– Eu achei que você tinha perdido a cabeça. E eu estava certo, não estava?

– Sim.

– Quis pedir pra você parar.

– E por que não pediu?

Ele não responde. A bochecha que está apoiada na testa dela fica úmida.

– Eu voltei por sua causa, Nessa – diz ele enfim. – Mas… não suportava a ideia de você me ver assim.

– Eu sei de tudo isso.

Ambos se sobressaltam quando alguém bate à porta.

– Posso entrar? Sou eu, o Nabil.

Anto se levanta de um pulo.

– Eu… não posso abrir a porta, senhor. Eu… estou sem roupa.

– Ah – responde Nabil, profundamente constrangido. – É que… é que não vim falar com você.

Nabil conduz Nessa para fora, e ela imagina que ele deve estar furioso. O instrutor a apressa escada acima, como se estivesse correndo para colocar um saco de lixo com um conteúdo especialmente nojento para fora antes da passagem do último caminhão de coleta. No entanto, ele se desculpa assim que a porta da cela bate atrás de Nessa.

– Escute – diz ele. – Assim que eu tiver certeza de que ninguém nos viu, vamos esquecer o que acabou de acontecer.

– Nós… vamos esquecer?

– Você é incrível – diz ele. Tenta encontrar uma boa palavra em sídhe, mas não há nenhuma, de modo que se contenta em continuar em inglês: – Parece uma… hã… uma acrobata, sabe? De circo? – E sorri, o rosto negro digno de um galã de cinema, apesar das cicatrizes. – O Anto é um bom garoto, mas posso confiar que você não vai tentar fazer isso de novo, né?

Ela ri e nega com a cabeça. De repente, está se sentindo maravilhosa. Aérea, renovada.

– Feche a janela – ele diz. – E durma um pouco. Você sabe que não vai ter nada além de água por mais dois dias.

E o sorriso de ambos desaparece ao mesmo tempo, porque sabem que a Terra Gris nunca está muito distante.

O FERIMENTO

A DUAS PORTAS DO QUARTO EM QUE ANTO E NESSA ESTÃO SENTADOS na cama, outra garota, esta de dezoito anos, encontra-se nua em frente a um espelho de corpo inteiro. É Melanie, a veterana da escola. De acordo com os médicos, que também já a viram sem roupa, será um milagre se ela chegar aos vinte anos.

Culpa do buraco em seu peito — sim, um buraco. No reflexo, Melanie enxerga as cortinas às suas costas através do furo do tamanho de um punho. Ela se refere a ele como "ferimento", mas não há sangue escorrendo dele. Pelo contrário: a pele em seu contorno é tão macia e perfeita que parece que a garota já nasceu com a abertura.

Mas doeu tanto quando foi feita! Por Crom! Melanie fica zonza só de lembrar, e apoia-se no espelho para não cair.

Arfando, pensa no sisudo Dr. Moore. Ele se enganou quando garantiu que o ferimento a mataria. E também está enganado quando diz que ela vai precisar suportar isso pelo resto da vida, sendo lembrada do que aconteceu cada vez que se deitar e a camiseta afundar na reentrância entre os seios. Existe uma cura, e Melanie sabe exatamente o que precisa fazer para consegui-la.

— Seja forte — diz a si mesma. É muito simples.

Mas a espera a está deixando maluca. Especialmente o segredo e a solidão da coisa toda. Não era para Melanie estar sozinha. Que garota bonita ela era! Todos desejavam a atenção daqueles fascinantes olhos azuis. E todos admiravam seu queixinho empinado sobre o elegante pescoço de bailarina... Bart Dundon costumava beijar Melanie naquele ponto, fazendo calafrios se espalharem por seu corpo. Ele a beijava todos os dias até os sídhes o levarem.

Com quem ela pode conversar agora?

Cinco pessoas do seu ano sobreviveram à Convocação. Algumas entraram em contato com ela. Sleazy Eamon, intacto! Sem nenhum buraco! Assim como a tediosa Anne Shevlin. Pelos deuses! Nem se ela fosse a última pessoa do planeta!

Melanie também foi convidada a participar de grupos de apoio. Organizados pelos melhores terapeutas do país, profissionais que dedicam a vida a ajudar pessoas como ela. Ou quase, já que... já que a maioria dos adolescentes que sobreviveram *não é* como Melanie, não é verdade? E essa é a parte terrível. Ela precisa da ajuda oferecida, mas não se permite aceitá-la. Precisa se abrir com alguém, qualquer pessoa. É como o garoto que, na lenda, guarda tão bem o segredo do Rei Lowrey que o segredo começa a matá-lo.

– Até quando preciso esperar? – pergunta ao espelho, em sídhe.

Sendo uma sobrevivente, não precisa mais falar naquela língua. Entretanto, muitos como ela se sentem mais à vontade se comunicando no idioma do que em inglês, e, como não têm escolha a não ser casar entre si, as escolas primárias do país estão repletas de pirralhos cuja boca inocente balbucia a língua há muito morta de ancestrais distantes – que coincide ser a língua viva e imutável do inimigo. *Algum dia*, pensa Melanie, *nós vamos nos transformar neles, e essa vitória será muito maior para os sídhes do que se pudessem matar a todos nós.*

Ela escuta uma batida em outra porta no corredor e então o murmúrio:

– Posso entrar? Sou eu, o Nabil. – E após uma pausa: – É que... é que não vim falar com você.

Melanie fica tão curiosa que, se não estivesse nua, se o... se o *ferimento* não estivesse à mostra, sairia como um raio do quarto. Mesmo assim, veste as roupas de qualquer jeito, caso o francês passe para vê-la também. Não é como se ele não soubesse o que aconteceu a ela – está em seu Testemunho, afinal, e nenhuma mentira deslavada resistiria ao relatório dos médicos. Mas ela estremece ao imaginar os olhos de Nabil – os olhos de qualquer pessoa – pairando sobre a chaga.

Há, sim, mentiras no Testemunho de Melanie, no entanto. A história tem um buraco, e este é grande o bastante para engolir o mundo.

Depois de cobrir o ferimento com três camadas de camiseta e um roupão, estranhos passos arrastados ecoam pelo corredor. Melanie abre uma fresta da porta, mas é tarde demais para saber quem passou. Ela não é a única espiando: o outro veterano, Anto, entra às pressas em seu quarto ao ver Melanie.

– Interessante – murmura ela para si mesma.

Como ela, Anto retornou quase imediatamente à escola após a Convocação. É tão bonito para um garoto quanto Melanie é para uma garota. E também foi horrendamente alterado nas mãos dos sídhes. E se, ela se pergunta – não consegue evitar –, e se ele guardar o mesmo segredo que ela? A ideia faz seu frágil coração bater perigosamente rápido. Se for o caso, Anto não terá permissão de discutir o assunto com ninguém. Da mesma forma que Melanie, é claro. Ela geralmente não permite que os pensamentos divaguem nessa direção, por medo de vomitar o segredo durante uma conversa com os instrutores no jantar. Eles ficariam absolutamente chocados! Oh, Crom! Pelo Caldeirão!

Mas ela poderia ser cuidadosa e apenas sondá-lo, não poderia?

Novamente diante do espelho, penteia os cabelos dourados – não são compridos como já foram um dia, mas ela os mantém presos em um coque. Vai haver tempo para deixá-los soltos depois que for curada. Ela aperta o cinto do roupão para se assegurar de que nenhuma sobra de tecido afunde no buraco, no peito ou nas costas. Depois, sentindo-se empolgada pela primeira vez desde a Convocação, vê-se frente a frente com o companheiro.

– Melanie?

– Você está com uma cara ótima – diz a garota, e seu rosto se contorce no sorriso malandro que foi a sua marca registrada. – Já era hora de a gente conversar.

– É...?

O rosto de Anto está corado, por alguma razão. Eles já trocaram algumas palavras em reuniões com uma frustrada Sra. Breen, e o rapaz parece mais feliz agora. Melanie se pergunta se é por causa dela. Será? Imagine a sorte do garoto sendo visitado por uma beldade à noite! O sorriso dela fica mais largo. Que saudades dessa sensação!

Mas talvez não tenha nada a ver com ela, afinal, já que ele alega estar exausto e faz menção de fechar a porta.

– Anto, você parece menos cansado do que nunca desde a Convocação. De qualquer forma, só quero uns minutinhos do seu tempo. Aí juro pelo Caldeirão que te deixo em paz.

Ele recua um pouco. Embora seja meio novo para o gosto dela, depois daquilo, quando tudo voltar ao normal, quando ambos estiverem curados, talvez possa rolar algo entre eles. Bart Dundon não tinha um queixo como aquele, isso é fato!

Eles se encaram na calidez do quarto, ambos os rostos imersos em sombras, já que a única luz vem de uma vela.

– O que o Nabil queria?

Anto abaixa a cabeça, e Melanie não insiste, pois não gostaria de ser pressionada se fosse ele a fazer perguntas. Mas sem dúvida há algo diferente em Anto; no escritório da Sra. Breen, ele se escondera atrás de uma pilha de livros enquanto Dona Gluglu repetia:

– Anthony, foi você quem insistiu para voltar e servir aqui.

– Eu preciso ficar aqui!

– Certo, certo. Mas se você não está à vontade para compartilhar suas experiências com os alunos...

– Eu... Se eles me virem, eu...

Melanie o compreendeu plenamente! Anto tinha seu próprio "ferimento", e pelo jeito era um muito mais feio do que o dela. No lugar do rapaz, ela teria se escondido em uma cabana na floresta! Teria se jogado de um penhasco e deixado que o braço monstruoso a puxasse para o fundo do oceano. Mas tudo o que ele fez foi se esconder sob um lençol durante as reuniões.

– Escute, Anthony – falou a Sra. Breen, quase entre dentes. – Os sobreviventes deveriam ser... uma fonte de estímulo, além de instrutores, graças às suas habilidades. Mas isso não vai funcionar se você ficar se escondendo o tempo todo.

– Eu vou... vou dar um jeito – disse ele. – Me deixe ficar. Apenas me deixe ficar.

Apesar da promessa, ele ainda não tinha aparecido em nenhuma aula, até onde Melanie sabia – embora, segundo rumores, tivesse surgido sem avisar justamente em uma caçada!

– Tenho uma pergunta – diz Melanie.

Anto assente, e ela nota que ele está de frente para ela – e não virado de modo a esconder a deformidade. *Será que é porque sabe que pode confiar em mim?*

– Por quê, Anto? – pergunta ela. – Por que você disse pra Dona Gluglu que *precisa* ficar aqui?

A pergunta o pega de surpresa. Melanie sorri diante da reação dele, e mais ainda quando ele diz, vacilante:

– Eu não... não posso falar sobre isso.

– Beleza.

– Beleza?

– Eu também não. Não posso explicar por que preciso ficar aqui, digo.

– Ah.

– Não posso falar sobre isso – continua ela, atenta a qualquer reação – porque jurei.

– Jurou?

– Eu jurei *pelo Caldeirão*.

Os alunos juram pelo Caldeirão todos os dias, assim como usam o nome de Crom, Danú ou Lugh em vão. Mas não sabem – nenhum deles sabe – que o Caldeirão de Dagda, com sua propriedade de curar qualquer machucado, é real, e ela o viu. Eles não sabem que os sídhes aceitam curar pessoas em troca de certos... serviços.

Melanie espera que ele faça algum sinal de que entendeu, ou que abra um leve sorriso, mas tudo o que obtém como resposta é confusão. Sua voz sai muito mais irritada do que ela planejava quando fala:

– Está na hora de você começar a contribuir com sua parte no treinamento dos alunos, ou então dê o fora! Eu não ia ligar. – Com isso ela vai embora, fechando a porta atrás de si antes que ele possa ver suas lágrimas.

Não importa, diz a si mesma, com uma mão sobre o ferimento no peito. Ela logo estará inteira de novo. Os sídhes nunca quebram uma promessa: é uma das coisas em que tanto as lendas quanto os Testemunhos concordam.

Mas isso não impede que ela passe a noite soluçando na cama, pois não quer estar sozinha nisto, não quer ser o único monstro. Não quer ser a única a trair o próprio povo.

Você pode desistir, pensa. *Fale com o Nabil, a Dona Gluglu, qualquer pessoa. Confesse.*

Em vez disso, sussurra:

– Não vai demorar, não vai demorar...

E está certa. Faltam menos de três semanas.

O fim da humilhação

É ISSO: A ÚLTIMA REUNIÃO DA TÁVOLA REDONDA. CONOR JÁ CHEGOU a ter nove soldados com os quais contar.

– Vocês são a elite – ele dizia. – São o futuro da Irlanda, porque são mais fortes e muito mais perigosos do que as buchas de canhão que dividem dormitório com a gente.

Acontece que Tony, Keith, Rodney, Chuckwu e Cahal se foram. Mais da metade do grupo. O único sobrevivente do Quinto Ano até o momento é um dos fracotes contra os quais ele pregava.

Conor ainda ocupa a cadeira na frente da sala, mas nenhum dos outros se dá o trabalho de se sentar. Não vão ficar ali por muito tempo.

Bruggers, o rosto vermelho como um tomate, soca uma mesa.

– E aquelas garotas! Um bando de menininhas deu uma surra em você, Conor! Mais de uma vez, porra! Pelo Caldeirão de Dagda! *Garotas!*

Bruggers não se importa de falar isso na frente de Liz Sweeney, que sempre dá uma surra nele no tatame quando se enfrentam. Mas ela não retruca – nem ela, que dias antes venerava Conor como se ele fosse o todo-poderoso Lugh. Ela não falou muito desde que perseguiu Clipe-Clope pelo morro na semana anterior.

Apenas Fiver e Sherry continuam leais. O menorzinho da ninhada e a garota que quer ser o prêmio de consolação do líder.

– Então vão embora – diz Conor, enfim. – Vão embora, todos vocês.

Ele ainda pode reconquistar os dois arrebentando a cara de Bruggers, fazendo-o chorar e implorar. Mas é a perda de fé do próprio rei que importa agora. Ele sempre soube que seria um dos sobreviventes da Convocação. Até sonha com isso, com o desafio final que vai confirmar sua grandeza.

Mas acontece que Conor não acredita mais nisso. Bruggers tem razão. Se Conor e seus nove cavaleiros não são capazes de vencer nem uma ruiva maluca de Donegal e uma aleijada, os sídhes vão comê-los com farofa.

Ele observa os outros indo embora: Liz Sweeney atordoada; Sherry lançando olhares de cão arrependido por cima do ombro; Bruggers e Fiver decepcionados por ele não fazer questão de reconquistar a lealdade dos dois.

Clipe-Clope está prestes a sair da Solitária. Conor está contando as horas, pois decidiu que vai matar Nessa. Isso vai significar o fim da própria vida – o país não tem recursos para manter assassinos. Mas ele não se importa. Não suporta viver com a ideia de ser um fracassado, ou com a lembrança do desprezo da garota quando ele se rebaixou por ela.

Em breve, todos saberão que ela o rejeitou. Como já sabem que ele falhou em fazer com que ela e suas amigas pagassem na floresta, e que foi afugentado por Anto, justamente por Anto.

Conor não apressa as coisas. Ele ainda fantasia que é mais predador do que presa. Assim, nos dias seguintes, observa Nessa. Na biblioteca, finge estar lendo os Testemunhos, mas o que faz de verdade é ficar de olho na porta do banheiro feminino através de um espaço que abriu entre os livros nas prateleiras.

A oportunidade surge antes do que o esperado. Ele escuta os passos irregulares contra o carpete velho e desbotado e se levanta, já segurando um robusto peso de papel feito de vidro, ao mesmo tempo que ela empurra a porta vaivém. Ele quer matá-la rápido e sem derramar muito sangue, porque ainda há uma chance remota de se safar no labirinto da biblioteca.

Ele passa pela porta como o anjo vingador que é, porém Nessa é sempre mais rápida do que o garoto espera, e, quando ele brande o peso de papel, ela o detém pelo braço.

Mas ele é forte! Como é forte, ainda mais quando está fazendo justiça como agora! Ele vence o bloqueio desajeitado e, embora ela tenha salvado a própria vida, o golpe a atinge com força o bastante para deixá-la atordoada e completamente indefesa.

A sensação é incrível. Conor nunca se sentiu tão poderoso, tão no controle. *Eu nasci pra isso*, pensa o rapaz.

O peso de papel então se espatifa no chão e provoca uma chuva de vidro, e os cacos são cobertos pelo uniforme vazio.

Conor

ONOR SOLTA UMA RISADA QUANDO ENTENDE O QUE ACONTECEU. OS redemoinhos de uma débil luz cinzenta o hipnotizam com sua beleza. A distância, tornados destroem as colinas, e cada planta – do capim-cortante a seus pés até as árvores sufocantes à esquerda – materializa o desafio com o qual ele sempre sonhou.

– Até que enfim! – diz ele.

Um grande rei não precisa acreditar em deuses, mas Conor entende que a Convocação o livrou de um assassinato sem sentido. As perdas que sofreu nas últimas semanas de repente parecem irrelevantes, porque ele enfim está diante da única provação com a qual o país se importa. E *ele* está pronto para encará-la.

Os sídhes sempre vão até o ponto em que a vítima aparece. Mas Conor, perfeitamente calmo, reserva um minuto para escolher o caminho pelo qual seguir. E começa a correr, apostando, como qualquer pessoa, que está se afastando dos caçadores, e não indo ao encontro deles. Salta por sobre o capim-cortante e, com um sorriso atrevido conforme desvia para o lado, escapa do abraço de uma aracnoárvore.

O ar lhe queima a garganta e irrita os olhos. O fedor de vômito soprado pela brisa o assedia a cada respiração, mas mesmo assim ele se sente incrível.

A algumas poucas centenas de metros do ponto de partida, escuta as primeiras trombetas ao longe, à direita. O coração começa a bater mais rápido, mas ele controla a respiração para tranquilizar-se e resiste a acelerar o passo, o que seria um erro.

Escuta uma voz:

– Me ajude, senhor! Me ajude!

O rei não se deixa enganar, mantém os olhos focados na rota. Se agacha para passar sob urtigas penduradas nas rochas, atropela uma horda de homenzinhos histéricos, desvia para a esquerda ao avistar sobre as árvores próximas uma nuvem que tanto pode ser de cinzas quanto de insetos sugadores de sangue. É o aluno modelo do Sr. Hickey, de Nabil e de Taaft. Nenhum aluno antes dele absorveu as lições tão profundamente a ponto de ficarem gravadas na alma – os sídhes não vão conseguir pegá-lo e, se pegarem, vão se arrepender.

A trombeta soa de novo, muito mais perto. Como é possível? Os sídhes não são capazes de correr tão rápido sem ficarem exaustos. Ele teria lido algo assim nos Testemunhos.

Conor segue num trote e, após passar por algumas colossais árvores sufocantes, se depara com uma planície enlameada. A corneta soa da esquerda agora, e o chão treme como se uma horda corresse em sua direção – e de fato é uma horda! Conor enxerga os caçadores e, pela primeira vez, hesita: o inimigo está a cavalo!

Assim como os "cães", as montarias são feitas de seres humanos, que tiveram a cabeça e o pescoço esticados e o tronco encorpado e alongado até que se tornassem quadrúpedes da altura de Conor. Cada criatura carrega nas costas um sídhe sorridente. Eles agitam acima da cabeça redes tecidas com cabelo humano e disparam na direção do garoto.

Conor não corre, não é estúpido. Em vez disso fica congelado no lugar, como se paralisado de medo, até os perseguidores estarem quase em cima dele. A primeira rede voa em sua direção – e nesse momento ele entra em ação, saltando para um dos lados e agarrando a arma feita de cabelos trançados para derrubar o cavaleiro surpreendido.

– Que sagaz, ladrão! – grita o sídhe antes de Conor esmagar seu rosto com o calcanhar.

Outros cavaleiros estão se reagrupando e coletando suas redes, enquanto a "égua" sem cavaleiro, o longo rosto retorcido em uma expressão de ódio, dispara contra o garoto. Ela vai esmagá-lo, vai arrancar a carne de seus ossos com os dentes.

Mas o grande Rei Conor agarra a rede do sídhe derrubado e com ela enlaça os punhos humanos que fazem as vezes de casco. Enquanto a criatura recupera o equilíbrio, o garoto salta em seu lombo e grita dentro de seu ouvido:

– Eu sou o seu mestre agora, sua imunda! Vai! Vai! Ou, por Crom, você vai implorar para sentir de novo a dor que os sídhes te causaram!

Ele puxa a "crina" com tanta força que arranca uma madeixa ensanguentada do couro cabeludo. A montaria entra em pânico e dispara pela planície, e os sídhes sorridentes partem em sua perseguição. *Irônico o mestre da Távola Redonda encontrar justo cavaleiros!*, pensa Conor. Ele ri – e é isso que convence a "égua" de que ele é seu mestre a partir de agora.

Como ela corre rápido! Mais rápido do que qualquer cavalo de verdade. Os sídhes modificaram o corpo da mulher de modo que as costas oferecessem uma sela natural e confortável, porém, nunca tendo montado um cavalo antes, Conor passa a maior parte da viagem pela planície agarrado ao pescoço do ser, sempre a um triz de se esborrachar e morrer. Olha para trás e vê o resto do animado bando ainda em sua cola, os gritos de estímulo e as gargalhadas carregados pelo vento.

À frente, colinas amarronzadas erguem-se na altura de casas. O som da trombeta ecoa novamente e Conor pensa: *Isso veio da minha frente? Será melhor dar meia-volta?* Mas é tarde demais, pois as colinas são cheias de buracos, dos quais saem dezenas de belos guerreiros sídhes que preenchem o ar com seus gritos de empolgação. A "égua" de Conor grita:

– Eu o trouxe aqui!

Ele imediatamente se lança do lombo do animal.

Uma guerreira amortece sua queda com o corpo. Ela tem uma lança que Conor toma para si, uma arma com a qual treinou várias e várias vezes – embora nunca tenha empunhado uma com entalhes tão bonitos ou com uma ponteira de osso tão afiada!

– Eu sou o melhor! – grita ele.

E os perseguidores aplaudem. Isso mesmo, aplaudem!

Depois correm na direção de Conor, que faz jus à vanglória.

Ataca e defende. Enfinca a lança em um sídhe enquanto soca outra com tanta força que desloca sua cabeça. A arma que era dela passa a ser dele. Com a ponta do cabo, estilhaça um crânio. Com a haste, varre as pernas dos atacantes. A ponteira bebe sangue sem parar.

A Escola de Sobrevivência de Boyle – ou qualquer outra em toda a Irlanda – jamais produziu um guerreiro tão perfeito como Conor. Mesmo com os corpos dos amigos se acumulando ao redor do jovem, os sídhes continuam torcendo por ele.

– Tu és puro júbilo – diz um príncipe antes do último suspiro.

Conor sabe que é verdade, e mata sem parar com um sorriso tão amplo quanto o dos inimigos.

Perde a noção do tempo, até que se vê no topo de uma daquelas colinas nas quais os sídhes moram e percebe que os ataques pararam. Mais deles chegaram de todas as direções e pisam nos cadáveres dos semelhantes como se fossem grama.

– Por que vocês não estão lutando? – pergunta o garoto.

Sua voz está rouca. Seus membros pesam toneladas, e ele cobriu a nudez com uma armadura de sangue seco. Sente que está a ponto de desmaiar e pergunta-se quanto tempo se passou, se sobreviveu pelo tempo necessário para voltar para casa. Mas então pensa: *Por que eu iria querer voltar pra casa? Meu lugar é aqui!* E é verdade. Nunca se sentiu tão vivo. Lutaria e mataria pela eternidade, se pudesse.

A multidão se abre para dar passagem a um homem que tem uma cintilante coroa de osso acomodada sobre a cabeleira brilhante. Ele é grande e forte como Nabil, e o rosto resplandece como o de um deus ou de um santo em um vitral. Tem o queixo quadrado e os ombros de um herói, e anéis de malha de aço envolvem os bíceps poderosos. O que chama a atenção de Conor, no entanto, é a veste extraordinária que cobre seu peito: ela ondula conforme ele se move, de modo a sempre refletir belamente a luz e se moldar perfeitamente aos músculos marmóreos.

– Vamos conversar! – grita ele. – De herói para herói.

Conor sente o peito inflar e assente, apesar da exaustão.

– Aproxime-se, meu lorde.

O príncipe sídhe abre um sorriso perfeitamente humano. Antes de trotar até o topo da colina, faz um pequeno espetáculo fincando a lança no chão.

— Dagda é o meu nome.

— Igual ao deus? O do Caldeirão?

— Vejo que já ouviste falar de mim. Ótimo. Vai tornar as coisas mais fáceis. — Ele observa a carnificina. — Belo trabalho, meu rapaz. Seria um prazer ter alguém como tu a meu serviço.

Conor sorri ao pensar consigo mesmo que reis não servem a ninguém. Mas sabe ser educado e apenas assente. Um cheiro pior do que o usual incomoda suas narinas — começou com a chegada de Dagda. Conor entende o porquê — e se espanta — quando examina a roupa do homem: a bainha de cada manga é um par de lábios humanos, uma boca completa na verdade, que ofega aflitivamente em torno dos punhos do sídhe ao mesmo tempo que um rastro fino do que parece ser vômito escorre e pinga no chão.

Enquanto Conor observa, um par de olhos miseráveis se abre para encará-lo.

— Adorável, não? — pergunta Dagda. — Posso fazer um conjunto para ti, se quiseres.

— Eu... Parece um pouco cruel — diz Conor. — Não gosto de crueldade.

— Ah, acho que gostas, sim. Acho que *adoras*. Mas onde moras, em meio à beleza constante, aqueles que se regozijam com o sofrimento fingem o contrário até para si próprios. Mas me diz: achas minha veste interessante?

Conor precisa concordar que de fato é. A pele muda de cor, do marrom para o verde com leves pulsações de agonia. O calor corporal deve manter o sídhe sempre aquecido.

— Escuta, ladrão, tu não precisas morrer hoje. Jura lealdade e te mando de volta para a Terra das Muitas Cores inalterado e vivo.

— *Você* é quem deveria jurar lealdade a mim! Eu vou ser rei um dia, e vou terminar o trabalho que meus ancestrais começaram. Vou exterminar o seu povo!

O sídhe abre um sorriso sincero.

– Ah, que prazer tu me dás! Vamos lutar, então, tu e eu! Vamos lutar, e o perdedor servirá ao vencedor.

– Você não vai poder me servir depois que virar um cadáver!

– Eu não posso morrer! Tu sabes sobre o Caldeirão, não sabes? Sabes que é real? Nós colocamos nele nossos mortos, e eles saem de lá recompostos e ansiosos pela batalha. Todas essas pessoas – ele faz um movimento amplo com o braço elegante – vivem aqui desde o início dos tempos.

– Elas… Como assim? Já ouvi as lendas, mas… mas…

– O que achas que nos mantém jovens? – O sorriso do rei fica maior. – Então, vamos lutar, tu e eu? Mesmo que percas, vou te transformar em rei! Tens minha palavra, e nós *sempre* mantemos nossa palavra. Isso tu sabes a nosso respeito.

O que Conor pode dizer depois de uma oferta tão nobre? Ele não pode ser derrotado hoje, pois os sídhes o temem como os homens de Connaught temiam Cú Chulainn em sua fúria. E, mesmo que o impossível aconteça, mesmo que ele perca, Dagda prometeu transformá-lo em rei!

– Certo! – responde Conor, e oferece um aperto de mão ao sídhe.

– Esta não foi a forma mais inteligente de começar a luta – comenta Dagda.

– Começar? Mas a gente ainda não começou, a gente…

O sídhe pousa as mãos nos cotovelos de Conor e começa a apertar. A dor é a mais intensa que o rapaz já sentiu, e ele cai de joelhos, revira os olhos e desloca o próprio maxilar no esforço de gritar. O sídhe retorce os braços do garoto como se fossem feitos de massa de modelar, depois agarra seus joelhos e executa o mesmo milagre horrível.

– Jura – diz o novo senhor de Conor. – Jura, se tiveres alguma intenção de continuar inteiro. Jura pelo Caldeirão que o manterá jovem para sempre. Ou vou fazer vestes novas de ti.

Conor jura. Que escolha tem? Ele jura. Mas antes, porque é o mais forte dos humanos, supera a dor por tempo o bastante para dizer:

– Eu quero uma coisa! – A voz sai como um grito, independentemente de sua vontade. – Eu quero uma coisa antes!

Quando o sídhe ouve o pedido, gargalha – como gargalha! E Dagda promete, jura, que vai conceder a Conor seu maior desejo.

Falso Testemunho

NESSA SE ESFORÇA PARA SENTAR NO PISO DO BANHEIRO DA BIBLIOTECA. Não entende bem o que aconteceu, só sabe que Conor bateu com algo em sua cabeça e depois recebeu a Convocação.

É a primeira vez que deseja que alguém morra na mão dos sídhes. É um pensamento indigno, horrível, mas é o que sente, e o sangue no cabelo e o enjoo no estômago o reforçam, o tornam mais presente.

De repente, ele volta. Já se passaram os três minutos? Está diante dela, nu e sem nenhum ferimento. Não tem nem as cicatrizes que todo mundo ostenta após anos de jogos perigosos sob a supervisão dos melhores matadores do mundo.

Nessa – atordoada demais para sentir medo do garoto que já por duas vezes planejou sua morte – abre a boca de espanto.

– Seus braços! – exclama. – Suas… suas pernas.

Conor está mais chocado ainda, e o fato de estar nu nem lhe ocorre. Ele olha para baixo, como se sua cabeça tivesse sido puxada por um cordão, e solta um gemido. Os membros não lhe pertencem. Tem uma perna direita e outra esquerda, mas uma é negra e a outra é amarela. Os braços têm tamanhos diferentes. Um é caucasiano, sem dúvida, mas é mais peludo do que qualquer outra parte de seu corpo.

– O que aconteceu? – pergunta ela, ignorando temporariamente a inimizade.

Ele abre a boca para responder, porém balança a cabeça e, sem fazer menção de pegar as roupas, sai cambaleando para a biblioteca.

Uma hora depois, Nabil já encontrou Conor e o levou ao escritório da Sra. Breen.

Ela sabe sobre o peso de papel estilhaçado e se pergunta quais eram as intenções dele em relação a Nessa.

Se quisesse, qualquer aluno da Sra. Breen poderia dar uma surra nela, a diretora da escola. E mesmo assim ela quase nunca sentiu medo de ficar a sós com um deles. Mas é o que acontece com Conor.

– Você pode me contar o que aconteceu? – pede ela.

Ao longo da semana, Conor será colocado para testemunhar diante de um batalhão de interrogadores, e cada uma de suas experiências se tornará pública; entretanto, sempre que pode, a Sra. Breen gosta de ouvir as primeiras impressões de quem não teve a mente muito destruída depois da visita à Terra Gris.

Conor, porém, não fala nada. Deixa a cabeça cair, como se se sentisse culpado, e só então diz:

– Eu gostaria de ficar. Como… como veterano, talvez.

– Não.

É tudo o que ela diz. Ele não insiste nem pergunta a razão.

– Eu vou morar em Boyle, então. Fica a poucos quilômetros daqui.

– Por quê, Conor? Boyle está morrendo. Por que você não volta para sua casa em Tipperary? Cashel, certo? Seus pais ainda vivem lá.

Ele dá de ombros e fecha a expressão. Esteve no escritório dela muitas vezes antes, sentado com as pernas abertas, com o queixo erguido, consciente de cada palavra de cada frase. Está diferente agora. Parece a mãe dela em seus piores acessos de demência. Mas acaba encontrando as palavras:

– Eu ainda tenho amigos aqui. Para… Eu me preocupo com eles. A Liz Sweeney. O Fiver. – Encolhe os ombros mais uma vez.

– Certo, rapaz, não posso te impedir de morar em Boyle. Mas não posso deixá-lo visitar a escola, entendeu? E seus amigos também não vão poder te visitar!

– Eu só preciso estar por perto para… Eu só preciso estar por perto.

Ela aquiesce. Conor relaxa, e a diretora aproveita a oportunidade para lançar uma pergunta:

– O que houve com as suas mãos, rapaz? Por que são de cores diferentes?

– Ele... Digo, eles me pegaram.

– Obviamente.

– Foi... uma diversão pra eles.

– Mas depois deixaram você vivo?

Ele se sobressalta como se tivesse sido pego no banheiro feminino com a arma em mãos.

– Por quê? – pressiona a diretora. – Por que deixaram você viver?

Ele se levanta num pulo e tropeça, pois os pés não pertencem exatamente a ele.

– Eles não me deixaram viver! – grita. – Não foi isso! Eu fugi! Lutei com eles e escapei! Pelo Cald... – Hiperventilando, ele para a frase no meio, e mais uma vez a Sra. Breen teme pela própria vida. Mas Conor acaba por se recompor, e sua expressão parece endurecer.

– Você está bem? – pergunta ela.

Em resposta, recebe um gesto de cabeça parecido com o que ele daria antes da Convocação.

– A gente faz o que é preciso pra sobreviver – diz Conor.

– Para a Nação sobreviver – corrige a diretora.

Ele não responde.

A Sra. Breen fica aliviada ao vê-lo ir embora. Ela não sabe que verá o garoto de novo muito em breve.

Mata-Feérico

Faz só algumas semanas desde que Conor foi embora da escola, e Nessa ainda não tem palavras para expressar seu alívio. E tudo isso pelo preço de dois meros pontos no couro cabeludo! A chuva fustiga o vidro enquanto Nicole dá as cartas para Nessa, Megan, Aoife e si mesma para jogarem uma partida de vinte e um. Outros estudantes, largados nos sofás, leem com olhos arregalados as antigas revistas cheias de *celebridades* bizarras.

– Por Crom, ela parece alguém que foi devolvida pelos sídhes!

Competindo com a barulheira, um rádio cospe com dificuldade os sucessos de trinta anos atrás.

O estômago de Nessa está agradavelmente cheio, e um fogo à moda antiga ruge na lareira, alimentado de lenha pelos garotos, que se revezam na função. Ela boceja e pensa em Anto, que naquela tarde se sentou na mesa dos instrutores pela primeira vez, ignorando os olhares fixos em sua deformidade. Ele, por sua vez, fixou o olhar no rosto de uma garota. Sorriu, e Nessa sorriu de volta.

Ela baixa um dois de copas. Megan bufa e balança os braços.

– Quem inventou esse jogo imbecil?

Depois é a vez de Aoife, que hesita.

Como a garota loira não falou muito desde que Emma Guinchinho recebeu a Convocação, até Megan demonstra paciência quando ela quebra o último dos tabus:

– O que… o que vocês vão fazer se sobreviverem, meninas?

Nicole desvia o olhar, constrangida pela outra. Marya cobre a boca com as mãos, e ninguém ousa responder.

– É que… é que eu acho que o Estado iria me obrigar a casar com um cara. E eu… Ah, vocês sabem. Não é muito a minha praia.

– Homem não presta – diz Megan, dando uma piscadela para Nessa, que se esforça para reprimir o sorriso que se insinua em seu rosto.

Já Aoife leva o comentário a sério:

– Eu não odeio os homens. Adorava meu padrasto. É o… é o, bom, o ato em si. Sabe? É que… parece tão horrendo.

– Ah, sim! – diz Nicole. – Concordo. "Horrendo" é a palavra. É tão nojento que eu duvido que seria capaz de fazer aquilo mais de cinco vezes numa mesma noite. Dez, então? Só me deixando muito bêbada antes!

Marya gargalha, chocada e deliciada em igual medida, e até Aoife se junta ao coro. E, aos poucos, o grupo consegue afastar da garota o ingrato tópico "o que vem depois".

Mas aí Megan, justo ela, desenterra o assunto no meio de uma mão particularmente ruim.

– Eu não vou ligar se não sobreviver – diz, e Nessa sente o coração gelar. – Estou falando sério. O país já era mesmo, e todo mundo aqui sabe disso. Aoife está certa. Mesmo os sobreviventes, que expectativa eles têm? Quando olham pro futuro, só veem declínio e uns velhos de merda mandando em tudo.

Marya, no entanto, é uma defensora do sistema e surpreende as amigas ao bater na mesa com o punho minúsculo.

– Então por que você está aqui? – sibila ela. – Ninguém vai te obrigar a ficar na escola de sobrevivência se você não quiser. Por que não vai aproveitar o resto da sua vida imprestável? Você não precisa aturar o treinamento.

– Ah, eu quero o treinamento, sim – diz Megan, encarando a outra. – Porque foram os sídhes que fizeram isso. Foram eles que arruinaram tudo. Tudo! Meus pais só choram, sempre em cacos. Eu nunca vou viajar de avião ou escalar o Everest ou fazer o que quer que as pessoas puderam fazer e a gente não. Mas tem uma coisa que eu posso fazer. Uma coisa que desejo mais do que viver pra sempre ou ir pro espaço.

Eu quero matar um feérico. – Ela usa a palavra em inglês para sídhe, saliva e ódio voando dos lábios. – Quero matar tantos quantos conseguir, mas, se botar as mãos em um só, minha vida já vai ter valido a pena. Unzinho só!

O salão comunal caiu em silêncio enquanto Megan dava seu escândalo. Ela olha ao redor da mesa e retribui cada olhar. Marya se levanta de repente, dá a volta até Megan e a abraça forte.

– Eu também! – declara. – Eu também! Eu quero ser uma Mata-Feérico!

E, embora Nessa nunca se permita demonstrar qualquer sentimento, deseja que tivesse sido ela a abraçar a melhor e única amiga. É Megan quem sempre apoia e tolera Nessa, que é completamente leal a ela, motivada, ao que parece, tão somente pelo fato de que pegam o mesmo ônibus.

Não é tarde demais. Ninguém está impedindo Nessa de se levantar e abraçar a outra.

No entanto, o hábito a faz ficar parada no lugar.

Aos poucos, em silêncio, todas pegam suas cartas. Rodada após rodada, Nessa anota a pontuação num pedaço de papel, até que às oito horas, quando a chuva já rareou, Marya insiste em sintonizar o velho rádio da sala numa estação de notícias.

– Eu quero ouvir a lista – diz ela, e ninguém se opõe.

Escutam a primeira parte da transmissão, em que a radialista tagarela sobre os feitos de sobrevivência da Nação no dia: as conquistas, os compromissos oficiais e coisas do tipo.

– E, agora, a lista dos sobreviventes de hoje! – declara ela, orgulhosa. – Temos dez! De todas as partes do país. Em ordem de retorno, são eles: Charlie O'Donnell. Elaine McDade…

Megan sorri.

– Dois nomes de Donegal! A gente arrasa demais!

Nessa ergue a mão para o tapinha que sabe que virá.

Mas ele não vem. Porque Megan não está mais ali, e vão se passar exatos três minutos e quatro segundos antes que alguém a veja de novo.

MEGAN

P AREDÕES DE PEDRA ENCHARCADOS SURGEM DOS DOIS LADOS DE
Megan, a uma distância tal que ela é capaz de tocá-los se estender os braços. Está aterrorizada. Todas as bravatas de minutos antes
valem menos do que uma lufada do ar pesado e fedorento que paira
no fundo daquele cânion. Ela arfa e tenta desesperadamente convencer
o corpo a se mover.

– É uma vadia mesmo! – diz a si própria, e a voz ecoa nas paredes
úmidas. Em seguida, sua alma quase sai do corpo quando uma trombeta soa. – Que Crom te amaldiçoe! – grita, ultrajada pela própria
covardia.

Então se vira. E corre *na direção* do som.

Nota que está com uma pedra no punho fechado, mas não tem
lembrança alguma de tê-la pegado do chão. Tudo que ouve é a voz em
sua mente – a voz da Sargento Taaft gritando para ela correr por sua
vida. Quando vira, tromba com uma mulher tão bela que, no século
anterior, teria sido capa de centenas de revistas idiotas.

– Que delícia! – consegue dizer a sídhe antes de Megan abrir um
buraco no rosto dela.

– Um ponto pra mim – diz a garota, esforçando-se para manter a
comida no estômago. Ela cambaleia enquanto as sensações de triunfo,
náusea e terror lutam pelo controle de seu estômago.

O cânion se abre em dezenas de passagens cuja largura mal permite
que ela corra sem raspar os ombros e cotovelos a cada passo. Megan

tropeça em pedras irregulares e escorrega em secreções nojentas. Carregando a arma patética, segue o eco das risadas, pedindo em oração ao Deus de sua mãe que lhe permita levar mais um sídhe, só mais unzinho, para a cova com ela.

Quando dá por si, percebe que o grupo de caçadores de alguma maneira passou por ela. As risadas ficam mais baixas e vêm da direção de onde ela acabou de vir.

Faz menos de vinte minutos que está na Terra Gris e já despistou os perseguidores. Confusa, tenta conceber a ideia bizarra de que talvez não tenha que morrer.

– Obrigada, meu Deus – sussurra, e percebe que está tremendo descontroladamente.

Ela esmagou mesmo o crânio de alguém? O vômito enfim vem, e com tanta força que faz um fluxo de lágrimas escorrer de seus olhos também.

Pensando bem, por que ela não sobreviveria? Merece bem mais do que Conor e muitos outros. Ela tinha soltado a pedra, mas resolve pegá-la de novo e a aperta até a mão sangrar.

– Quem ficar no meu caminho vai provar do mesmo veneno – grunhe ela.

Volta a avançar pelo labirinto infinito de rocha antes que os sídhes percebam o erro.

A geografia da Terra Gris faz pouco sentido para Megan. As paredes do cânion se alargam em uns trechos, se estreitam em outros. Até aí, tudo bem: o que deixa a garota confusa é o fato de que o material das paredes parece mudar de um tipo de rocha para outro. Não faz sentido. Se as passagens foram formadas pela água ou pelo clima, materiais diferentes não teriam sofrido erosão em velocidades diferentes também? E por que não há vegetação ali?

E então, sem aviso algum, ela chega a um beco sem saída.

Megan dá meia-volta e corre uns bons duzentos metros antes de encontrar outra passagem viável. Novamente, embora as paredes do corredor sejam feitas do que parecem ser milhões de pedrinhas compactadas, ela termina no mesmo ponto. Enquanto tenta encontrar uma terceira passagem, ouve a trombeta de caça.

Os inimigos estão voltando. Estão atrás dela, e ela sente vontade de chorar de tanta raiva!

— Eu posso mostrar o caminho!

Megan se vira e vê a criatura parada a menos de um metro dela. Está agachada como um macaco. Um dos braços longos e equipados com garras toca sem parar o solo, como se quisesse confirmar se o lugar é real, enquanto o outro esconde o rosto, de modo que as palavras em sídhe, embora compreensíveis, saem abafadas. Espetos de porco-espinho cobrem o resto do corpo da criatura, mas estão dispostos tão próximos uns dos outros, e tão de qualquer jeito, que o ser empala a si mesmo sempre que se move.

Megan aperta a pedra com mais força.

— E por que você me ajudaria?

Os Testemunhos são repletos de avisos para não confiar nos monstros da Terra Gris: metade das feras tem verdadeira adoração pelos criadores sídhes, enquanto a outra metade é ávida por carne humana.

— Leve a minha mensagem de volta para a Irlanda. É tudo o que peço. Meu preço.

A trombeta soa de novo, e a criatura se sobressalta, ferindo mais o próprio corpo.

— Diga ao Hugh Roe O'Donnell que ele não deve ir para Kinsale. Entendeu? Ele não deve ir. Os ingleses cercaram o lugar. É o último favor que faço a ele. O último!

— Entendi. Vou transmitir a mensagem.

Megan segue a criatura conforme ela a conduz na direção das trombetas. Teria concordado com qualquer coisa para salvar a própria pele, mas está intrigada com o fato de o ser achar que ela pode entregar uma mensagem a um homem que morreu centenas de anos antes. Ela só conhece o nome por puro acaso, já que o nobre também era de Donegal. E, por alguma razão, essa minúscula conexão faz a oferta de ajuda do monstro parecer mais real.

Nesse momento as vozes dos inimigos se fazem ouvir, empolgadas com algum rastro deixado pela garota. A proximidade deles a faz desviar a atenção de qualquer mistério.

– Por aqui! – diz o monstro, passando por baixo de uma abertura lateral.

É tarde demais! Tarde demais! O primeiro sídhe surge diante dela, armado com uma lança e com um amplo sorriso.

– Ela está aqui! – exclama ele. – Escondida com um traidor!

Usando cada gota de força que tem no corpo, ela atira a pedra mirando na cabeça. O projétil acerta o peito do inimigo com um barulho de osso se quebrando, e Megan já ouve outros passos empolgados se aproximando a toda velocidade.

A garota corre na direção do guia, que pode ou não a estar guiando para uma armadilha, mas que diferença faz agora?

A passagem se alarga, e a rocha é substituída por um terreno de terra batida repleto de buracos. A garota avista várias das criaturas espinhosas, que entram em pânico com sua presença e começam a cobrir desesperadamente o rosto enquanto saltam para dentro das tocas. Megan não tem escolha a não ser seguir o aliado ao que ela supõe ser a toca dele. Um tanto de terra cai sobre sua cabeça perto da entrada – *É uma armadilha mortal*, pensa a garota –, porém mais adiante o túnel é feito de argila compacta.

Megan volta a rezar, pedindo que nenhum dos bichos ali a traia e que, quando os sídhes enfim a descobrirem em um das centenas de buracos, ela já tenha voltado para casa.

Mas é inútil ter esperanças, é claro! E Megan se vê numa situação ainda mais complicada quando, não mais de dois metros no interior do túnel, seu suposto amigo para.

– Continua! – exclama ela.

– É aqui que eu moro – responde o ser, pesaroso. – Nós traidores não temos permissão para cavar mais fundo do que isso. Nem haveria como. Daqui para a frente, só tem pedra.

Megan começa a chorar. A se machucar ao bater no corpo espinhoso do monstro.

– Pode ser que não encontrem a gente! – diz a criatura. – Talvez não encontrem!

De repente, a parca luz cinzenta que vem da entrada do buraco desaparece.

– Oi, ladra – diz uma bela voz.

Megan congela.

– Escuta – continua a voz. – Ainda temos metade de um dia pra brincar. Metade. Imagina só o que posso fazer contigo. E, enquanto estiveres sofrendo, pequena, pensa no seguinte: sabe o lugar onde os teus se reúnem para treinar, o lugar onde encontraram nossa irmã presa na pedra? Pois vamos matar todas as pessoas da tua tribo que continuam lá. Daqui a dez dias do teu tempo, talvez vinte, vamos atrás deles. Estou contando isso para tu teres um último pensamento alegre...

O homem que está falando enfia a cabeça na toca e estende cegamente as mãos mortais. Mas Megan também tem mãos e, antes que ele entenda o que o acertou, já arrancou os olhos do atacante, que cai para trás, confuso, e os outros sídhes reagem ao ataque astuto com exclamações de admiração.

Ela não tem tempo para aproveitar os elogios. Apesar dos protestos do monstro aterrorizado atrás de si, ela cava a terra solta na entrada do túnel.

– Vamos ser soterrados – choraminga o ser.

– Não vamos, não. Infelizmente. Eles vão cavar e me tirar daqui muito antes disso. – A única forma de escapar da Terra Gris agora é morrer, um processo que pode ser rápido ou inimaginavelmente terrível. – Me dá um dos seus espinhos!

– Por quê?

– Só me dá. *Por favor!*

O desespero em sua voz provavelmente convence o ser, pois em alguns instantes ela se vê com a arma em mãos e começa a machucar os próprios pulsos.

Do lado de fora, os sídhes já começaram a cavar e a gargalhar e a provocar.

– Tua hora chegou, ladra!

Às lágrimas, ela faz cortes mais profundos, porém os espinhos do monstro são inúteis para a tarefa.

– Tu ficarás tão bela quando terminarmos! E depois morrerá!

– Ah, é? – grita ela de volta. – Ah, é? Bom, eu passei catorze anos na Terra das Muitas Cores! Estão ouvindo? Senti o vento soprar no meu rosto, e, pelas tetas de Danú, ele tem um cheiro maravilhoso! Tudo é verde, vivo e lindo. E o sol brilha por lá também, já imaginaram? Já viram um riacho cheio de peixes? Ou um pomar carregadinho de fruta? Não viram. E nunca vão ver. Mas cada um dos meus ancestrais viu! Cada um deles ao longo dos últimos dois mil anos! Já o único prazer da sua laia é invejar e derramar sangue!

Um lamento profundo vem de trás da muralha de terra.

– Basta, ladra! Basta!

– Abelhas! – berra Megan. – Eu já passei horas admirando as abelhas voando entre os tojos floridos, bem douradinhos! Já ouvi sons que vocês nunca, nunca vão ouvir, seus idiotas vazios. Os pássaros cantando de manhã. As raposas uivando à noite, sob a glória das estrelas. Eu já vivi tudo isso, e vou levar cada uma dessas experiências pro túmulo. E o sabor das coisas! Os morangos que colhia no meu quintal... Pelo Caldeirão!

– Calarei a boca dessa garota! – diz um deles, e sua mão repentinamente atravessa a fina camada de terra e pega a pobre Megan, puxando-a para fora. – Calarei a boca dessa garota!

É estranho, porque nos Testemunhos os sídhes são descritos como felizes. Entretanto, a dezena de inimigos que a rodeia está chorando.

Ele continua segurando a garota pelo pescoço enquanto o sangue escorre dos cortes nos pulsos dela.

Megan consegue abrir um sorriso.

– Espero que vivam pra sempre. – O sorriso se alarga. – *Aqui.*

O captor então estende a elegante mão livre e cobre a boca da garota.

Lamento

MEGAN RETORNA. MORTA. OS OLHOS ARREGALADOS. MAS NÃO É possível identificar nenhuma outra expressão em seu rosto, pois o nariz e a boca foram apagados como se uma criança tivesse borrado um desenho feito a giz em uma lousa.

– Ela foi sufocada – diz alguém. – Deve ter zombado deles; vocês sabem como ela é.

A visão de Nessa embaça. Ela começa a hiperventilar, como se fosse ela que estivesse sob risco de sufocar, com a boca selada. Represou as emoções por quatro anos, mas agora elas vão fluir.

A cadeira cai no chão, assim como ela.

Mãos a erguem. Ela rechaça as tentativas de ajuda e grita como um animal selvagem e desesperado.

– Nessa, não! Calma!

A chuva congelante bate em seu rosto. Ela não sabe como saiu. Além dos prédios da escola, há apenas escuridão e lama. Ela se arrasta de quatro, ralando a pele nos troncos das árvores, e lamentos aleatórios abrem caminho por sua garganta.

Em tais condições, em uma noite sem lua, é impossível se orientar na floresta. Porém, Nessa segue sem hesitar, embora as pernas continuem a traí-la e as mãos logo acabem dilaceradas. Em determinado momento – ela não sabe mais que horas são, não sabe mais nada –, as mesmas mãos a sustentam quando ela usa uma cerca de arame para se levantar. Aqui, sob essa *presença*, ela recupera a consciência ao menos para pedir um simples favor.

– Me leva – implora. Os pulsos de Megan estavam ensanguentados. Provavelmente porque tentou se matar. E não conseguiu. A dor que sofreu! Ai, Crom! – Me leva!

Ninguém responde, e ela ordena mais uma vez enquanto a chuva escorre por seu rosto e encharca as roupas de treino.

É quando ela se lembra do caminho. Se lembra da *porta* na colina. Nessa se puxa pela grade à procura do trecho específico. É claro que a Sra. Breen consertou a brecha na cerca, que, além disso, é supostamente vigiada o tempo todo. Mas Nessa está convicta de que a cerca foi rasgada de novo e de que os guardas foram para a cabana para se proteger da chuva. Ela vai encontrar uma forma de entrar. A porta vai perceber seu vazio e vai deixá-la atravessar. Tem que fazer isso.

A náusea! Ela havia se esquecido da náusea. Um punho em sua barriga. Em vez de ser recebida, está sendo repelida. A jornada de Nessa lhe exauriu cada gota de força, e só lhe resta implorar como uma criancinha.

– Por favor… Preciso dela… Por favor… Eu não tenho outros amigos… – Ela sempre tratou o mundo com desdém, e essa é sua recompensa.

– Ela está aqui! – grita alguém. – Leve-a embora!

Uma manta se materializa sobre seus ombros.

– Odeio esse lugar, por Crom! Vamos levá-la de volta.

Um braço impossivelmente forte a coloca sobre ombros masculinos. O cheiro é familiar. Também há vozes exaltadas de garotas.

– Eu juro, Nicole – diz Aoife. – Estou tentando. Foi muito fácil encontrar o monte, ele atraiu a gente direto pra cá. Mas acho que agora estamos perdidas.

– Por aqui – diz Marya, a assustadiça Marya! E acrescenta: – Não se preocupe, Nessinha. A gente está aqui.

Nessa não sai da cama no dia seguinte, e ninguém a convencerá a fazê-lo. Também não conseguem obrigá-la a abrir a boca para comer.

– Não entendo – diz alguém. – Você sempre lutou tanto pra sobreviver… E se receber a Convocação agora? Você quer…

Você quer terminar como ela?, era o que a pessoa pretendia dizer. E, quem quer que fosse, estava certa. A Convocação de Nessa não vai demorar, e a dor que sente agora vai ser reduzida a nada no instante em que colocar os pés na Terra Gris.

No fim, o que a traz de volta à razão é a poesia.

No terceiro ou quarto dia, alguém tem a brilhante ideia de desenterrar os livros dela e metê-los em suas mãos. Ela os folheia distraída, e seu rosto suave, antes impassivo, retorce-se em desprezo. O que é isto? Que porcaria é esta? Páginas e mais páginas de uma completa *estupidez*.

"Eu amava uma dama que..." *Bobagem! Bobagem!* Ela arranca as páginas.

"Que amável teres pisado..." *Idiotice sem sentido!*

"Doce garota, ouvi tua canção e..." Outra página arrancada, amassada em uma bolinha e atirada longe. Ela vai queimar aquilo, vai queimar a tudo e a todos! Como pôde gastar a vida com aquilo, com qualquer parte daquilo? Homens e mulheres mimados e frustrados pela própria luxúria? Pela primeira vez em dias, gargalhadas enchem o dormitório vazio. Mas não é um som agradável.

É quando os olhos dela recaem sobre umas poucas linhas borradas, talvez pelas lágrimas de um antigo dono:

Teu sangue fluiu de ti
E não tentei limpá-lo
Eu o sorvi das minhas mãos

As palavras a sobressaltam, fazem-na recordar dos pulsos da pobre Megan. Tais versos não deveriam estar em uma coletânea de poemas de amor! O que explica por que a garota nunca tinha passado daquelas primeiras linhas.

Lamento por Art Ó Laoghaire, diz o título do livro, que não é adequado para jovens. Não é adequado para ninguém, esse discurso de indignação, fúria e dor. Intraduzíveis, suas sílabas em gaélico ecoam nos ossos e nos dentes. É um fantasma. É uma maldição. É o derradeiro grito de justiça de uma cultura assassinada antes que a escuridão se abatesse sobre ela, e Nessa sorve cada palavra do livro, do princípio ao fim.

Volta ao começo e o lê de novo, em voz alta, como foi feito para ser lido, a voz estilhaçada como a de uma megera, os olhos injetados e vermelhos de raiva.

Depois da terceira leitura, deixa o livro cair e adormece de imediato sobre ele, manchando as páginas do lamento e tendo a pele manchada pela tinta ancestral.

É a Sra. Breen que chacoalha Nessa para que ela acorde.

— Espero que coma um pouco, criança, ou você vai…

— Sim — interrompe a garota. — Vou comer. A Megan ia querer que eu comesse.

A diretora da escola achava que teria de mandar a garota para a casa dos pais por uns dias. Ou, pior, para um hospital, onde seria alimentada à força. Não seria a primeira vez que algo assim aconteceria. Por isso, a Sra. Breen apenas sorri.

— Olha, já fiz um anúncio para o resto dos estudantes — diz a mulher. — É… é sobre a Megan. É horrível por um lado, mas… mas também é incrível.

— Conta.

— Você viu o sangue nos pulsos dela?

Nessa não faz mais do que assentir, pois a força recém-descoberta já começa a se esvair.

— A Megan não estava tentando se matar. Ela… ela tinha uma mensagem para nós. Ela sabia que ia morrer. Sabia que ia ser enviada de volta e… escreveu um aviso na própria pele.

— Os sídhes não sabem ler — murmurou Nessa.

— Pelo menos até onde sabemos. Menos ainda em inglês.

— Megan sempre preferiu falar em inglês — diz Nessa, apesar do nó na garganta. — O que… o que a mensagem dizia?

— Somente três palavras: "Nossa escola próxima". Eles virão atrás de nós. A qualquer momento. Querem acabar conosco, como fizeram com as escolas de Bangor e Mallow. Eu pensei… pensei em evacuar o lugar, mas…

– Não! – Nessa se senta impetuosamente. – Não! Vamos ficar! E vamos matar todos eles! Somos treinados! Vamos retalhar os sídhes, vamos...

Ela ainda está tão fraca que a Sra. Breen não tem dificuldade em acomodá-la de volta nos travesseiros.

– Sim, querida. É exatamente o que Nabil pretende fazer. Exatamente. Somos a única escola a saber de antemão do ataque. Já convoquei instrutores de todo o país. Nossa comida será trazida de fora, esse tipo de coisa. Não se preocupe. Até uma guarnição de soldados foi colocada ao redor do monte. Não que o Exército sirva para muita coisa hoje em dia além de proteger o biodiesel, mas enfim. Eles têm armas, e, se os sídhes vierem até aqui, vão sofrer as consequências.

Nessa assente.

– Quero falar com o Anto – diz.

– Não sei se é apropriado...

Por um tempo, porém, Nessa será tratada como um bibelô. Ela pode fazer o que quiser.

Uma semana se passou. Nessa ainda chora por Megan, e não esconde de Anto sua dor, mas também não reprime as risadas que surgem de tempos em tempos. E faz questão de dizer ao garoto que vai sentir falta dele sempre que eles se despedem antes de ir cada um para sua cama.

– Eu não vou mais ganhar poemas? – pergunta ele certa noite.

– Só existe um poema agora. E ele não é pra você. Espero que não, pelo menos.

Em relação às outras amigas, Nessa ainda precisa dominar a arte de abraçá-las, mas Aoife, Marya e Nicole têm outras evidências da gratidão da garota.

Apesar das mudanças, Nessa treina com mais afinco do que nunca e come cada migalha para adquirir força. Antes de cada sessão de combate corpo a corpo, esvazia a mente e, quando cai no tatame, não precisa raciocinar para rolar para o lado e se esquivar de um novo golpe ou para puxar o oponente pelo calcanhar e derrubá-lo.

Nada disso importa, no entanto. Nessa tem muito menos tempo do que precisaria para se preparar. O mesmo vale para seus colegas de turma. Dos sessenta pirralhos que chegaram fresquinhos à escola para formar o Primeiro Ano, uma proporção inédita morrerá antes do Natal. Será um massacre.

A TEMPESTADE

É 21 DE DEZEMBRO, E GOTAS PESADAS DE CHUVA FUSTIGAM A JANELA DE Melanie. Mais além, árvores ancestrais se encolhem contra o vento, que, apesar da intensidade, não parece capaz de destramar a bruma que paira à altura da cintura ao redor dos prédios da escola.

Enfim chegou a hora, pensa ela. Precisa controlar a respiração como os médicos a ensinaram, ou vai morrer por causa do buraco no peito. Amanhã, mais ou menos a essa hora, vai estar bela de novo. Vai estar inteira, porque os sídhes sempre cumprem suas promessas.

Atravessa o estacionamento com a lanterna movida a manivela que herdou do avô.

Eles se encontram nas cozinhas, e pela primeira vez ela vê quem vai trabalhar a seu lado. Sente vontade de chorar, porque não há prova maior da própria maldade do que a identidade dos aliados. Horner era o guarda responsável pelas cozinhas; agora está com as mãos – e os dentes, se ela não estiver enganada – sujas do sangue de seu único amigo.

Também está ali o sobrevivente do Quinto Ano – Conor é o nome dele.

– Acabei com quase todos os cães – diz ele. Está ofegante, incapaz de esconder a satisfação. – *Eles* já chegaram?

Melanie sabe o que o outro quer dizer com "eles", e sua pulsação se acelera perigosamente. *Como?*, pergunta a si mesma. *Como vim parar aqui?* Ela conheceu a Terra Gris e o poder dos sídhes. O Caldeirão e todo o resto. Todo mundo na escola vai morrer, independentemente do que ela fizer. A única pergunta é se ela vai morrer com eles. Por que faria isso?

Sente o suor escorrer pelo rosto, e Horner lambe o resto do sangue nos lábios. A porta do refeitório se abre, e ela acha que é outro membro da conspiração. Mas não, é Frankenstein. Horner sorri e saca uma faca, e Melanie tem a ideia maluca de se jogar em cima de um ex-soldado de forças especiais para salvar a vida do homem miserável.

– Espera! – alerta Conor. – Ele está com a gente. Não está, Frankenstein?

O velho assente. Seu corpo inteiro parece pulsar sob a luz da lanterna de Melanie.

– Eu quero o que me prometeram – diz Conor. – Ainda tenho amigos aqui, e não vou gostar de fazê-los sofrer, então é melhor vocês cumprirem o que prometeram.

Frankenstein começa a inchar diante dos olhos do grupo. Sua voz vai ficando profunda, rouca, abafada.

– Nós sempre cumprimos… nossas promessas… Vocês vão ter… o que…

Ele explode. Pedaços de carne humana se espalham pela cozinha, e Melanie não consegue reprimir um arquejo quando algo quente e melado gruda em sua bochecha.

Contra todas as possibilidades, Frankenstein – que não passa de uma massa de sangue e vísceras – ainda está vivo. Ele se sacode como um cão antes de limpar o rosto. São reveladas as feições de um anjo. Ou de um sídhe.

– Usei a pele de um ladrão para ficar na Terra das Muitas Cores – explica o recém-chegado. – Em algum momento a partir de agora, o mundo do nosso exílio vai me chamar de volta.

– Você vai começar a encolher? – pergunta Melanie, superando o nojo. Ela viu coisas muito piores na Terra Gris. – É isso? Você vai encolher até virar nada? Mas com certeza… digo… vai ser rápido, como foi em Bangor, né?

– Não tão rápido quanto antes. Quanto mais próximas estão as duas terras, mais forte é nossa âncora aqui.

Melanie abre a boca para perguntar o que ele quer dizer com *as duas terras mais próximas*, porém o príncipe ensanguentado a interrompe.

Quer saber se cada um deles ainda está de acordo com os termos da barganha. Horner mostra a faca, e Conor mais uma vez se gaba de ter matado os cães.

Quando o belo sorriso se fixa em Melanie, ela tira do bolso a mão trêmula e mostra a cópia das chaves que roubou semanas antes, as quais abrem um barracão atrás da escola. A veterana não sabe por que seu papel na matança de seu povo passa pela obtenção de tais chaves, mas o sídhe parece mais feliz com ela do que com os outros dois assassinos.

– Vai voltar a ser inteira, doce ladra. Não permitiremos que gere filhos, mas terá uma vida longa.

Ela estremece, e lágrimas pinicam o canto de seus olhos.

O barracão tem uma porta de metal e está cheio de precioso combustível. Alguns outros humanos, homens e mulheres que ela não conhece, com o rosto escondido por vergonha ou aos prantos, despejam o líquido também no térreo da construção onde ficam os dormitórios dos alunos. Por alguma razão ninguém nos andares superiores acorda, e nenhum dos guardas vem investigar os feixes de luz.

Quando esses homens e mulheres terminam, o lorde sídhe está dois palmos mais baixo do que Melanie, mas ainda mantém as proporções perfeitas de uma estátua grega, e parece deleitado com o que vê.

– Você vai… acender o fogo agora? – pergunta Melanie.

– Ainda não, doce ladra – responde ele. E não diz o que espera.

– E eu? – pergunta Conor. – Não entendi como isso tudo vai me ajudar a conseguir o que *eu* quero.

– Sempre cumprimos nossas promessas – responde o sídhe. – É o poder de uma promessa que mantém nossos dois mundos juntos.

Cinquenta soldados guardam o monte.

Eles desperdiçam quantidades enormes de combustível para manter os holofotes acesos na pequena colina, e nos últimos dias cortaram as árvores dos arredores para ter uma área de visão mais limpa. Não que esperem que algo vá sair dali. As ordens que receberam foram principalmente para manter longe os adolescentes – os que insistem em voltar, sabe-se lá por quê.

O Soldado Shields não entende o que os estudantes veem no Forte Feérico. É um dos pouquíssimos jovens que não só sobreviveram à Convocação como também foram considerados estáveis para portar armas na defesa de comboios, galpões ou quaisquer outros recursos que restem à Nação. Só ele sabe quão perto esteve, mais de uma vez, de apontar a arma para o lado contrário. Ou que quebra os móveis quando discute com a esposa, até as filhas pequenas implorarem para ele parar.

Mas ele está tentando. Cada dia é um degrau.

– O que você está encarando? – É Rebecca. Soldado Madigan. Acabou de fazer vinte e cinco anos e já é mãe de três filhos. Mesmo assim, custou para autorizarem seu alistamento sem que precisasse parir mais crianças.

– Encarando? – pergunta ele. Como muitos jovens do país, ainda falam em sídhe entre si.

– Você está encarando o monte.

É difícil enxergar através da cortina de chuva, iluminada sob a luz dos holofotes, mas ele enfim encontra uma resposta:

– Tem algo errado com a cor. Eu sei... Eu sei que é a... a *noite*. Ou a chuva, sei lá. Você entendeu.

Eles observam o monte por um instante. Nenhum deles consegue sentir a presença dele como os estudantes, mas seus olhos começam a lhes pregar peças.

– Acho... – começa o Soldado Shields. – Acho que estou tendo um dos meus flashbacks. – Ele aponta o dedo trêmulo por sob a aba da tenda. – Por acaso aquilo é... Por acaso aquilo é *capim-cortante*?

– Pelos deuses – diz Rebecca. – Acho que sim. Está acontecendo.

– O quê? O que tá acontecendo?

Ele não percebeu que durante todo esse tempo ela estava segurando uma adaga. A soldado a enfia na altura dos rins do companheiro enquanto cobre a boca dele com uma mão.

– Sim, definitivamente é capim-cortante. E logo atrás tem uma aracnoárvore. Viu? – sussurra ao ouvido dele.

Ela o coloca com cuidado no chão e agora precisa matar as demais sentinelas, mas demora demais. Vultos humanoides surgem da terra em cada parte do monte, como se se alçassem ao convés de um barco em fuga do mar revolto.

O estampido de uma arma soa do outro lado da colina, e um dos vultos oscila e despenca para a frente, ainda enterrado pela metade.

Hora da batalha, pensa Rebecca. Ela quer receber o que lhe prometeram. Quer isso mais desesperadamente do que qualquer outra coisa. Então alveja as tendas próximas com um antigo fuzil semiautomático, recarrega e, com um tiro certeiro, abate o sargento antes que ele complete a frase:

– Soldado Madigan, o que você…?

Vários de seus companheiros conseguiram fugir das tendas com as armas engatilhadas. A maioria mira nos vultos na colina, mas alguns tiros também são disparados na direção dela, que se joga no chão e ouve o zunido da morte passando sobre sua cabeça.

Xinga e recarrega a arma, as mãos firmes como rochas pré-históricas. Mas não precisa atirar, pois alguns sídhes fizeram a travessia e agora correm por entre os soldados em puro caos. A mulher mais linda que Rebecca já viu desde a Convocação dá um único tapa no pescoço de um homem, que cai agarrando a laringe derretida, enquanto a outra mão da sídhe afunda na cabeça do capitão como se esta fosse de geleia. Rebecca tem a sensação de estar voando. É uma deusa. Em seus vinte e cinco anos, uma única vez havia se sentido tão viva. Uma só.

Agora uma dúzia de sídhes nus – não, são vinte deles! – dança entre os humanos, até que a primeira – a jovem mulher – para diante de Rebecca.

– Nós prometemos – diz ela. – Prometemos a ti a vida eterna na Terra Gris.

– Obrigada – diz Rebecca, a voz quase inaudível sob o ruído da chuva.

– Aguarda aqui – continua a princesa –, até a matança acabar.

– Eu não vou ficar aqui!

O sorriso da sídhe aumenta.

– Então te junta a nós, irmã. Vem!

O coração da Soldado Madigan salta no peito. Ela tem lágrimas nos olhos e uma faca na mão conforme corre na direção da escola.

. . .

A Sra. Breen se depara com Conor no corredor térreo do prédio dos funcionários.

– O que... Conor? O que você está fazendo aqui?

Ele sorri.

– Está tudo bem. Eu sou um de vocês. Sim! Até eu! Chegou a hora. É hoje. Eles estão chegando.

Ela lança um olhar nervoso na direção dos aposentos – cada um pertencente a um veterano ou a um instrutor altamente treinado.

– Ah – diz Conor, chacoalhando alegremente uma lata de querosene. – Não se preocupe. Eles não vão acordar. Nem se um terremoto...

A Sra. Breen não faz a menor ideia do que ele está falando. Ela acabou de voltar para a escola depois de deixar o leito de um amigo moribundo e só agora, só nesse instante percebe que há algo muito errado. Começa a recuar, a palma da mão suada contra a parede do corredor. É um erro. Conor estreita os olhos, e ela sente um calafrio. Ele é enorme para um adolescente de catorze anos. É um homem formado, de fato, com músculos dignos do grande atleta que é. E ela acabou de se denunciar.

O tempo dela termina. Ele derruba a lata, e o combustível se espalha para todos os lados. Conor puxa a diretora para longe da parede, para então atirá-la contra a superfície de novo.

– Ah, já entendi – diz ele, balançando a cabeça em desaprovação. – Mais uma sujeira para o Conor aqui limpar. Não vou ter prazer nenhum em fazer isso, por Crom. Prazer nenhum. – Ele fecha a mão direita em punho. – Nunca fui um dos que zoavam a senhora pelas costas. – Ele a dobra ao meio com um soco no abdômen. A Sra. Breen tosse, sem fôlego para gritar por ajuda. – Mesmo a senhora sendo tão horrenda. Parece alguém que passou horas nas mãos dos sídhes. – Ele pisoteia os óculos da mulher, que tateia desesperadamente a parede como se implorasse pela misericórdia do oponente no tatame. – Que foi? A senhora acha que pode *se render*? A mim? Ao futuro rei da Irlanda? – Ele dá um sorriso perverso. Que só dura até os dedos dela encontrarem o alarme de incêndio pelo qual estava procurando.

Nas histórias, não raro são os sinos das igrejas que despertam os sonhadores do encanto feérico. O alarme em questão é bem mais estridente do que qualquer badalar. É insistente, impaciente e brutal de um modo que palavras são incapazes de descrever.

Nabil e Taaft se separam de um pulo: as décadas de treinamento fazem com que os corpos se desenlacem e estejam fora da cama em um piscar de olhos.

– Me larga, seu árabe de merda!

– Eu sou francês, sua vaca! Francês!

A porta se estilhaça, e os dois veem uma criança linda pelo vão, os olhos enormes e a boca fixa em um sorriso.

Nabil não se move, impotente, enquanto o alarme continua berrando. *Por que raios a cabeça do garoto é tão pequena? Por que ele está pelado? Como a porta explodiu assim?*

Como se tudo não passasse de sonho, uma mãozinha se estende e...

Um livro zune por cima do ombro de Nabil e acerta o garoto entre os olhos. Ele cambaleia para o corredor, onde um exército de criaturas diminutas já está se juntando.

– Não é uma criança, seu burro!

Um arrepio percorre o corpo do francês, que então reconhece os olhos arregalados das centenas de ilustrações que já viu. O choque é tamanho que ele só consegue dizer:

– Você jogou meu Corão nele, jura?

– Sabia que você era árabe!

O homem não tem tempo de responder à deliberada ignorância da outra, pois as criaturas, que batem na altura do peito dos adultos, já se aproximam. Nabil se lembra do que repete para os estudantes há anos: *Não deixe que eles botem as mãos em vocês! Evitem as mãos a todo custo!*

Ele dá um salto para trás, enquanto Taaft... Taaft não está nada confusa. Ela acabou de improvisar um chicote de armas: gira o cordão do cantil de metal e com um golpe quebra o nariz do primeiro sídhe. A criatura ri da dor, mas cai e derruba os companheiros que vêm logo atrás. Enfim, Nabil se recupera o suficiente para se juntar à luta. Seus pés são mortais, e ele esmaga o abdômen de uma garota com um chute.

– Por Deus! – exclama. – Eles pesam como adultos!

Taaft solta um grito quando a mão de um dos inimigos roça na dela, abrindo um buraco na pele.

– Eu estou bem! – grita. – Não deixa eles entrarem, não deixa eles entrarem!

Ela quebra um pescoço diminuto. Ele esmaga um craniozinho. A pilha de mortos impede a passagem dos outros seres, embora o corredor esteja abarrotado.

Mas eis que no vão da porta há uma humana, uma humana de verdade, com uniforme militar. Ela aponta um antigo fuzil Steyr AUG para dentro do aposento.

– Hora de morrer – diz, sorrindo.

Os instrutores não têm onde se esconder.

Um estrondo ensurdecedor soa no corredor, e a soldado tolamente desvia o olhar dos alvos. Dois sídhes voam na direção dela e a atingem em cheio no rosto. Quando ela está no chão, outros corpos voam por cima dela. Nabil ouve o estalar de ossos. Vê o sangue pintalgar as paredes. Anto passa brandindo o braço gigante, esmagando os inimigos como se fossem sacos cheios de uva, até que os sídhes sobreviventes partem em retirada.

O garoto surge à porta, o rosto coberto por uma máscara de sangue feérico.

– Achei que você fosse contra matar. – Taaft sempre foi conhecida por seu tato e sua sensibilidade. – Você não machucava nem uma mosca.

Tudo o que Anto responde é:

– Estão sentindo o cheiro?

– De sangue?

– De queimado. Estão botando fogo no dormitório dos estudantes. E dispara.

. . .

Nessa desperta. O alarme é tão alto que machuca os ouvidos, e o fedor de fumaça empesteia o ar. Sua maior preocupação é a mão que se estende na direção de seu rosto.

Ao contrário de Nabil, ao contrário de quase todo mundo, Nessa nunca paralisa quando é surpreendida. Ela agarra e torce o pulso alheio e rola da cama para o chão.

– Acordem! – grita para despertar as amigas, mas sua voz é sufocada pela gritaria.

Ela se locomove de gatinhas para não ser atingida pela nuvem de fumaça que vem das escadas, onde brilha o fogo que se alastra pelas poças de querosene espalhadas por humanos traidores.

O som de risadas preenche o cômodo junto com o ruído de passos no assoalho.

Nessa encontra Nicole com quatro marcas fundas de dedos na testa. Ouve Marya xingar em nome do Caldeirão, mas a voz da outra morre subitamente.

Aoife cai no chão bem diante de Nessa. Outras garotas costumavam tirar sarro de sua lentidão, mas, de todas, Aoife é a única que joga um lençol sobre o atacante. É tão, tão simples! As horríveis mãos não conseguem tocar a pele da estudante, que, enquanto a criatura se debatia, provavelmente saltou em cima dela e a derrubou no chão.

Mas o sídhe não se rende; parece forte como um humano adulto. Então os punhos poderosos de Nessa socam a lateral da cabeça do feérico.

– A gente precisa chegar na janela – diz Nessa. – Dá pra pular nas moitas... – Talvez elas quebrem as pernas, mas pelo menos é uma chance, certo?

Outras três meninas lançam mão do incrível treinamento que receberam para resistir ao ataque dos invasores, mas as chamas já adentraram o dormitório, e, embora elas ainda não saibam, o sótão também foi embebido em combustível e o telhado já queima, desafiando o clima úmido.

As duas se arrastam de cama em cama enquanto as últimas companheiras morrem, enquanto o assoalho acima enfraquece e os sídhes ficam menores.

– Ainda tem aquela ali! – grita um dos inimigos. – Tem uma fugindo!

E Nessa pensa: *Errado! São duas!*

– Temos um acordo – insiste o sídhe, e vários deles correm em meio à fumaça como se estivessem em pânico.

A janela está a menos de dois metros das garotas, já aberta, e a pobre Rachel do Terceiro Ano jaz morta logo abaixo.

– Eu quero que você vá primeiro – sussurra Aoife.

– Não! Tem que ser você. Vai...

As meninas ouvem um rugido vindo de algum ponto atrás delas. É uma voz humana, tomada de ultraje e horror.

É Anto, que tosse e se engasga com a fumaça. Ele precisa se abaixar! Sair da nuvem de fumaça! Ou vai morrer!

Ele varre os sídhes para todos os lados.

– Vai! – diz Nessa para Aoife. – Ele veio me ajudar. Sobe na janela. Agora! Agora!

Aoife adianta-se com ímpeto. Uma viga cede, fazendo desmoronar metade do teto. Nessa está exatamente embaixo.

Anto cambaleia, cego pela fumaça, quase tossindo para fora os pulmões.

Ele prepara o braço amaldiçoado para acertar a criatura que vem correndo em sua direção, mas se detém assim que reconhece a voz de Aoife:

– Você tem que tirar ela daqui! A Nessa! Ela vai morrer queimada! Ela está queimando!

Nessa está sob uma cama, que por sua vez está sob uma viga de madeira em chamas. Pela primeira vez desde a Convocação, Anto agradece aos deuses, ao Caldeirão e aos próprios sídhes pelo horror que infligiram a seu corpo. Porque nada que tivessem feito com ele poderia ser mais adequado para resgatar a garota que ama. Nenhum outro humano – nem mesmo um grupo de humanos – seria capaz de erguer aquele peso.

Anto grita quando a madeira fumegante chamusca sua pele. Ele se engasga e tosse. Está a minutos de desmaiar por causa da fumaça, mas, quando enfim joga a viga para o lado, o alívio dispara por seu corpo: a cama não colapsou com o peso. Ele e Aoife afastam o colchão...

Mas, em vez de Nessa, tudo o que encontram é seu pijama vazio.

Anto encara as roupas, atônito. Está disposto a morrer ali mesmo, porém Aoife o puxa e o joga de cabeça pela janela. Ela pula atrás dele e cai no meio das moitas.

O primeiro andar está completamente em chamas.

Em três minutos e quatro segundos, Nessa vai voltar para o mesmo lugar de onde desapareceu, esteja morta ou viva. E as chamas vão consumir o que restar dela.

NESSA

NESSA SEMPRE TEVE A INTENÇÃO DE SOBREVIVER À CONVOCAÇÃO, POR mais que alguém pudesse pensar o contrário. Mas ali, deitada de costas sob as espirais prateadas, com o ar mais corrosivo do que a fumaça que acabou de deixar para trás, ela sabe que vai morrer.

Em três minutos e quatro segundos, chamas consumirão a cama que a protegia do teto ardente. O assoalho vai ferver e cozinhar a garota em um piscar de olhos. Aqui ou lá, ela já era. Seus pais vão passar do medo de perder a filha para a certeza, e Anto… Anto não vai ter ninguém para lhe deixar segredos sob o travesseiro, para o arrastar até Donegal e cuidar da horta com ele sob a sombra do monte Errigal.

Nessa não é dada a autocomiseração, mas ali o sentimento ameaça esmagá-la. Nem o som da trombeta de caça pode mudar isso.

Ela está deitada em um pequeno platô, no topo de um aclive tão íngreme que em certas partes mais parece um penhasco. Um riacho desce pela encosta, formando um caminho de limo ácido até o fundo do vale. Nessa ignora o corpo d'água. Também ignora os vermes da espessura de seu pulso e com rostos humanos que emergem da lama para lambiscar sua pele. *Será que ela é comestível?*, perguntam-se os bichos, apreensivos. *Será que é só uma armadilha?*

A trombeta soa de novo, mais perto, e Nessa luta consigo mesma até a parte que nunca se rende sobressair. Está pensando em se levantar quando ouve passos pesados se aproximando e, em um piscar de olhos, um grupo de sídhes se dispõe em semicírculo à sua frente.

– Por que essa não corre? – pergunta um deles.

– Por causa das pernas – responde uma mulher que usa um manto feito de pele humana, decorado com um arranjo chamativo de ossos. – Deveríamos consertar para ela. Se as deixarmos parecidas com patas de avestruz, talvez ela nos ofereça mais diversão!

Apenas quando a mulher se inclina sobre ela é que Nessa pensa que evitar os sídhes é mais do que uma questão de vida ou morte: diz respeito a agonia, aos absurdos que infligem à carne e aos ossos das vítimas antes de enviar os restos mortais como lembrancinha para amigos e parentes. É muito melhor encarar o fogo na escola do que qualquer outra coisa que os sídhes tenham planejado para ela!

No entanto, antes que os feéricos a toquem, um sídhe se aproxima, sem fôlego porém aos risos.

– Não, amigos! – grita ele. – Essa não! Não podemos tocar nessa! Prometemos a um dos ladrões que apenas ele acabaria com a vida dela. Nós, não! Ele o fará com as próprias mãos, e nós o transformaremos no rei de todo os milesianos!

Nessa se senta.

– Quem? De quem vocês estão falando? Do Conor? Vocês fizeram um acordo com o…

O recém-chegado é o homem mais lindo que Nessa já viu. Mantém a expressão gentil e bem-humorada mesmo quando desfere um chute na lateral do corpo da garota, tão forte que a faz cair de barriga para baixo. Ele ri, e os vermes gigantes deslizam aterrorizados para longe.

Nessa divisa o charco no fundo do vale. Para além dele, há milhares de barracas. Estandartes cinzentos tremulam sobre elas, e hordas de vultos diminutos se espalham ao redor do único ponto colorido em toda a paisagem: uma bolha de um verde berrante que brilha e reluz.

– Não podemos matar a garota – diz o recém-chegado. – Mas podemos *brincar*, não? Podemos retorcer o corpo dela como quisermos, contanto que viva pelo restante do tempo na Terra das Muitas Cores. Que tal uma aranha? Assim o rei dos ladrões pode quebrar as patas dela uma a uma!

– Não! – insiste a mulher. – Devemos colar as pernas nos braços! Podemos torcer a coluna da ladra até ela assumir a forma de um anel perfeito! Podemos levá-la na invasão. Nosso exército vai se inflamar ao vê-la rolando sobre as barracas.

Aterrorizada, Nessa sente a força sumir dos membros. *Por Crom! Muito, muito melhor ir ao encontro da própria morte!* Assim, com um movimento ágil dos braços, ela se empurra para a frente e se joga da beirada. Sua expectativa é rolar pela escarpa, quebrando ossos no caminho, mas há limo demais, e ela começa a escorregar pela superfície limosa mais rápido do que se estivesse em uma competição olímpica de descida de tobogã. Exclamações animadas e trombetas de caça ecoam do topo.

Uma formação cerrada de aracnoárvores a aguarda na base do penhasco. Elas crescem na proximidade de rios e áreas alagadas, mas gostam mesmo é de carne humana. Os galhos a açoitam quando ela passa pelas plantas, arranhando sua pele e diminuindo sua velocidade. Quando Nessa enfim para, três espécimes diferentes a agarram, um em cada membro, apertando-a e espremendo-a como sucuris.

— Que Crom as leve! — grita a garota. — Que Lugh as amaldiçoe! Que Dagda as rejeite!

Ela morde a árvore mais próxima. A seiva tem gosto de sangue — mas, quando pensa no que os sídhes planejam fazer com ela, e Conor depois deles, Nessa continua grunhindo e atacando até conseguir livrar um dos braços.

A trombeta prossegue soando, e os inimigos, que escorregaram corajosamente pela encosta atrás dela, estão a poucas centenas de passos de distância.

Quando Nessa enfim consegue se levantar, vê-se impedida de avançar. O acampamento militar dos sídhes está próximo, e é enorme. Há "animais" de carga e gigantescos monstros de guerra feitos de carne humana torturada. Mas é o ponto brilhante de cor que ela viu do topo do aclive que atrai seu olhar. Ele flutua acima do exército e tem a forma de uma porta — a mesma porta que ela viu no Forte Feérico na floresta. *Exatamente* a mesma.

Soldados sídhes, aos milhares, estão construindo uma montanha de terra e de pedra. Em menos de um dia, vão alcançar o brilhante portal.

Quando a garota dá por si, percebe que há alguns apontando para ela e ouve gritinhos de prazer antes que dezenas de sídhes disparem em sua direção. Enquanto isso, os perseguidores que estavam atrás dela já se livraram das aracnoárvores e suas mãos terríveis não devem estar a mais do que um minuto de agarrá-la.

Um rododendro enorme salva a vida de Aoife e Anto, que ricocheteiam na folhagem após baterem no tronco maciço no centro.

O garoto tosse e lamenta.

– Ela se foi! – diz ele. – Deus, ela se foi!

Aoife o abraça como gostaria que a tivessem abraçado quando lhe tomaram Emma.

A garota está terrivelmente consciente do monte a oeste. A sensação nunca foi tão intensa, e a imagem de enormes degraus de pedra inexplicavelmente surge em sua mente. *Está prestes a se abrir*, pensa ela, e se pergunta se isso significa que ela está na iminência de receber a Convocação.

Mas não pode se preocupar com isso agora, pois ela e Anto estão em um lugar extremamente perigoso. As janelas acima deles cospem fogo, e algo estranho está acontecendo no velho estacionamento. Centenas de pessoas estão reunidas lá, adultos e crianças. Não! *Não* são crianças. Ela sente um calafrio quando enfim entende para o que está olhando. Sídhes que batem no abdômen de um adulto conduzem os moradores de Boyle e os obrigam a ajoelhar no concreto encharcado e rachado.

Diante deles está um garoto alto e musculoso, soberbo e poderoso: Conor.

Atrás de Nessa, o riacho desemboca em um pequeno lago.

Ela se move com dificuldade até a água enquanto os sídhes correm em sua direção. Apesar das pernas fracas, Nessa é uma nadadora tão hábil quanto qualquer colega de turma e, ignorando o ardor nos cortes e ralados, chega à margem oposta antes que o monstro que ali habita consiga fazer mais do que berrar maldições. A criatura, porém, captura alguns dos sídhes, o que força o resto do grupo de caça a dar a volta na margem repleta de aracnoárvores.

Isso significa que Nessa ganhou alguns minutos. Não mais do que isso. E não há nenhuma árvore com galhos mais grossos do que dedos à vista, nenhuma. Nessa sempre apostou alto na chance de construir muletas, mas agora sua única alternativa é encontrar um lugar para se esconder.

Ela se apoia nas mãos e nos joelhos para ficar fora de vista e se esforça para reprimir a vontade de tossir, que fica cada vez mais forte conforme respira o ar ácido.

Diante dela, há um enorme pântano cheio de aracnoárvores e es- pécies de gramíneas. Mas um estranho caminho, coberto por bolotas de musgo da espessura de um dedo e mais nada, atravessa a vegetação.

Nessa prefere evitar áreas tão abertas, mas, antes que possa se mover, uma garota sídhe sorridente surge correndo na trilha, os cabelos loiros e o manto feito de pele humana voejando. Nessa tateia o solo em busca de uma pedra – ou de qualquer arma!

No entanto, não vai precisar de arma alguma. Assim que a sídhe pisa numa bolota de musgo, desaparece em um buraco que se abre no chão. Nessa escuta o som de algo caindo na água e um grito. E o silêncio retorna ao charco.

A garota se arrasta, evitando as outras bolotas de musgo, até chegar à beira do buraco. Ele é fundo, equivalente a três vezes a sua altura, e lá embaixo há um líquido borbulhante – provavelmente um ácido, uma vez que o corpo da sídhe parece estar sendo *digerido*.

Pequenas protuberâncias, talvez gravetos, despontam nas paredes do poço – apoios perfeitos para mãos e pés, se ela assim quiser. E é claro que quer! Aquele pode ser o esconderijo ideal!

Nessa passa as pernas para dentro do buraco, reprimindo a ânsia de vômito causada pelo cheiro de carne apodrecida. Os sídhes talvez nunca notem o buraco na imensidão do pântano. Mas, se notarem ou trouxerem os "cães" ou algo do tipo e descerem para buscá-la, ela poderá se matar se jogando no ácido. Vai ser uma morte horrível, horrível mesmo, mas talvez ela não precise se valer dessa alternativa, e, de toda forma, não seria pior do que os sídhes, ou do que as chamas na escola.

Pelo menos estou lutando, pensa ela, olhando para o líquido digestivo abaixo. *E provoquei a morte daquela ali.*

Os galhos nas paredes do poço se revelam ser pedaços de osso. O material esfola a sola dos pés da garota, que ignora a dor e desce pelas protuberâncias até estar a poucos palmos da sídhe morta, de modo a não ficar visível a olhares casuais de lá de cima.

O fedor é mais do que insuportável. O cadáver continua a borbulhar e se dissolver sob a fraca luz prateada da Terra Gris.

Gotas começam a se formar nas superfícies ao redor de Nessa. Suas mãos começam a escorregar e, assim como a sola dos pés, ficam esfoladas. Mais de perto, as protuberâncias que achou serem ossos se assemelham a presas. A parede do poço começa a se deformar, curvando-se para dentro desde o topo, de modo que os dentes daquela parte agora apontam para baixo. O buraco acima parece menor.

– O quê? – murmura Nessa para o monstro cuja boca ocupa. – Você não vai me deixar sair?

Soa como algo que Megan teria dito. No entanto, Megan nunca teria ficado tão aterrorizada.

– Vês? – diz uma mulher sídhe cuja cabeça bate na altura do quadril de Conor. – Nós te transformamos no rei deste lugar. – Ela gesticula na direção dos presentes ajoelhados no estacionamento. – Todos eles reconhecem isso. Todos estes ladrões juraram lealdade a ti.

– Sob ameaça de morte – diz Conor.

– Sim – concorda a feérica. – É assim que se reina. Sob ameaça de morte, os mais fracos se ajoelham diante dos mais fortes e proclamam seu amor. Tu tens o direito de declarar o fim do tratado nesta minúscula parte da Terra das Muitas Cores.

– E depois? – pergunta ele.

Não consegue tirar o sorriso do rosto, porque está acontecendo. Exatamente como prometeram. A Sra. Breen, ferida e ensanguentada, jaz à sua frente, depois de jurar servir ao garoto. Outros professores também estão ali. Até alguns instrutores se renderam, incapazes de resistir à agonia das mãos sídhes enterradas em suas costas, acarinhando seus órgãos na ânsia de esmagá-los. Ele bem que gostaria de ter o mesmo poder. Pensa que deveria ter pedido algo assim, mas é tarde demais.

– Vocês vão se espalhar pelo resto da Irlanda, não vão? Vão declarar outros reis?

– Não precisamos de outros – responde ela. – As demais tribos que destruímos serviram apenas como... treinamento. É aqui que nosso exílio terminará! Aqui! Quando nosso exército chegar, expandiremos teu reino. O Portão se abrirá, e aqueles que por ele passarem não mais diminuirão, mas viverão e morrerão aqui! Assim termina o tratado injusto. E os ladrões restantes serão teus para que os governes, com a condição de que que jamais gerem prole.

Conor pensa de novo na Convocação. Lembra do lorde sídhe arrancando seus braços e pernas. A memória faz seu corpo estremecer, mas traz a reboque os momentos que se seguiram, que, de certa forma, foram aqueles em que mais sentiu orgulho de si. Pois foi quando ele superou a dor e exigiu vingança.

– Vocês prometeram que sou eu quem vai matar a Nessa – diz ele. – Me deem isso e cancelo o tratado. Mas não *antes* disso.

– O tratado precisa ser cancelado hoje à noite – diz ela.

– Então é melhor me trazer a garota até hoje à noite. Do contrário, o tratado prossegue.

É a primeira vez que vê o sorriso de uma das criaturas morrer; sem ele a feérica deixa de ser bela, pois agora há sulcos profundos nas têmporas e no canto dos olhos. Parecem cicatrizes.

– Não podemos controlar o que a ladra vai fazer. Talvez ela esteja no salão em chamas. Ela pode se matar, como tantos outros fizeram antes que pudéssemos brincar com eles.

Conor estufa o peito, contente com o desconforto dela.

– Pelo bem de vocês, é melhor que ela sobreviva. Um juramento é um juramento. Eu fiz a minha parte. Matei os cães e estrangulei dois amigos com as minhas mãos.

Liz Sweeney conseguiu fugir, mas Bruggers... Foi triste matar um amigo. Mesmo assim, Conor sorri com a satisfação de um trabalho bem-feito. *Vou estrangular a Nessa também*, pensa. *Aquele pescocinho branco foi feito pra isso.*

Ele continua imaginando o olhar no rosto dela! Primeiro, ele a obrigará a se desculpar. Depois, a jurar seu amor. E, por fim, vai acabar com ela. Sim, vai, sim.

– Me tragam a Nessa e cancelo o tratado.

Nessa está agarrada à própria vida. Talvez esteja pendurada há mais de uma hora, mas é impossível saber quanto tempo se passou na Terra Gris. Seus braços, seus poderosos braços, tremem de exaustão. As mãos estão escorregadias por causa do sangue retirado pelas presas, que lentamente esfolam suas palmas.

Ela está decidida a não morrer assim, sozinha. Quer ver Donegal mais uma vez. Quer pedir desculpas aos pais por ter sido tão fria com eles. E quer ouvir desculpas pela falta de fé nela.

Mas eles estavam certos.

Nessa deseja abraçar Anto. Nunca foi ao túmulo de Megan, e se pergunta se alguém o visita e deixa flores. E seria bom ter filhos, lotar a pequena choupana de criancinhas, enquanto do lado de fora ciscam galinhas que Anto nunca permitirá que ela coma.

Ela quer tudo! Tudo!

Em vez disso, o que terá é o ácido se não conseguir se segurar, ou o fogo se conseguir. Seus restos mortais serão insuficientes para encher uma xícara de chá, e todos vão dizer que sabiam que ela não conseguiria sobreviver, mas não é bonitinho que ela tenha tentado mesmo assim? Nossa, *muito* comovente.

Ela escorrega mais um pouco, solta um palavrão, cospe nas paredes. Reza ao Deus de sua mãe para que garanta a felicidade dela, para que ela possa encontrar paz. A escuridão é quase completa, pois o buraco no alto diminuiu até ficar do tamanho de um punho.

– Messstre! – grita uma voz. – Messstre!

– Cachorrinho esperto! Cachorrinho esperto! – Alguém ri e solta um gritinho. – A ladra! Meu cão a encontrou!

Uma luz febril adentra o poço, e Nessa vê três belos rostos acima de si.

– O estômago não vai te soltar, ladra – diz uma retumbante voz masculina. – Ele só não a derrubou ainda porque está se deliciando com a minha querida e doce amiga. Venha! Ela iria querer que nos divertíssemos contigo! Vamos atirar uma corda! E te puxaremos para a liberdade! Depois, levaremos os restos de nossa parceira até o Caldeirão.

Ela olha para cima, para o dono da voz. Para Nessa, todos os sídhes se parecem, com sua pele brilhante e seus olhos enormes, a elegância, a beleza. Até o cabelo é sempre da mesma cor sob a pálida luz cinzenta do lugar. Mas este usa um diadema de osso na cabeça e tem feições muito menos delicadas que os demais: um Hércules com uma estranha veste tremulante que enfatiza a imensidão de seu torso.

– Que Crom os amaldiçoe! – cospe Nessa. – Prefiro morrer aqui do que na mão de vocês.

– Eu juro – diz ele. – Juro que não vamos te matar.

– Ah! Verdade, né? Vocês prometeram essa honra ao Conor.

– Exatamente! – O feérico abre um sorriso amplo. – Vamos, pega a corda. Vamos fazer com que sejas realmente bela, para que teu povo se impressione quando te vir.

Nessa ignora as ofertas de ajuda, que ficam cada vez mais insistentes. A palma das mãos e a sola dos pés doem demais conforme ela muda sem parar de posição para obter um conforto impossível. Abaixo, a mulher sídhe não passa de uma maçaroca horrenda de ossos borbulhantes.

A presença do inimigo encheu a garota de petulância. Ela saboreia o evidente desconforto deles com a possibilidade de quebrarem o acordo com Conor, o traidor. Delicia-se com isso! Conforme o tempo passa, conforme cada articulação de seu corpo parece se deslocar, conforme seus pés se rasgam, conforme o ar venenoso corrói sua garganta, seu sorriso se torna mais maníaco e deleitoso do que o dos sídhes.

– Tu não vais resistir – afirma o herói. – Ainda faltam horas!

– Ah, eu vou resistir! Ah, se vou! E ninguém vai saber, porque, quando recebi a Convocação, estava em um quarto em chamas, e o fogo vai me matar assim que eu voltar! Mas eles estavam errados a meu respeito. Todos! Porque eu vou sobreviver à Terra Gris, e que Crom amaldiçoe a pólio e aqueles que duvidaram de mim! Que Crom vire vocês do avesso!

– Em chamas? – pergunta o homem. Ele franze a grande testa, e Nessa ri.

– Não importa o que aconteça, vocês vão quebrar o acordo. São uns mentirosos, não muito diferentes de nós, irlandeses. São uns mentirosos, quebradores de promessas!

Um lamento horrível se faz ouvir, como se houvesse centenas de sídhes amontoados ao redor do fosso.

– Tu precisas sair – diz o homem. Ele se inclina perigosamente para a frente. – Tu não podes fazer isso, entendes? Não podes!

As mãos dele estão na beira do buraco. As mangas da veste terminam em bocas que respiram com dificuldade.

– Não importa. – Apesar da dor, Nessa aprecia as palavras. Já que vai morrer, nada melhor do que causar angústia nos monstros. – Não é como se vocês pudessem me impedir de voltar para o ponto onde recebi a Convocação.

– Não – concorda ele –, de fato não podemos impedir-te de voltar para o fogo. Mas podemos te alterar! Alterar o suficiente para que o fogo não faça efeito sobre ti.

Nessa está quase sem forças. Está prestes a despencar. A se deixar ser corroída pelo ácido enquanto eles berram em desespero por quebrarem uma promessa estúpida. Entretanto, o príncipe a instigou.

– Vocês conseguem me transformar em alguém… – não há uma palavra em sídhe para isso, então ela inventa uma: – à prova de fogo? Conseguem fazer isso? É claro que sim! – Ela sorri. – Mas acho que vou esperar aqui mesmo. Estou cansada, quase desistindo.

– Não! Eu imploro, não faça isso!

– Vocês vão me virar do avesso mesmo...

– Virar do avesso! Por que dizes algo assim? Vamos fazer com que fiques *linda*! Serás uma joia humana!

Já basta para Nessa. Ela está tão cansada e com tanta dor que a poça de ácido começa a lhe parecer o mais confortável dos colchões. Ela se esforça para falar:

– Me transforme em alguém à prova de fogo, então. E prometam que não vão me fazer mal.

– Mas nunca fazemos mal! O que fazemos é...

– Ai, por Crom! Prometam que não vão fazer nada que *eu* considere ruim. Estão entendendo? Hein?

O sorriso nos lábios do herói vacila, mas ele assente solenemente, e Nessa sabe que ele manterá a promessa. São tão famosos por isso que a garota se pergunta por que ninguém nunca tirou vantagem disso antes. E por que, afinal, os feéricos dão tanta importância a isso?

A ponta de uma corda surge diante de seu rosto – não há dúvida de que é feita de pele humana. Isso não a impede de passar as mãos feridas pelas alças que fizeram para içá-la. É apenas quando os sídhes a puxam pelo braço que se dá conta de que poderia ter pedido muito mais do que imunidade ao fogo. Poderia ter pedido saúde abundante! Pernas fortes! Qualquer coisa! Mas é tarde demais.

Os inimigos estão parados ao redor dela, centenas de sídhes e seus "cães". Ao longe, a porta no céu ainda brilha em verde. Está mais resplandecente agora, e o monte que estavam construindo já está alto o bastante para que alcancem a passagem. Uma horda se espalha pela planície sob o fenômeno, e Nessa enfim entende diante do que está: um exército invasor.

– Pronto – diz o herói sídhe. – Eu, Dagda, agradeço a ti! Pois, se tivesses te matado, nós jamais poderíamos voltar a teu país, e teu povo talvez tivesse sobrevivido. Mas, ao salvar a ti mesma, ladra, tu mataste a todos os outros. Só o que precisamos agora é que teu rei cancele o tratado, e ele não tem por que quebrar a promessa dele se nós respeitarmos a nossa.

– Eu... não estou entendendo – diz Nessa.

Ele sorri, mais poderoso do que nunca. Todos os sídhes riem dela.

– Vamos te preparar para o fogo – afirma Dagda. – A dor será inesquecível.

Ele não está mentindo.

O INCÊNDIO

TUDO ESTÁ EM CHAMAS. QUER DIZER: TUDO EXCETO NESSA. NÃO PArece, pois as labaredas dançam em sua pele e brincam com suas madeixas curtas. Ela exala o ar, e seu hálito também é de fogo.

Seria o caso de rir, mas os sídhes não foram mais generosos do que a promessa os obrigava, e ela não tem mais uma gota de força no corpo. Suas mãos e seus pés estão em carne viva, dificultando os passos febris pelas áreas do assoalho que ainda parecem capazes de suportar seu peso.

Cortinas de fogo rugem no dormitório. Janelas estalam como armas ao explodirem em sequência. A pintura da escadaria pela qual ela costumava deslizar borbulha por causa do calor, e a fumaça lhe provoca um acesso de tosse que ameaça expelir seus pulmões.

Enfim, Nessa desliza de barriga pelos últimos degraus e rasteja até a entrada principal.

Esta parte da construção queimou por mais tempo, e dela resta pouco mais do que um esqueleto, mantido de pé por ferragens e pelas lembranças dos muitos alunos que viveram e morreram na escola.

Há uma labareda ainda, mais alta do que a garota, composta de vigas que despencaram dos andares superiores. Ela mal a nota, mas os cinco sídhes que correm em sua direção acabam recuando do calor furioso da grande chama.

– Precisas vir! – pedem os feéricos. – Deves vir até ele imediatamente.

– Ou…? – pergunta ela, e cada palavra é uma língua de fogo.

Ela nota o desespero deles para levá-la, mas, como a prometeram a outro, mantêm-se distantes.

As últimas chamas que ela absorveu deixam sua pele, e sua respiração volta ao normal, não mais exalando fogo. Ela só consegue pensar em descansar. Só quer se deitar, mas há um assunto inacabado. E ele se aproxima: Conor marcha desde o estacionamento, a expressão furiosa. Varre os sídhes do caminho, os quais imploram:

— Cancela o tratado agora! Faz isso agora! Podes ter a garota depois! Terás uma eternidade com ela se quiseres.

— Vem aqui! — ordena ele para Nessa.

Ela não se move, oscilando languidamente sob o calor imenso emanado pelas brasas às suas costas. Seu corpo inteiro brilha. Está mais bela do que qualquer sídhe, mais bela até do que Danú! A fúria de Conor murcha e se dissipa.

Por quê?, pensa ele. *Por que pedi que me deixassem matá-la? Entre todas as coisas!*

Ela está indefesa diante dele. Atordoada, ele crê, de vê-lo em toda a sua glória, o rei que a Irlanda sempre precisou. E, como rei, ele deve assumir o controle agora, por isso avança pelo ar fervente até que suas mãos estejam em volta da bela e delicada garganta de Nessa. Que sensação deliciosa! Vai esmagá-la como a um passarinho. Só que não consegue. Ainda assim, deve. Que escolha os sídhes lhe deixaram?

— Me beija — diz ela.

— O quê?

— Me beija antes. Só desta vez.

Conor sempre quis que ela implorasse, não é? Que pedisse perdão. Que o desejasse. E o que é um beijo senão a junção desses desejos?

Ela inclina o longo pescoço para trás. Ele não consegue evitar e, conduzido pelos próprios lábios, pende para a frente e para baixo. Ela o enlaça com os braços fortes e o puxa para mais perto.

E se lança ao fogo.

O PUNHO DO GIGANTE

EM ALGUM LUGAR, UMA PORTA BATE.

Aoife já não sente a presença do monte. Se a girarem no lugar, ela não vai saber nem em que direção ele ficava. Todos os sídhes berram horrorizados com a derrota.

É o suficiente para despertar Anto de seu sofrimento. Ele berra como um animal selvagem e dispara para o estacionamento. Prisioneiros humanos se espalham diante dele, ao passo que os sídhes enlutados, que sempre dedicaram a vida à vingança, encontram um alvo digno de seu ódio.

Pelo menos trinta homens e mulheres do tamanho de crianças, vindos de todos os lados, se aproximam velozmente. Anto os recebe com o punho gigante. Lança o primeiro contra outros três, derrubando-os como pinos de boliche. O próximo, ele esmaga no chão, e o som é o mais nojento que Aoife já escutou.

Mas logo ele está cercado por mãozinhas que se estendem para seus tornozelos; os sídhes sabem que, se o aleijarem, poderão atacá-lo como um bando de formigas.

Anto parece não se importar, mas Aoife teme por ele. Ela se coloca às suas costas e tenta manter essa área limpa. Acerta um homenzinho no rosto, mas outro consegue tocá-la na mão, e a dor é tamanha que ela lacrimeja. Recua aos tropeços e vê que outros três apareceram para separá-la da luta desesperada de Anto.

– Fui eu que matei tua amada, ladra – diz uma mulher diminuta. Os cabelos sedosos tremulam como um estandarte ao sabor da brisa. – Peguei o coração dela entre os dedos, um passarinho trêmulo. E então…

E então a cabeça da sídhe explode.

Blam, blam, blam! Outros três inimigos caem com buracos inexplicáveis no corpo, e Aoife testemunha uma cena tão estranha que jamais vai esquecer: Nabil e Taaft – ambos nus, exceto pelas botas – marcham pelo estacionamento. Estão com as armas que antes pertenciam à Soldado Madigan, e cada bala disparada encontra um alvo.

Em seu mundo, os sídhes abrem mão da própria vida com prazer, pelo menos é o que dizem os Testemunhos, vários e vários deles. Mas o fechamento da porta, a perda do monte, ou o que quer que tenha acontecido, parecem ter extinguido sua vontade de lutar. Eles fogem do tiroteio.

Pela manhã, até a população do vilarejo está caçando os sídhes – uma dúzia de pessoinhas do tamanho de ratos fugindo pela vegetação rasteira. E é só nesse momento que Aoife encontra Nessa. Ela está viva, por Crom! Como a princesa de um conto, dorme em uma pilha de cinzas, os braços delicadamente enlaçados em um esqueleto carbonizado, um sorriso doce no rosto.

De todas as construções, apenas o ginásio escapou da destruição. Em tempos mais felizes, a comunidade inteira da escola se espremia ali para assistir a um filme no telão. Ninguém precisa se espremer agora. Menos de cinquenta cadeiras são suficientes para acomodar os sobreviventes da noite anterior.

Anto a intercepta antes que ela passe pelas portas duplas.

– Nessa! – grita, ao mesmo tempo zangado e preocupado. – Não era pra você deixar o pavilhão médico!

Aoife a arrastara para lá enquanto a Cruz Vermelha ainda armava a instalação. Antes de entregar Nessa aos paramédicos, Aoife disse:

– Não conta pra ninguém sobre o Conor, entendeu?

– Mas… o Testemunho.

– Sim, o Testemunho precisa ser honesto, eu sei. Mas ele termina ao fim dos Três Minutos, certo? O Testemunho é sobre a Terra Gris. Ninguém precisa saber do depois. Seus pais não precisam saber.

Talvez Aoife esteja certa. O Testemunho de um sobrevivente o acompanha pelo resto da vida, e, embora ninguém simpatizasse muito com Conor, Nessa sabe o que vão pensar da atitude dela. Que foi errada. Vingativa. Desnecessária. As pessoas não enxergam as mulheres como assassinas, nem agora, nem depois dos últimos acontecimentos!

Quem sabe depois de algum tempo ela se sinta arrependida do que fez, ou envergonhada. Mas não hoje. *Nem nunca!*

– Nessa! – repete Anto.

Ela deve ter mergulhado em um devaneio, pois se vê escorregando pela parede antes que o garoto a segure com o braço direito, o braço normal.

– Vou te levar de volta.

– Não. Vou ficar aqui. – Por "aqui" ela quer dizer aninhada no calor de seu corpo, perto o suficiente para ouvir as batidas de seu coração, forçando-o a usar também o braço maior para mantê-la em pé sobre as pernas enfaixadas.

Ela ergue o queixo, mas hesita, subitamente ciente de que todo mundo ali está vendo os dois juntos, de que todas as suas fraquezas estão expostas.

Ela o beija mesmo assim. Por Crom, como dói! *Tudo* dói. Até o cabelo de Anto machuca a palma de suas mãos já feridas, e a dor faz Nessa ter um acesso de riso, pois ela nunca imaginou um paraíso como aquele, onde a agonia serve como um lembrete da vida, da sobrevivência, da vitória. Cada um dos sentidos requer sua atenção. O cheiro do garoto! Uma mistura de suor e cinzas. As cócegas causadas pelo queixo não barbeado. A maciez dos lábios e o cuidado com que ele curva o corpo gigantesco sobre ela.

– Você gosta de fazenda? – sussurra ela.

– Fazenda? Por quê…? Não sei… Eu…

– Diz que sim.

– Sim. Ahn… Eu… amo fazendas?

– Ótimo. E Donegal?

– É, ahn, o melhor lugar do mundo?

– Me leva pra dentro. Acho que não aguento andar.

Alanna Breen chega por último, caminhando com dificuldade. Passa por sacos de dormir e rostos enfaixados. Por cabeças caídas e ombros curvados. O arrastar de sua perna ferida é o único som no recinto, e ela sabe que as queimaduras reluzentes lhe conferem a pior aparência entre todas.

Mas os alunos merecem que mantenha a compostura. Apenas seis meses atrás, alguns deles ainda brincavam de boneca. A maioria ainda espera a Convocação, que Deus os ajude. *São crianças*, pensa, e estremece com o amor que sente pelos alunos, tão forte quanto o de qualquer pai ou mãe. Não é de espantar que sua formalidade se desfaça assim que ela se vira para encarar a multidão.

O discurso que ela preparou se nega a vir. Em vez disso, Alanna Breen, que nunca fez mais do que consolar um ou outro estudante choroso com um abraço, se sente compelida a caminhar de cadeira em cadeira e beijar solenemente cada pessoa na testa.

Assim, ela manca até a pequena Bronagh Glynn, depois até Cormac O'Malley, Aoife, Liz Sweeney. Ela passa também pelo gorducho Sr. Hickey, cujos cabelos emaranhados têm pedacinhos dos mapas queimados e, no rosto, um sorriso feroz. Depois dele, ela cumprimenta Nabil e Taaft; a veterana Melanie, que, por algum motivo, parece mais amedrontada do que os demais. A seguir estão os cinco alunos do Terceiro Ano que conseguiram enganar e trancar no porão o mesmo número de sídhes. Ela beija cada um, assim como a extravagante Sra. Flynn, Lorcan Bianconi e Mitch Cohen…

A Sra. Breen mantém a compostura ao longo das duas primeiras fileiras. Mas então se aproxima de Anto e Nessa. Eles estão tão aninhados um no outro que mal registram a presença dela, ou o fato de que se encontra parada diante deles.

Qual é o problema aqui?, pergunta a Sra. Breen a si mesma. *Qual é o problema?*

E, pela primeira vez, a resposta é "nenhum". Eles estão felizes, apenas isso. São como um pedaço do mundo de sua juventude que foi transportado para lhe lembrar de como a vida costumava ser. Como deveria ser, mesmo agora.

Ela começa a soluçar, a dignidade indo por água abaixo. Chora pelos que não sobreviveram, pelos vinte e cinco anos de bancos vazios no refeitório. Logo todos choram também, e o ginásio é preenchido por um desespero insistente, até que a diretora da escola se recupera e diz em voz alta:

— Já chega! Já chega! — E enfim consegue falar, porque a verdade se abate sobre Alanna. — Nós vencemos uma batalha! — grita. — Entenderam? Nós vencemos! A Nação deve sobreviver! Nós *vamos* sobreviver! Estamos vencendo! A Nação vai sobreviver!

Foi como apertar um botão mágico: todos ficam em pé e gritam o lema com ela. Ainda choram, é claro, mas isso não os impede de lutar contra a tristeza. *A Nação vai sobreviver! A Nação vai sobreviver!* Eles gritam alto o bastante para o país inteiro ouvir.

E na Terra Gris, na qual foram exilados — onde quer que o lugar fique exatamente —, talvez o eterno sorriso dos sídhes vacile ligeiramente.

IMAGINE

QUATRO ANOS ANTES, ELES ACHAVAM QUE A FILHA ESTAVA CONDENADA, e temiam tanto o sofrimento vindouro que cogitaram envenená-la.

Mas cá está ela, bela e forte. Encontrou um amado. É uma heroína da Nação, e seu Testemunho vai mudar para sempre a forma como as pessoas veem os sídhes. Mas agora tudo o que ela quer é a mamãe e o papai, como quando era criança.

Quando ela os abraça, eles sentem seus braços, fortes como escoras. A pele é estranhamente macia, como porcelana temperada.

– Não posso ficar muito – diz Nessa. – Os médicos querem dar uma olhada em mim.

– Cadê o Anto? – pergunta Agnes. – A gente não vai conhecê-lo?

Antes de voltar para casa, ela mandara uma carta, de modo que eles sabem parte da história, mas não os detalhes. E, francamente, os detalhes não importam. Eles a têm de volta, enquanto muitos outros pais não têm a mesma sorte, pois, mesmo depois do que aconteceu em Boyle, crianças continuam sendo convocadas.

Nessa passa o Natal com eles. Dorme no antigo quarto, na presença dos molambentos ursinhos de pelúcia da infância.

Mas ela mudou. Fergal arfa quando a vê ajeitar as brasas da lareira com as mãos. E de novo quando ela lança fogo pelos dedos e até pelos lábios.

Na manhã do primeiro dia do novo ano, Nessa diz aos pais que precisa partir.

– A Nação deve sobreviver – fala. – E eu posso ajudar.

Ela se senta sozinha no ônibus e acomoda a mala no assento ao lado, assim pode fingir que é Megan quem está ali. E parte para percorrer as estradas nevadas. Agnes e Ferg acenam, abraçados, com um orgulho tão intenso que chega a queimar.

Agradecimentos

Este é um livro sombrio, mas o processo de escrevê-lo não foi nada sombrio, graças à energia e ao estímulo de várias pessoas ao redor do mundo. Minha família foi maravilhosa. E o que falar de Julie Crisp, que foi mais sábia e generosa do que precisava?

E dos leitores beta, como Carol Connolly, Iain Cupples e Doug, do clã McEachern? Eles abriram mão de um tempão da sua vida, né? E não só para ajudar com *A Convocação*, mas também com os manuscritos que vieram antes! E não posso deixar de citar Carole Fleres, que me ajudou com minhas obras anteriores. Valeu, gente, de verdade.

Também sou grato aos Fickling – da família e da editora. De todos os lugares. Mas especialmente à Rosie (também conhecida como "A Primeira"), que convenceu o pessoal a ler o meu livro; ao David, que ama telefonar para dar boas notícias; e à Caro, que me deu acesso irrestrito à sua casa e fingiu não ficar traumatizada com meu jeitão estranho.

Em um belo dia de julho, fui apresentado à incrível equipe da DFB em Oxford, e foi quando soube que tudo ia dar certo. Todos lá são profissionais sensacionais, sem exceção, e, se eu bebesse, iria propor um brinde em homenagem a Carolyn, Bron, Anthony, Phil, Simon e todos os outros.

Precisaria de *muitos* brindes para a galera da edição, já que várias pessoas deram seus pitacos. Mas quem comandou tudo com mãos de ferro foi Bella Pearson, que reunia as opiniões e mandava maravilhosas sugestões para o meu e-mail.

Outras pessoas talvez nem saibam da contribuição que deram para *A Convocação*. O grupo inclui os poetas mortos Amergin, Eibhlín e Anônimos — minhas desculpas e meu mais sincero respeito a todos. Tem ainda o internato em que estudei quando tinha a idade de Nessa, o Colégio Clongowes Wood, e os que frequentei em espírito na companhia de Enid Blyton. A arte também ajudou — como a de Jim Fitzpatrick, com suas heroicas coisas espiroides. O primeiro *Livro das conquistas* que peguei na mão era ilustrado por ele.

Muitas pessoas também me encorajaram durante as sessões de leitura das versões preliminares deste livro em eventos como Boskone, LuxCon e TitanCon. A Irmandade Sem Bandeiras não faltou em nenhum, e o pessoal não tem ideia de como ajudou a saber o que estava ou não funcionando.

Não posso esquecer dos organizadores dessas convenções que mencionei, que trabalham duro ano após ano para dar esse tipo de oportunidade a pessoas como eu!

A todos vocês, meu muito obrigado por este livro.

GLOSSÁRIO

Agência de Recuperação | Uma equipe de agentes que examinam os adolescentes que não sobreviveram à Convocação.

O Caldeirão | Uma equipe mítica que pode curar todos os ferimentos, até mesmo a morte.

A Convocação | O evento em que um adolescente da Nação é transportado para a Terra Gris e tem apenas três minutos e quatro segundos para sobreviver enquanto é caçado pelos sídhes.

Escola de Sobrevivência de Boyle | Uma das escolas onde adolescentes são treinados para lutar contra os sídhes e sobreviver à Convocação.

Estradas Feéricas | Caminhos secretos pelos quais os sídhes viajavam pelo país durante a noite.

O livro das conquistas | A história de como os sídhes foram aprisionados na Terra Gris. O livro foi escrito mil e quinhentos anos depois dos eventos descritos nele e supostamente contém elementos falsos.

Sídhe | Uma raça de criaturas aprisionadas para sempre pelos irlandeses na Terra Gris.

A Solitária | Celas de punição para estudantes da Escola de Boyle.

Távola Redonda | Um grupo de adolescentes comandado por Conor Geary.

Terra Gris | O lugar para onde os sídhes foram banidos para viver sem cor alguma.

Terra das Muitas Cores | O lugar onde os sídhes viviam originalmente, também conhecido como Irlanda.